《湖湘词全编》各册词人

第一册

胡　曾　释齐己　欧阳彬　侯彭老　王以凝　廖行之　刘　翰
易　祓　易祓妻　章斯才　钟将之　赵　葵　雷应春　赵　溍
王梦应　李　琳　醴陵士人　徐君宝妻　刘　氏　刘　铉　欧阳龙生
冯子振　欧阳玄　马　熙　李道纯　苗善时　刘三吾　李东阳
张　治　龙　膺　陶汝鼐　王　岱　黄周星　陈　震　王素音
王夫之　陈鹏年　夏光洛　杨学林　易宗瀛　陈荣杰　张九钺

第二册

唐仲冕　黄湘南　宋宾逢　周在炽　黄本骐　王　璊　雷玉映
唐婉珠　吴小云　史韫卿　舒梦龄　唐可久　欧阳鹤　李星沅
易　棠　黎吉云　熊少牧　陈芳藻　何绍基　沈　梅　黄婉璚
邹汉璜　罗汝怀

第三册

胡　焯　邹汉勋　邓　琮　吴敏树　言友恂　何慧生　谭　溥
曾国藩　周寿昌　邹汉池　郭嵩焘　孙鼎臣　何桂珍　韶山主人
陈钟英　杜贵墀　李寿蓉　王成升　李　洽　曾传均　邓辅纶
罗　萱　周诒蘩　易佩绅　周诒静

第四册

程霖寿　邓　绎　王闿运　杨恩寿　张祖同

第五册

邓　蛟　田兴恕　龚镇湘　黄维申　张　琳　吴　獬　陈　瀚
李　蓉　陈启泰　徐树钧　周　汉　周翼杶　王先谦　何维朴
张百熙　舒佐尧　胡元仪　李辅燿　皮锡瑞　郑业本　邹世琦
周名建　释敬安　蔡培劼　刘　鉴　唐赞衮　胡元直　陈　鼎
余嵩庆

第六册

王以敏　何维棣　袁绪钦　吴恭亨　黄家骥

第七册

李鹤云　王　济　廖基植　易顺鼎　谢玉芝　谢介僧　魏　繇
陈　锐　易顺豫

第八册

程颂芬　姚肇椿　谭嗣同　罗长裿　程颂万　王　蒧　洪汝冲
黄润萱　唐宗海　何铁笛　曾广钧　胡矩贤　刘善涵　王　畇
汪诒书　黄兆枚　唐景森　唐景尧　齐廷襄　夏寿田　熊希龄

第九册

蔡传奎　章　华　黄　冰　徐芝年　朱　彝　许崇熙　黄　兴

田兴奎　陈天华　左又宜　杨　度　刘肇隅　杨　庄　刘师陶
秦力山　成本璞　欧阳钧　周家树　郭宗熙　王景峨　袁思亮
胡　煐　苏　鹏

第十册

袁思永　易　象　谭恩闿　宁调元　郑　泽　傅熊湘　袁思古
胡熙寿　张　锦　刘泽椝　刘泽槩　刘德鑫　邬思亮　陈润湘
陈　潜　杨延年　杨述章　周诒文　周翼洙　周翼崧　周勋大
周旸寅　周大备　周大肃　骆　鹏　黄　钧　曹典藩　傅道博
谭作民

目　录

程颂芬

程颂芬，字彦清，号牧庄，宁乡人。程霖寿子，程颂万兄。贡生。有《牧庄词》三卷。

望江南　（十二首）

江南好，湖上莫愁谣。落日败荷秋瑟瑟，西风衰柳暮潇潇，眉月冷红桥。

江南好，水阁唱吴侬。朱雀桁前花似锦，铜龙馆外月如弓，丁字旧帘栊。

江南好，王气孝陵佳。帝子花红骄石马，王孙草碧怨宫鸦，陵户两三家。

江南好，有客板桥过。桃叶渡头春涨起，雨花台上夕阳多，处处采菱歌。

江南好，烟月总迷离。葛嫩琴心沙嫩曲，眉娘画本妥娘诗，人拜小姑祠。

江南好，花落故宫墙。武定桥边春寂寂，文华殿里月茫茫，杨柳两三行。

江南好，灯舫趁江潮。白下家家招风侣，青溪步步接虹桥，肠断玉人箫。

江南好，淮水早亡秦。邀笛步前挑菜女，胜棋楼畔卖饧人，犹说六朝春。

江南好，胜事早经秋。北曲教坊芳草歇，南熏行殿落花愁，客梦冷闲鸥。

江南好，春到泰娘桥。碧玉肌肤红玉色，香君眉黛宛君腰，愁似白门潮。

江南好，遗恨付沧桑。太白酒楼临采石，小青香冢忆钱塘，花月怨东皇。

江南好，韵事话随园。大帝城边潮势急，小仓山畔雨声喧，一带旧红垣。

赤枣子

花底燕，语呢喃，昨日传书碧海南。似说五云楼阁里，玉卮神女恰行三。

忆王孙 （二首）

冷云堆里水仙王，第一销魂第一香，神女生涯枉断肠。占潇湘，不信温柔更有乡。

优昙花堕散花天，第一花王第一仙，不是人间并蒂莲。碎钗钿，参透三生那是禅。

玉连环影

花少，蝶瘦，红莺老。底事多情，争似无情好。卷帘看，碧云闲，恰是十分春色一分寒。按：此调《谱》《律》不载，传为饮水自度曲。

一叶落 （三首）

秣陵寺，催归骑，吴姬压酒劝君醉。一杯复一杯，销魂秦淮水。秦淮水，总是离人泪。

长亭暮，风吹雨，断肠欲诉总难诉。出门复入门，斑骓催人去。催人去，且系垂杨树。

如此树，销魂处，几回欲语向谁语。卷帘复下帘，帘前潇湘雨。潇湘雨，日暮思君去。

遐方怨　舟入鸳鸯湖

乌桕树，恨茫茫。头白江乡，吴胥舫摇菱角香，湖楼烟雨送秋凉。鸳鸯三十六，断人肠。

诉衷情　将去金陵

西风策策拂征衫，别酒对何戡。日落乡关何处，孤雁下湘潭。

花漠漠，柳毵毵，梦酣酣。暮鸦惊起，家在湖南，人在江南。

风流子　（三首）

春雨春风春暮，流水年华虚度。莺共语，燕双飞，总是个侬愁绪。人去人去，怕见海棠开处。

花露湿侵罗袖，冷被东风吹皱。眉黛蹙，脸波横，昨日相思依旧。休又休又，且待那人归后。

髻畔落红如雨，背立斜阳无语。搴翠箔，返朱楼，独倚小窗凝伫。何去何住？一缕春魂无主。

长相思　送人出关

风潇潇，雨潇潇。西出萧关归路遥，征人魂暗销。
更迢迢，漏迢迢。别梦依稀到灞桥，边声惊丽谯。

醉太平　渡江

秋波四摇，秋魂替销。潮声断送南朝，剩江边酒寮。
烟沉紫绡，沙沉翠翘。玉人梦冷红桥，警荒城丽谯。

太平时

清漏沉沉隔绛纱，睡初赊。小庭凉月梦梨花，恨栖鸦。
倚损罗衾情脉脉，坠鬟斜。阮郎春尽未还家，盼天涯。

生查子　钱塘采菱曲（四首）

生小住钱塘，本是桐严妹。襟上紫茱萸，裙上红玫瑰。
斜日越王台，一曲菱歌脆。愁绝暮潮来，惊破鸳鸯睡。

昨日越溪来，买得稽山绢。皎皎明月光，裁为合欢扇。
髻散溜花钿，臂冷松金钏。打桨上西洲，望郎郎不见。

昨日虎林游，独上孤山屿。含泪数梅心，心苦如侬苦。

处士有青山，姹女有黄土。莫学薄命儿，江水自来去。

欲绣紫鸳鸯，泪湿双心袜。南浦暮潮来，两桨菱花压。
舣棹重踟躇，倚损凌波袜。天末数秋鸿，飞过清江峡。

点绛唇

隔岸潮声，晚来催醒吴娘梦。袖罗摇动，檀板轻轻弄。
有个同心，宝马骄丝鞚。秋波送，双珠龙凤，今夜横陈共。

浣溪纱　（二十二首）

宝髻铢衣照晓云，同心五彩结罗裙，低头微笑暗怜君。
悄约珊钩开绣户，斜搴翠箔倒金盆，玉沟脂水热香闻。

懒上妆台敞镜奁，宣窑粉盝冷慵拈，葱痕掐破玉簪尖。
飞絮有情还入幕，落花如梦不开帘，困人天气病恹恹。

照水云鬟委地长，晚风新沐试兰汤，罗衣瑟瑟耐秋凉。
扇绮轻翻教侍妾，袖罗慵拭倚檀郎，低头微觉口脂香。

二月春风豆蔻初，姗姗倩影系罗襦，忍教搔背恼麻姑。
拥髻歌翻长命女，倚怀香送淡巴菰，向人欹仄倩人扶。

记得璇闺伴窅娘，横波双桨隔横塘，更无消息断人肠。

堕泪空斑湘上竹，返魂难觅海南香，恁般辜负女儿箱。

记得娇嗔不语时，回眸一笑两心知，十三年纪恰相宜。
顾影每教惊腼腆，闻声端的费相思，几生清福属情痴。

记得嗔挑笑许年，花枝灼灼照琼筵，最无情处动人怜。
着甚来由成薄命，刚逢消息又悭缘，落花人证有情天。

记得兰房密语时，珊珊玉臂握柔荑，罡风一霎损花枝。
离恨三生真般若，伤心一串旧牟尼，华鬘天里待情痴。

新月如钩漾碧栊，杜鹃声里杜鹃红，尽无幽梦也惺忪。
解语花迷香雾底，断魂人立晓云中，恁般消息问东风。

宝帐深垂烛影斜，淡黄凉月照梨花，轻寒人隔一重纱。
半晌风情翻似梦，十分春色未还家，池塘门巷是天涯。

宝鼎烟霏倚玉清，篆成心字不分明，白虹堕树夜啼莺。
从此断肠成僝僽，那堪回首更伶俜，十分春色一分情。

十五年华碧玉妆，春深池馆捉迷藏，铢衣故故旋檀郎。
曼倩碧桃蓬岛隔，飞琼黄竹绮窗凉，人间天上信茫茫。

淡月微云共枕囊，冰饴红唾夜来香，故教压损缕金裳。
暖麝双心藏绣袜，灵犀一点沁珠珰，而今始信不寻常。

玉臂轻挼汗渍纱，恐人知觉故吹花，花心唾损小红丫。
略展芭蕉迷鹿梦，只翻贝叶问南华，而今青冢怨胡笳。

问字添香恰二更，齐眉双髻辫盈盈，却将青史泥人评。
连理芳枝悲往事，同心宝结缔他生，而今索性不聪明。

夜尽兰灯暗小楼，晓风残月背花愁，双鬟斜辫靥痕羞。
乍转秋波成薄命，为藏春色故低头，而今索性不回眸。

背镜回身理鬓云，香胶晓冻博炉熏，绣床斜倚拭初匀。
银甲春纤三寸冷，黛眉秋色两行分，而今索性不销魂。

肺病春温委钿床，蔗浆亲试胜琼浆，那须玉杵觅裴航。
爪茉莉歌长命曲，阿芙蓉当返魂香，而今索性不思量。

悔向花天种夙根，几番憨笑几番嗔，石榴花下悟前因。
万种思量千种恨，一分情态十分春，人间何处更温存？

读罢楞严读法华，如来种尽合欢花，悔从忉利堕虫沙。
但愿鬘天同净土，不教心地长情芽，春深门巷隔枇杷。

楼外青山户外岚，一湾流水似江南，西泠归棹泛空潭。
杨柳亭台人徙倚，蘼芜门巷燕呢喃，碧天如梦当禅参。

无限深情倚画楼，楼前红树不胜秋，有人曾泛木兰舟。

独爇檀龙金烬暗，双栖海燕玳梁愁，晓风残月梦扬州。

菩萨蛮　（七首）

盈盈瘦影梨花隔，夕阳一片伤心白。曲曲小屏山，峭寒人倚阑。

低鬟刚欲语，又被红鹦误。娇困不胜情，玉钗斜堕声。

湘帘窣地黄昏雨，银屏倚倦娇无语。瘦损一分花，睡余双髻斜。

薄寒新中酒，风定纱栊皱。冷月度银墙，有人深断肠。

冷红堆里昏黄月，春人影共梨花白。池水照横波，近来僝僽多。

落花深径里，懒逐东风起。错认那人归，低鬟悄掩扉。

碧云暝破湘天晓，西帘日抱娇魂小。遮莫近妆台，断红红上腮。

见人和笑走，忘却金钗溜。花下立多时，满身蝴蝶儿。

秋波脉脉凌波去，月明环佩空江路。低唱浣溪纱，手挼菱角花。

归来庭院寂，墙角苔痕碧。知道没人来，落红红半阶。

落红满地东风冷，惜花人似花同命。香雾湿瑶阶，透寒金缕鞋。

帘波三尺许，漾得魂无主。依约夕阳红，伤心似梦中。

东风不启葳蕤锁，垂帘悄傍檀郎坐。笑嚼凤仙花，花前故唾他。

却嫌脂盝窄，纤指拈绵隔。独自抱花魂，萧娘昼掩门。

好事近　（三首）

浓树鹧鸪啼，烟里一双飞去。坐到天明未睡，恨夜来风雨。

低头不管鬓云松，总是没情绪。长掩珠栊屈戌，记昨宵欢处。

结冷旧丁香，隔断东风消息。费尽杨枝婷袅，剩飞花狼藉。

王孙何事不归来，芳草接天碧。寂寞金铺十二，掩蘼芜春色。

胜子剪香罗，低袅押帘双带。报道檀郎归也，笑昨宵欢会。

笼衣晓雪闭鹦哥，秋困总无赖。白到芙蓉无据，有西风相害。

采桑子　（六首）

枣花帘底春人影，髻样灵蛇，鬟样宫鸦，眉样修蛾学内家。

空庭晓雾如潮白，镜湿菱花，裙湿榴花，莫对东风自怨嗟。

碧阑干外春人立，瘦影梅花，淡影梨花，悄向花天数暮鸦。
东风做冷罗衣薄，花似人耶，人似花耶，独倚春慵对落霞。

千秋谣诼蛾眉恨，花也婆娑，月也婆娑，梦里关河醉里过。
三三春尽刚回首，魂也销么，愁也销么，都付人天一刹那。

无端趁却天风去，花半魂销，酒半愁销，肠断魁官旧板桥。
一枝柔玉寥天过，花罥风标，月罥霞标，老妪村丝夜上缫。

十千美酒金樽劝，冷也沙场，热也欢场，曲罢檀槽自在凉。
更谁灵瑟哀弦迸，戛破龙堂，舞破兰堂，唱彻骊歌断尽肠。

可怜春色因花驻，归梦匆匆，杜宇啼红，薄命星河薄命风。
胭脂坡上貂裘客，系罢香骢，赶罢游蜂，莫使东君唱恼侬。

减兰　（三首）

金炉香暗，一缕篆烟和月淡。心字平分，疑是巫山一段云。
卿卿忆我，天上人间都较可。我忆卿卿，天上人间两不胜。

西南斜月，冷浸犀衾慵未揭。秋思谁家，虫响惊寒入茜纱。
玉箫凄怨，隔断天涯人不见。一样房栊，一样星辰一样风。

阑干掐遍，数尽残更人不见。一带回廊，一寸凉云照绣床。

和衣睡损，和梦和烟绡帐冷。晓白天东，残烛犹明钿阁红。

谒金门

春事晚，隔巷卖饧声唤。风送游丝帘外罥，落花红一串。

绣被香温寒浅，还说玉钗恩怨。顾曲吹笙何处院？日斜人不见。

一落索

今夜扁舟何处，满湖烟雨。绿菱香里紫鸳鸯，也对对、眠沙渚。

落木淮南如许，不如归去。数峰青处乱愁多，认不出、天涯路。

忆少年 （二首）

一窗凉月，一帘香雾，一庭虫语。个侬僝僽了，怨铅华无主。

六朝金粉销魂处，剩零落、燕梁蛛户。江南人去也，几日风吹雨。

秦淮烟水，秦楼风月，秦娥妆镜。钗梁堕双燕，被雏鬟低问。

蟢子连宵飞不定，望江南、又寄归信。门前紫骝过，错回眸厮认。

忆秦娥　九日金牛湖上（二首）

天涯客，那堪更遇重阳节。重阳节，西湖天气，暮春三月。

南朝箫管音尘绝，年华似水流呜咽。流呜咽，六桥烟柳，尚留颜色。

清秋节，天涯远望关山隔。关山隔，夕阳古道，数重宫阙。

伤心最是西湖月，流波一片销魂色。销魂色，婵娟千里，照人离别。

以上卷一

清平乐　（四首）

风风雨雨，春恨无人语。小犬隔花来又去，记得个侬行处。

相思便隔天涯，东风独对梨花。不见去年蝴蝶，如今飞入谁家？

去年寒食，又过清明日。芍药阑边人影出，记得那人相识。

可怜寂寞香魂，拼教掩尽重门。杜宇休催归去，斜风细雨黄昏。

阻风中酒，别恨今年又。江上青山眉黛瘦，记得那时回首。

桃花红得无聊，一湾流水魂销。日暮孤舟何处，湘天凉雨潇潇。

鸩啼春老，绿尽西园草。花屿兜鞋人瘦小，莫被晚风吹了。

画堂南畔相偎，巫山一段云回。独对黄昏无语，不知明月飞来。

阮郎归

白蘋风起雁初飞，江南人未归。月华如水浸沙堤，谁家夜捣衣?

魂去久，梦回迟，起来双泪垂。闺中也是断肠时，问侬知未知。

鬲溪梅令

东风唤醒杜鹃魂，掩重门。况是月明花下，又黄昏，翠眉无限颦。

晓来新试蝶金裙，嫩寒匀。娇睡水晶帘底，玉横陈，坠钗何处闻。

朝中措　重登烟雨楼

钱塘江上看潮回，落日半帆催。行过小桥流水，不知菱角花开。

吴胥快艇，鲤鱼风里，双桨归来。卅六鸳鸯何处？空余烟雨楼台。

三字令

春欲暮，雨如丝，怅佳期。清漏永，薄帘垂。晚妆残，新浴罢，鬓云欹。

人去久，梦来迟，酒醒时。双燕语，乱莺飞。有情天，相思地，两心知。

太常引

罗衣慵褪辫云翘，风摆绣裙绦。香汗晕轻绡，道不是、天仙绛霄。

愿为筝柱，愿为弦索，消受玉纤调。心上又眉梢，只盼断、蓬山路遥。

河　传

春雨，人去。正思惟，江北江南路迷。自怜瘦腰宽带围，谁知，夜深双泪垂。

惨碧孤灯摇欲语，魂栩栩，飞到君边住。戍笳声，戍鼓声，惊醒，醒来天已明。

忆余杭 （八首）

西子湖边残照冷，秋尽江南归雁影。苏公堤上水风凉，人唱小秦王。

西泠流尽伤心水，犹带盈盈六朝泪。高峰南北乱云多，独客奈愁何。

寂寂殡宫迷碧草，杜宇似呼苏小小。愁人莫唱恋情深，谁识曲中心。

三生恨影垂杨月，犹似当年眉黛色。可怜明月不如人，空照六桥春。

杜女香鬟冯女鬟，一样小青青冢并。月胧特地使人愁，眉影一痕秋。

秋风莫惜铅华老，千古美人伴芳草。银瓶香井塍双魂，好梦岳家坟。

倒浸山潭铃塔迴，做尽销魂斜照影。莲花一片可怜红，莲子怨西风。

回廊记托微波处，相约明朝灵隐去。潮痕青划海云黄，高阁凭韬光。

长忆孤山山下路，飒飒灵风号古树。有人春晓拜荒坟，残露湿鹃魂。

美人心事飘零尽，甘共梅花伴清冷。昨宵鬼唱柳屯田，斜月数遗钿。

秋末芙蓉红粉坠，人住曲江江上水。潮声入枕似轻雷，好梦昨宵回。

闹红舸里横波影，犹似相逢采香径。会稽山色送南朝，隔岸总魂销。

长忆钱塘江上柳，似与伤春人并瘦。山如眉黛水如脂，魂断夕阳时。

西风灵苑莲花冷，客里古愁销不尽。潮头怒打越王城，胥恨几时平。

灵鹫峰头云影散，无数青山横隔岸。入江潮似白虹来，秋色动人哀。

月华寂寂菱歌悄，重过西陵系騕褭。夜深风雨郁金堂，归梦落潇湘。

风蝶令 吊小青墓

露冷璇宫夜，烟荒碧玉家。天台重与问胡麻，别泪莫教弹入合欢花。

麝死脐犹热，猧眠梦尚赊。荒苔满地啄寒鸦，隔断红灯秋冷一重纱。

金莲绕凤楼

十里鳌山晴霄壮，珠箔底、流波争漾。锦鞯金埒纷来往。步天街、月华初上。

金吾禁城洞敞，腾蜿蝘、檀龙十丈。玉楼银阙交辉朗。已三更、个侬慵傍。

江月晃重山　登雨花台

大帝城头夜月，小姑祠外秋风。连天瓦砾语寒蛩。荒台下，呜咽暮潮通。

四野烟磷尽碧，廿年战血犹红。冷清清地寂寥中。繁华梦，都付水流东。

浪淘沙　登黄鹄矶

长笛倚云端，拍遍楼阑。梅花落尽楚天寒。解佩汉皋人不见，月冷风酸。

瑶瑟怨江干，秋水漫漫。楼头黄鹤不知还。碧海青天何处去，忘却人间。

又

风雨闭重门，沉水炉薰。昨宵醉态没些存。莫把美人香草意，付与青春。

惊醒梦中人，拾得红巾。金枝如影玉如神。独自花前怜瘦小，立尽黄昏。

又 玉簪花

帆影刷头船，雏燕娇鸾。月明风定独凭阑。十里灯船收尽舵，花气侵鬟。

应瑞正生烟，衫湿裙寒。一痕酥透玉容天。却未提防脂掌托，堕检妆间。

钗头凤

窗纱黑，帘钩勒，妆台狼藉铅华色。鬈云重，衣衣弄。那时双影，久无人共。空，空，空。

东风逼，娇无力，玉关杨柳情何极。鹃声送，鸳衾冻。七香金犊，昨宵双鞚。梦，梦，梦。

鹧鸪天 （二首）

席上盈盈唱小蛮，舞裙慵斗柘枝寒。记曾花底逢君处，十二红帘十二阑。

春寂寂，夜漫漫，月明露重五更残。亭亭立尽销魂影，水自东流雁北还。

酒醒香销傍晚寒，空庭花月影迷漫。秋魂一搦清宵立，愁倚红阑翠袖单。

风瑟瑟，露珊珊，惺忪香雾有无间。侍儿起扫窗前叶，月地云阶夜闭关。

虞美人

夜凉露下凄金井，寂寂梧桐影。月明星晓独凭阑，只恐五铢衣薄不胜寒。

六街如水重门静，十二金铺冷。雏鬟花底倚残樽，知道江南犹有未归人。

玉楼春　暮登镇江酒楼

相思只在帘栊畔，罂粟花稀蝴蝶乱。残阳褪尽隔江山，古寺钟声鸦外断。

恨长翻怨垂杨短，梦近那知关塞远。讳言瘦损掩罗裳，不觉带围消减半。

南乡子

风韵楚娘秋，岁岁年年乞巧楼。不及当时颜色好，休休，天上人间早白头。

裙褶记仙留，借得横汾羽葆舟。流水行云何处也，悠悠，一万重山独自愁。

风马儿 （二首）

红墙一抹阻盈盈。恰花也冥冥，月也冥冥。扶病有人，独自冷清清，卿卿。

碧云梦远一程程。更魂也亭亭，影也亭亭。蓦地山楼，戍鼓送声声，听听。

残灯明灭影摇摇。正更也迢迢，漏也迢迢。罗帐梦魂，欢会亦寥寥，飘飘。

荒鸡催曙响嘐嘐。况风也潇潇，雨也潇潇。隔断红桥，弓路一条条，遥遥。

临江仙 暮出涌金门

六代斜阳芳草路，不堪重听啼鹃。飘零词客断肠天。故宫红叶暮，坏殿白杨烟。

落魄文园翻载酒，江山断送华年。美人何处弄鲛弦？有情还欲寄，无语镇相怜。

又

过田家镇，“铁锁沉江”字逾寻丈，彭刚直纪功笔也。

半壁江山危累卵，先生一战成功。千寻铁锁彻宵红。西风号老鹳，落日泣苍龙。

几辈东风天与便，横冲王濬艨艟。眼前大事几英雄。武乡谈笑处，文正运筹中。

又 雨花台晚眺

如此江山无限恨，莺花断送南朝。休将遗事问寒潮。有情明月，空自照吹箫。

十四楼荒鸳甃冷，那堪载酒红桥。几行衰柳暮萧萧。美人长在，何处更魂销。

一斛珠 秋江望月

此调与醉落魄截然二调，平仄均宜谨守。后学多误为一调，填此正之。

沙鸥冷睡，秋空月浸秋江水。荒洲白战芦花碎。几点渔灯，隐隐微潮寄。

一叶扁舟诗酒载，西风吹冷芙蓉佩。飘零杜牧魂应醉。古驿寒烟，落叶喧篷背。

醉落魄

薇烟梦醒，粉销珠僁羞妆镜。朱颜只恐随春尽。强褪衾衣，还是个侬影。

笼鹦不管人孤另，喃喃索绣鸳鸯并。闲来尚觉腰肢困。背立斜阳，窗外落红冷。

踏莎行

茜子衫松，藤儿钏稳，江南眉月弯弯近。巫云一段画堂中，无端春困和愁醒。

唤起雏鬟，悄开奁镜，玉腰奴抱花心紧。迢迢漏永被窝温，独眠人怯楼帘暝。

小重山　暮登武定桥

隔断红帘恨几重。阑干私倚处、小桥通。潇潇水阁唱吴侬。伤心处，总为夕阳红。

往事六朝空。尽无金粉梦、也惺忪。画船明月更谁同？休忘却，人在寂寥中。

又　夜泊采石登太白楼

江畔危矶咽暮潮。横空孤鹤影、渡金焦。酒楼闲把谪仙招。阑干冷，双髻坐吹箫。

空翠镜中摇。月华寒不落、碧天寥。西风战垒影萧萧。伤心水，犹自认南朝。

后庭宴

有恨伤春，无眠待晓，昨宵梦过临邛道。月明露重独归来，断魂犹逐东风袅。

棠梨一树惺忪，春色恼人啼鸟。新来僝僽，怕启菱花照。索性不怜侬，但祝花长好。

定风波　于役沪上

秋尽江南落木飞，鲈鱼风冷鲞鱼肥。呜咽潮生黄浦月，离别，鸳鸯不见绿菱稀。

回首绿杨城郭影，金粉，楼台十里对斜晖。吹彻鹍笙停象管，肠断，两行珠泪湿征衣。

南楼令　莫愁湖，用潘椒坡师韵

衰柳绕湖边，疏棂锁暝烟。对西风、独自凭阑。楼上斜阳楼下水，帘影外，有青山。

环佩冷珊珊，姮娥缺又圆。甚悲欢、一例都删。惟有年年菱唱好，听不断，到秋残。

醉春风　（三首）

深夜兰灯闪，人住蘼芜院。碧云天隔梦魂凉，远，远，远。一桁银河，鹊桥飞渡，瑶波清浅。

胜子香罗剪，小结同心掩。仙裙綷縩怯风行，懒，懒，懒。小语花阴，露华珠莹，泪痕犹泫。

宝帐流苏整，绣缛狸奴并。葳蕤香雾正惺忪，肯，肯，肯。一晌幽欢，玉钗敲断，硬教人醒。

睡觉欹鸳影，泪揾红罗靓。重寻幽梦抱香衾，等，等，等。恼煞窗前，一弯眉月，照人孤冷。

晓漏催芳信，花落红成阵。春愁压损绣罗衣，闷，闷，闷。着甚思量，几生缘故，此生情分。

怕启菱花镜，瘦影防伊问。画眉声里数归期，近，近，近。错认门前，紫骝人过，翠楼慵凭。

行香子

背立闲阶，露湿弓鞋。玉钗痕、划断苍苔。今宵明月，依旧空回。但蝶魂慵，鹃魂苦，雁魂哀。

叶落宫槐，脂冷妆台。下奁衣、留待君开。沉檀拨尽，心字成灰。望被儿温，窗儿黑，梦儿来。

喝火令

青鸟窥纱屉，金猊袅篆丝。困人天气费相思。小院落红如梦，睡损合欢枝。

袖重慵抬腕，鬟松半碍眉。枕屏偎冻薄帷垂。记得轻盈，记得酒醒时。记得昵人情话，帘外月儿知。

青玉案 秋晚登孝陵，归饮秦淮赋此

西风落叶江南路，几阵归鸦向人语。回首十三陵上树。烟花镜殿，莺花辇道，旧是销魂处。

石麟烟冷铜驼雨，遗憾吴娘歌白纻。扇底桃花君莫舞。六朝旧事，一江流水，肠断天涯暮。

梦行云 吴君特体

玉骢抱寒压，微雨湿，云半匝。朱楼夜宴，唱断红牙拍。酒阑人散灯花落，风帘敲玉押。

梦中心事，醒时情味，春宵记，偎醉靥。赪颜娇汗，粉珠坠罗帕。翠钿金盒鸳盟证，把恩情细说。

酷相思 绣球花

舞旋东风吹不落。人倦把、红绒嚼。悄蹴踘中庭围一角。斜日也、花魂觉。斜月也、鹃魂觉。

盘个松狮教混着。芳屿内、苔衣薄。趁小小身材将舞学。买笑问、天人索。买春怕、佳人错。

又 纨袴花

鸾帕抛残脂印落。点心当、梅花嚼。恁月冷帘栊钩一角。

双纹刺、藤孙觉。单纹刺、桐孙觉。

凤尾香囊私缝着。尽护惜、春云薄。待书寄相思包裹学。无限意、当头索。无限事、当时错。

又　金铃花

剪彩唐宫珠错落。恍玉体、横陈嚼。直隔断香天屏一角。花心困、人眠觉。花魂返、人醒觉。

个个移春教槛着。须养取、春阴薄。怕书就绿章侬未学。羯鼓也、声声索。猧局也、番番错。

又　木笔花

老去江淹伤魄落。数梦里、红霞嚼。记春到垂杨天一角。词就也、吴娘觉。书到也、萧娘觉。

问字齐眉私凭着。绯络凤、罗裳薄。更膝上阿侯将语学。眉样也、从郎索。花样也、防姨错。

风入松　康与之体

昨宵欢梦逐君归，月落星稀。晓来扶病闲庭立，倚愁慵颤花枝。南浦春波去也，东风杨柳垂时。

房栊寂寞盼佳期，恨逗情眉。彩云天远人何在，倚阑干、空负年涯。双燕归来日暮，秋千院落花飞。

祝英台近

莫愁湖，消恨树，乌桕向人语。划袜香尘，秋水隔鬟雾。可怜金粉楼台，旧时明月，照不见、玉颜何处。

断肠句，莫教题上西陵，几点乱鸦暮。草没朱门，寂寞坠钗股。只余商女菱歌，隔花低唱，又愁被、酸风吹去。

洞仙歌

西泠暝晓，望画船摇浪。无那秋心付秋涨。念棋心、暗许琴爪轻挑，休错认，明月扬州眉样。

归期怜玉箸，且把啼痕，寄取杭州旧襟上。想苏小妆台，裙屐经过，隔千古、伤心无恙。任郎去西湖系班骓，望落日荒江，鸟飞花荡。

以上卷二

江城梅花引　春夕

一丸冷月碧天寥。怕春宵，又春宵。闷把凤鞋，帘底试双翘。罗袖生寒裙衩冷，忍风露，坐瑶阶、吹玉箫。

玉箫，玉箫，殢人娇。漏暗沉，香暗消。梦也梦也，梦不到、空揾冰绡。剩有一枝，花影隔墙招。道是无情偏有恨，人去也，泪珠儿、何处抛。

古香慢　歌夕有感，和梦窗韵

稚蜂绿袂，回蝶红兜，伤黯南浦。那事无端，划断一痕秋暮。花落奈何天，应招到、罗浮翠羽。可怜宵别盏半堕，盏余夜味弥苦。

记悄向、花王深拜，一点花魂，花事权主。乍感双波，悔煞转头偏误。漫道背人时，赚妾分、荷盘玉露。暗消凝，又听者、碎弦风雨。

满江红

春病恹恹，况又是、落花时节。浑不解、雏莺乳燕，恁般抛撇。金错枕安幺凤袂，银泥裙解灵凰褶。只今宵、红豆寄相思，从头说。

如此树，迷蜂蝶。如此夜，迷风月。正怜香偎玉，无端伤别。断梦不随青鸟去，冷魂难共金猊爇。问花间、杜宇为谁愁，啼声咽。

又

癸未九日，勾留湖上。旅思杂沓，古愁阒寥。适山阴陶舍人濬宣招饮凤凰山，临高台以浩歌，恍予怀兮枨触。席间踵竹坨钱塘观潮韵。

如此江山，断送尽、南朝陵阙。那堪听、何王钟鼓，感生华发。一旦鸱夷吾目恨，千钧铁弩他人发。剩莺花、冷眼笑英雄，真秦越。

涌不退，涛头雪。流不尽，江心月。莽铜琶铁绰，为谁凄绝。苏小坟前秋卉冷，岳王墓下春芜歇。判今宵、痛饮菊花杯，重阳节。

又

癸未秋，渡湖阻风，泊岳阳吕仙亭畔。载酒乘月，徜徉于洪涛万顷之中。笙管嗷嘈，神志翔逸，得平韵《满江红》一阕，授歌者以祀湖神。迟明解缆，帆脚已转。

波浪掀天，长风送、双飞画桡。阿谁唱、大江东去，响逐奔涛。秦树赭山横夕照，楚宫桃雪冷寒潮。白相遭、一握是君山，人共招。

千古泪，凭酒浇。三生恨，借诗消。把满湖烟月，载上轻舠。双美剪池逃雀锁，三分靴冢夺龙标。忒魂销、重上吕仙亭，倾翠醪。

又　赤壁

一炬三分，算初出、茅庐事业。幸江夏、周郎猎会，功成顷霎。划水矶回黄鹄障，临江壁冷红羊劫。赖烧屯、博望夺先声，阿瞒怯。

公瑾案，坡词法。公覆计，筠诗札。任芙蓉幕府，帷灯剑匣。滩走铜台沙折戟，矶横铁锁艨艟押。羡雄姿、顾曲少年时，檀槽压。

又　银瓶井

泪洒西湖，三字狱、销沉王业。誓终古、波澜不起，珠埋一霎。明月甃寒环佩冷，西风绁冷裙钗劫。向岳王、坟畔飒灵旗，归魂怯。

黄龙府，谈兵法。朱仙镇，惊军札。叹英雄夫婿，剑芒韬匣。亡国恨余尘掩镜，坠楼人去帘敲押。剩高峰、南北乱云多，重重压。

又　题秦淮闻见录（二首）

虎踞龙蟠，残照外、南朝劫火。留万古、坊帘丁字，酒香茶妥。圣代斯文夫子庙，故宫威武将军座。剩蜂围、蝶绕御河房，红鹦锁。

香楼媚，湘裙亸。花台雨，华鬘涴。只青楼薄幸，臂盟都左。燕子官家倾国易，桃花慧业生天可。把六朝、金粉付江流，逃禅坐。

十四楼成，拚向那、莺花堕劫。只今剩、小姑祠畔，灵旗飘瞥。侍女花探如意子，宫人草斗同心妾。怕春风、吹不到秦淮，和潮说。

红板夜，风流歇。青溪晓，烟波咽。剩沧江画舫，米家虹月。朱雀航湮悲寂寞，钓鱼巷古伤离别。倩小红、讴断一江风，冰弦发。

江南好　和梦窗韵

春色归来，落红如梦，雕阑低亚鹦笼。玉帘钩押，云子倚娇容。枝外金莺宛转，凝妆望、慵髻盘龙。销魂处，残霞映靥，一朵酥红。

江湖，应落魄，嫣房倦醉，魇席愁逢。恋江南欢梦，魂绕花钟。底事雏莺乳燕，恁瞧做、泥雪征鸿。春宵暖，红蕤枕滑，残髻堕云重。

水调歌头　申浦晚眺

一骑静安寺，铃塔莽凭临。劫余金粉残照，虹口暮云深。无限雕楼莺燕，无限球场风月，无限冶春寻。休系玉骢裹，香梦冷于今。

粉香迟，车响骤，鬓云侵。俄延鸥似秋淡，慢趁绿杨阴。那度湘裙瞥影，那晌湖襟写韵，那夕麝煤沉。输与旧纨扇，薄幸逗秋心。

又

马王庙侧，有梧桐数株，每当落照苍凉，不无怅望。爰制此，向西风黄叶中歌之。

云气翁苍狗，秋色晚天凉。南朝无恙宫阙，蝉响夕阳荒。

帖冷长生阁里，台畔通天犀晓，坠叶尚初黄。独坐玉阶冷，遗殿吊青阳。

碧浪湖，明霞阁，紫鸾坊。曾经诗咏杜甫，词纪探梅姜。甍罥微波亭面，楼角亚云龙蛰，眉月断肠望。香子戏园堕，飞过楚王墙。

又

凉月堕遥夜，碧汉碎云流。帘栊潇洒，倚愁无语凭妆楼。鸳甃霜凄瑶瓦，雁柱风凉琼榭，罗袖不禁秋。恁个侬心窄，销得几多愁。

访阿环，呼小谢，倒金瓯。漏残香灺茜纱，栊底擘箜篌。阑外红薇待架，帘底青蕉低亚，欢梦任勾留。休系西陵马，赢得画眉羞。

长亭怨慢　饯春，和中实

问春色、端归何处。有个雏鬟，悄开璇户。莓地销魂，落花成阵，搅愁绪。燕憔莺悴，空赚得、人无主。叹逝水年华，莫迸作、梨云棠雨。

春去，认红愁绿惨，玉箸湿侵纨素。杨花糁径，只瞧做、离筵樽俎。念此后、涨绿天涯，怎抛得、娇红庭宇。正怅怨芳时，阴满邻家桃树。

八声甘州 送沈宝琮归嘉兴

才一番相聚便相离，离愁动天涯。趁明朝重九，画船双桨，荡碎湖霞。今夜鸳鸯卅六，秋思落谁家？莫把青衫泪，弹入琵琶。

记取当时游舫，望楼头烟雨，香逐菱花。想霜螯红酒，风味比前赊。送君来、又伤君去，怕潮声、寒逗枕函纱。问江水，怎如侬恨，恨比深些。

山亭宴

绛雪吴女士，永康徐茂才妻也。先是，徐幕游，闻耿藩乱，遽归，中途殁。讣至，适贼陷永康，艳吴色，执之。吴绐贼先发，迤逦至卅里坑，投崖死。黄韵珊哀之，作《桃溪雪》院本传其事。

鹍弦迸出哀鸾谱。遏情天、恨云何处。甚惨惨凄凄，怕唤醒、冤魂杜宇。美人长别杏花枯，更谁怯、渔阳鼙鼓。省识曲中心，且莫向、尊前语。

碧芜亭院伤心路。鸟空啼、不如归去。寄与素心人，早知道、天将冷妒。可怜青冢怨琵琶，唱不尽、断霓零羽。除却证华鬘，莫向人间住。

西子妆慢　题宫柳图

禁柳垂虹，宸杨宿鸟，太液水光摇户。烟痕几缕淡相思，乳鸦啼、艳春无路。红墙约阻。盼人海、仙航迷渡。奈诸姨，正云屏倚电，雪绵搓雨。

昙华误，休问长生，几度赓霓羽。阿环春困倚谁边，只铜仙、梦魂栖树。琴床溽苦。无限意、销归何处。殢人娇，不是念奴无主。

陌上花　在杭寄内

古愁一发，花王端拜，水仙香暖。鳞烧赪霞，漏晓玉龙回箭。望湘渺渺谁迁客，秋燕临安抛剪。忍华堂、镜倚年涯偷换，酒灯人面。

浮沤沧海稳，文园病渴，惯是腰围消缓。梦里还家，儿女笑依归远。等闲十二金钗咏，不及闺藏酒便。沐湖云、几度贪凉，休忘夹衣添晚。

国香慢

泪竹帘间，供水仙盆景。炉香冱鸭，奁影惊鸿，余殆水仙王之侍臣乎？

波路香尘，似湘妃悄立，玉骨凌春。花王待花天晓，敕拜花神。甄感陈思旧赋，剩芳心、似水揉云。珍留魏朝枕，蓦地摧归，龙女前身。

灵霄迷澒洞，恁黄精有蕾，蓝玉无根。素蕤双展，绿蜡低晕烟痕。一倍沙明石净，画帘垂、长日思君。搴帷惜迟暮，独抱幽香，凄黯鸳鬟。

迷神引　泊舟鸳湖，暮登烟雨楼

万点苍山回首处，一阵乱鸦归去。浮云落日，肠断潇湘浦。隔天涯，人千里，向谁语。隐隐荒城畔，催戍鼓。暧暧远村中，动机杼。

一叶孤舟，耐得残宵度。听岸蒲鸣，秋心诉。绣帏今夜，也应念、相思苦。恨五更风，频吹散，梦魂聚。霜色冷平沙，眠雁鹜。水势落寒潭，静鸥鹭。

丹凤吟　和张蜕岩韵

绿毛幺鸟，问倩梦无端，为谁娇小？猩色屏风，不道折枝含笑。可怜替依憔悴，蓦无端、有人愁晓。无限相思，蓬山路远，负青鸟多少。

何处寻、艳迹留花杪。说有个多娇，瑶华讯悄。莫问临邛事，镇长卿琴杳。几回嫁衣金线，为温家、玉台捐了。拼忆华筵散后，任流水春渺。

锁窗寒

兜肚包芸，回心织蕙，夜来阑凭。新庞似玉，旧日一庞曾冷。问谁家、苏蝶病蜂，浪红月晚眠交颈。似翠鹦、噤晓无言，拼赚者回坚忍。

樱井，秋晴定。怕唾碧残枝，合欢易损。扶鬟掩烛，却把盘珠刓尽。唱东风、残月度关，众中暂伫慵未省。又酲消、蹙起蓉裳，更试杯鞋稳。

百字令　题邹广文亡室焚余词，踵张雨珊丈韵

多愁多病，怅凄凉归去，斜阳荒冢。风没台空箫韵歇，断粉零香珍重。调冷青琴，谱沉红拍，遥夜鹃声送。懊侬低唱，烬余残卷犹拥。

曾记孤棹湖天，灵犀通处，浑忘惊涛涌。邹君曾过洞庭遇暴风雨，夫人效白石以词投湖，遂渡。双宿双飞来去燕，回首旧欢如梦。卍字描花，回文织蕙，幽咽难成诵。秋灯惨碧，玉阶蛩韵时动。

又　检妆

纱窗分晓，倩东风吹起，多情罗幕。锦袱檀台螺钿冷，袖钏松回频约。麝月奁平，麋云屧仄，银水玻璃薄。眉峰一抹，黛痕拼费斟酌。

应防卍字砗磲，阿秦失手，红玉禁风弱。记否温家修聘事，饶是他人嫁作。武后箱清，昭君袋冷，占断风流壑。粉香脂艳，看成浅淡如昨。

木兰花慢

夜明金琐帐，红燕瘦，绿环肥。记黛掩颦颦，鬟低楚楚，划袜兰堤。分飞几双暗宿，笑冷鸯眠处软红稀。旧魄人间帝望，灵槎天上仙归。

剪帏声闷晓筹鸡，金线嫁娘衣。剩太白诗心，小青才调，两地孤栖。招携落花院晚，待茶烟扬入补斜晖。望断横塘路杳，刘郎独问渔矶。

绛都春　春水，和中实韵

鸥天暝晓。堕冷翠半溪，西泠情事。媚眼鹭窠，隔水盈盈那堪记。刘郎重问胡麻至，枉盼断天台云里。去时仙眷，愁抛浪缝，恨流天际。

裙履，芳春似水，坐花外画舫，绮愁闲避。那日个侬，记得同居长干里。春波尽有春人意，比什么、西湖西子？流将六代烟花，锦帆去矣。

又　重赋春水

烟波冷翠，唤柳外渡船，个侬慵起。梦绕暝云，睡损双鸳瞢腾地。斜阳如网天如醉，影六幅湘江裙子。浣花临水，揉花有恨，葬花无位。

愁倚，梅花玉笛，听波外送响，隔江风细。昨夜洞庭，梦堕君山迷云髻。青莲久负骑鲸誓，莫只把、诗狂推李。画船箫管群鬟，浩歌渌水。

高阳台　次小长芦咏叶元礼事韵

冷梦偎狸，断魂怯麝，娇红庭宇春深。隔断花天，花魂悄立花阴。广寒宫里愁如海，倩谁填、有个冤禽。蓦难禁、摇落璇妃，辜负香衾。

秋灯惨碧摇难定，似窥侬憔悴，欢事都沉。悔不当初，西施一舸江浔。红箫唤醒朱楼梦，病文园、瘦损琴心。莫沉吟、枉费商量，枉费思寻。

又　和浮麋楼吴江感事韵

伩镜晴波，钿鬟晓岫，秋江慵荡双桡。堕水揉云，销魂几折弓腰。鲛宫谁赠冰绡帕，篆回文、粉渍脂描。误灵翘、抛惹龙梭，牵引鸾箫。

郁金堂里卢家女，换优昙禅髻，佛艳仙娇。不老花天，银河两界迢迢。拚教识破鸳鸯劫，恁泥犁、慧业先凋。玉京朝、几度瑶池，红了蟠桃。

又　再和小长芦韵

钿月挼菱，袱虹掩蕙，寻春转怕春深。一朵红酥，脸波留住光阴。帘栊独自芳菲迟，倩东皇、锁住青禽。弱红禁、豆蔻香仪，冷到鸳衾。

有人金缕衣空惜，问花枝无恙，螺凝脂沉。照影江皋，仙云稳度湘浔。清泠莫唱秦箫谱，怨虞琴、泪洒芳心。楚江吟、归梦孤舟，玉佩重寻。

又

璃席酥融，锦衾香暖，橹摇梦破空舲。蓦地相逢，银河鹊渡双星。花颜云鬓春宵度，敞流苏、玉立亭亭。巧生成、巫水巫山，赚入青冥。

金钱夜落葳蕤锁，记梢头豆蔻，双乳挼青。秋冷檀槽，钗光摇曳猩屏。冶词填尽相思债，最撩人、几眼疏棂。怕惊醒、前度刘郎，仙乐重听。

又

雷峰昔游，拾残砖一，背有鸾纹，制为砚。

绡尾芭蕉，檀心杨柳，二分春色平分。此去西湖，山川晓绿如裙。雷峰塔上离人梦，倩阿谁、锁住娇春。辨鸳痕、古瓦斑斓，却与砖论。

携归两袖烟云外，趁鸾题浅篆，描就花身。几度摩挲，旧窗鸜鹆烟昏。赤文绿字从谁拓，惹眉娘、帘底芳嗔。魗灵芬、慎剔残煤，珍重香温。

霓裳中序第一　闺蛩

寒螿伴夜织，似诉横波泪空滴。斗草旧时行迹，一片愁芜坠，钿难觅。阑干露湿，恁眉月无人双惜。任独自，伶俜顾影，月黑更岑寂。

愁色，婵媛第一，似念我团栾那日。谁家捣遍砧石？凄断回文，蕙娘词笔。相思缄未得，拚赚入西堂悄泣。天东晓，碧绡鸳枕，茜血晕痕出。

水龙吟

湘湾舣棹，暮色撩人，眉月堕江，一碧如洗。扣舷撅曲，仿佛闻落叶声也。

拼将一缕秋魂，情天袅入秋云碎。烟波画舫，江湖锦瑟，十年心事。着絮成愁，因花忏梦，久枯红泪。记西泠载酒，笙清簧暖，并搅破，花丛睡。

赢得今宵竞醉，渺相思、广寒仙佩。青年老大，红春娇小，替伤憔悴。旧雨襟欢，今云衣想，旅魂慵坠。背闲鸥自语，凭将盏底，印连环字。

又 舟中望岳，次子大韵

火龙烧破空冥，盘空硬掣鳞鬐白。云霞太古，娲皇炼就，贝宫琳阙。妫舜南巡，姬昭北返，尚留颜色。想寺楼题壁，岳灵精感，昌黎后，谁诗伯？

曾记韬光望日，照蓬莱、海天清越。朱荚插近，青衫湿遍，唾壶慵击。又棹扁舟，乘风破浪，快如飞鹘。料祝融峰顶，明朝踏碎，万千重碧。

又 春云，同子大作

飞来万缕情丝，丝丝补住情天缺。看他倩影，看侬越样，一般愁绝。有限思量，无端延伫，妙曼长隔。想烟鬟雾鬓，瑶仙冷佩，莽吹堕，关山月。

回首蓬莱宫阙，冉魂招、渺难飞越。迢迢玉宇，天风撕破，泪绡重叠。万种愁根，三生恨影，堕空痕白。甚心情独倚，危楼凝望，向东皇说。

忆旧游 春雨，和中实韵

恁莺啼梦湿，蝶醉烟零，薄暝春迷。正杏花时节，忆江南路远，隔断情丝。晚风画楼人倦，愁怯卷帘时。怅草滑停骢，泥融堕燕，二月芳堤。

霏微，殢人眼，唤婢试新茶，摘得枪旗。小立棠梨下，任香潮如梦，翠羽慵飞。昨宵碧桃花落，春色属阿谁？听蜡屐声声，重门不启人未归。

又

趁香楼腻雨，油壁疑云，握手筵前。记别春申晚，渐裙腰有梦，绿醒樊川。双心麝绵酥袜，眉月夜缝圆。正誓海良宵，行云欢寤，送水流年。

双鬟，绾珠翠，唱璧月琼枝，顾影相怜。流断长江水，只红桥有路，碧汉无烟。带灯殢人娇影，花殒奈何天。问前度刘郎，桃源甚处寻旧船？

湘春夜月

问情天，可怜孤另嫦娥。只恐玉宇琼楼，秋讯隔银河。恁说别离牛女，奈别离虽苦，岁岁经过。纵未曾窃药，仙郎羽化，犹念侬么？

广寒殿冷，霓裳倦舞，清景如何？鬓影衣香，空付与、玉蟾银兔，相对摩挲。青天碧海，大抵来、欢少离多。这况味，只伊和我共，阿谁惜我，惟我怜他。

春云怨　重赋春云

何年贝阙，被散花仙子，冰绡慵贴。恰似个侬春困，薄鬓矮鬟幽怨结。梦绕氲氤，魂销缥缈，拚堕华鬘任罡劫。丹穴愁根，青冥恨影，剩有一痕白。

东风不动罗纹褶。叹情天补罅，何曾留缺。痴想衣裳斗颜色。那日帘栊，那晌欢娱，那宵风月。底事成空，彩云何在，宛转为君细说。

一萼红 丙戌春日登定王台，用白石老仙韵

十年来，怅屑台久别，湖海困朋簪。万里关山，千秋宫观，碧天呼角沉沉。且休笑、长沙卑湿，也(凄)[栖]得、灵苑旧巢禽。画栋朱甍，城东高矗，帝子曾临。

回首前王琳阙，莽虫沙千劫，无限伤心。殿箔萦蛛，梁尘啄燕，几度凭吊思寻。那堪忆、烟深月满，漾书幌、柳色嫩于金。独坐黄昏下帘，雨意偏深。

霜叶飞 林和靖墓，用玉田韵

六桥烟缭。梅花路，墓前碑卧芳草。幽栖今古白云中，奈缟衣香抱。莽风雪、西湖傍晓。陇头芳信仙家早。甚翠羽今番，醒后歇、啁啾冷到，空林春笑。

岳王坟近芳邻，衣冠宋代，犹是当年斜照。月明华表独归来，感素心人少。算只与孤山偕老，竭来骑鹤寻芳到。正梦破、罗浮迥，第一香天，仙云散了。

沁园春　舟中望岳，踵子大韵，寄中实蜀中

万里天西，美人不来，我劳如何。忆西风江上，夕阳台畔，气凌秋汉，杯吸长河。君去京华，我经沧海，四载相思渺逝波。销魂尽，向祝融高处，遥望岷嶓。

仙愁鹤背慵驮，看玉女凌虚晕笑涡。况五岭回青，神光仿佛；三峨送碧，佛发鬖髿。两地狂游，一般行乐，跷捷飞腾健牧颇。悲歌答，醒衡峰猿鹤，巫峡蛟鼍。

梅花引

松阴静，花阴冷，鬗云低亚阑干影。更迢迢，漏迢迢，思君不见，欢梦隔红桥。秦淮水浸江南月，一曲回波肠断绝。怨王孙，忆王孙，便是愁多，休过莫愁村。

横波掠，微波托，个人泪似残花落。花冥冥，柳冥冥，旧时眉黛，僝僽两行青。空羁彩缕相连爱，记取同心双结带。阻佳期，盼佳期，鹣鹣鲽鲽，终是一双栖。

买陂塘　春晓

浸空庭、昏黄晓月，瑶阶人坐风露。冷云一角花天暝，疑是昨宵微雨。丝半缕，乍逗入、棠梨漾得愁如许。相思最苦。记颊晕红潮，那回情事，偷背翠鹦语。

蓦回首，几度欢悰艳绪。东风都被吹去。落红罥住秋千索，

摇曳茜魂无主。春事误，听薄暝、啼莺幽咽缃桃树。凄清院宇。剩魂绕蘼芜，香胎豆蔻，算是断肠处。

金缕曲　黄鹤楼怀古

天地飞龙阵。莽西风、隔江吹过，落梅花信。矶畔有人骑鹤去，解佩汉皋相讯。者都是、泥鸿爪印。千古高楼伤客子，叹成仙成佛流光趁。今古事，一间瞬。

浮沤不解浮生仅。算当年、笛声吹破，劫灰余烬。廿载中原看逐鹿，萧瑟两行霜鬓。问谁识、从前子晋。眼底河山王伯局，任龙蟠虎踞兴亡迅。我且向，玉京觐。

又　山阴夜玩

稳度鸳湖未。趁斜阳、寻春江市，冶情如水。商略美人才子事，爪雪泥鸿无际。把几度、相思阁起。昨日销魂今落魄，病文园载酒江湖味。古愁在，冷灯底。

天青月白秋无翳。算输他、闺中独望，玉颜憔悴。信断晚潮渔唱答，水调歌翻蒿里。只鸟梦、花魂恨寄。石上三生犹记否？料思家不望江南矣。沧海兴，悲秋意。

春风袅娜　春风

问东皇何事，遣散春愁。吹暝破，凭妆楼。困人天赚得，个侬无那，翠钿飘堕，将拾还休。翡押惊宵，莺簧度晓，不解香闺欢梦幽。落絮防将凤鞋踏，残红偷把绣襟兜。

寂寂棠梨满院，阑干冷月，和芳影、划地相揉。凭飘漾，任沉浮。丝才命续，裙扬仙留。依旧桃花，几重门掩，不如豆蔻，十里帘钩。禅心难定，笑沾泥慵着，飞花上下，无限温柔。

莺啼序

西泠暝云破晓，惹双鸳梦醒。飐文縠、翩照惊鸿，碎霞摇漾春影。尽消受、风鬟雾鬓，芙蓉水映芙蓉粉。忒多情，神女佊波，照人厮并。

一碧湘天，淡影浪泻，转秋波弄景。倚郎问、何处吾庐，白云堆里仙境。绕红阑、花肩并弹，够私语、唇脂香领。只今宵，抛尽相思，但歆衾病。

回思往事，幻影花天，钿盟信数冷。记胜日、笑桃庭院，渍藓窗槛，倚倦偎颦，替侬钗整。箫台凤歇，旗亭骊唱，身云眉月都成梦，和香词、织上回文称。缄梅有讯，嘶来墅外斑骓，倩魂唤觉慵省。

蓬山梦绕，青鸟西回，趁鹊桥路迥。任检点、衫凝茸唾，烛污云屏，彩凤衾宽，宝猊香永。因缘底事，情天难再，悲欢离合浑无据，叹阿侬、幽约浮萍梗。今宵何处微波，痛饮琼浆，露华自警。

以上卷三

以上《三程词钞·牧庄词》，1930 年上海大中印社铅印本。

姚肇椿

姚肇椿（1865—?），字寿慈，善化（今属长沙）人。光绪二十年（1894）举人。有《梧叶秋声馆词》（未梓行）。

迈陂塘　和中实

傍朱桥、两三垂柳，柔丝才可盈尺。亭亭映到池波里，一派摇青漾碧。人去夕，怕倚遍阑干，愁绝黄昏色。衣单影只。只燕燕归来，伴侬私语，为底画帘隔。

闲愁客，悄倚亭边片石，诗魂飞去慵觅。前番败叶无人扫，留得几丛堆积。肠断迹，似百结蛛丝，不与风牵直。红楼那侧，有几个游蜂，寻香来往，惆怅蕊狼藉。

蝶恋花　和中实蜕园看雨池上独吟

密密疏疏难尽数。池上轻烟，遮断池边路。隔岸风来吹不住，房栊寂寞惟闻雨。

有恨无言愁万缕。压柳攒花，散作丝丝雾。又听寒鸦啼日暮，空亭悄立伤神处。

瑞鹤仙

倚娇偎玉枕，梦醒时、鬓丝斜亸慵整。无言替花冷。把荼蘼爇罢，还搓蓉粉。幽情昼永，试霜芽、玉泉汲井。更拈来、红豆离离，细把相思摆尽。

犹省。斜张绣幕，二分憨态，宝奁清景。阑干日迴，人共影，两无准。怕催他、前度刘郎去也，门巷枇杷再问。问今番、彩凤双飞，可曾跨稳？

沁园春　叠韵答和中实

悲歌入云，痛饮对花，我辈事哉。任填词幻想，竖儒骂尽；浪游狂魄，楚客招回。司马哀情，元龙豪气，都付红妆宝镜台。消愁够，要云英捧砚，玉女传杯。

浮生莫问将来，看桃李东风一例开。尽美人寂寞，啼痕化血；才人飘泊，埋恨成堆。送了斜阳，呼来明月，留照城东一树梅。君休诧，笑吾曹不死，天亦迟徊。

又　叠韵柬同社诸子

对酒当歌，人生几何，语亦壮哉。趁青衫蜡屐，此身健在；朱门华屋，好梦初回。携得元霜，邀齐旧雨，同上孙登长啸台。休辞醉，把泰山作枕，沧海为杯。

无端春色飞来，看大地河山花乱开。但种情香界，年年依旧；埋愁诗冢，处处能堆。百代兴亡，几人成败，摇落江天数点梅。君休问，有珠喉一串，翠袖低徊。

凤凰台上忆吹箫 钗

凤鬌丛中，螺鬟影里，簪来几费调停。更崭新花样，七宝攒成。要倩檀郎亲手，都插遍、指点殷勤。安排好，还来背镜，转顾频频。

消魂，昵侬悄语，道那日鸳帏，堕枕斜横。只鬓边眉角，尚印些痕。收拾香奁零乱，来花底、碍损柔茎。犹余着，同心一股，却画苔纹。

绛都春 和长沙感旧连句韵

蓬山路断。怅曲曲翠屏，人共春倦。窗外落花，直恁伤心随风剪。旧愁未损新愁满，倩谁把愁肠更换？那回庭宇，而今重过，梦随花远。

还看，楼阴那角，有弓鞋、旧迹寻到双燕。欲待忍情，强自温存偏疏散，酴醾开遍春红晚。只留得、斜阳来伴。料他昨夜相思，倩魂瘦减。

念奴娇 寄怀中实岳中，用叔由韵

断云千里，望帆影不见，楚江寒雨。料得蓬窗惊梦醒，滴碎离人心苦。愁锁春山，恨随流水，迸入相思句。客程今夕，算来行不多许。

指点七二峰前，朱陵洞口，是我曾经路。石壁题诗君莫笑，还念匆匆行旅。岣嵝寻碑，祝融观日，此去休耽误。归时须早，梨花开满庭树。

前调　送程五省父大定，兼送程六入都，叠前韵

人生能几，忆那回、共听西园风雨。明日湘江同解缆，一例别怀凄苦。吹梦燕台，销魂瘴岭，唱断阳关句。雁行遥隔，两人情事如许。

此去莫问行程，南辕北辙，总是天涯路。兄弟君家谁得似，偏又双双行旅。身世愁孤，文章价贱，我亦儒冠误。今宵愁绝，小红一曲琼树。

台城路　和叔由韵

十年醒尽扬州梦，春蚕又牵丝满。拥扇含啼，停杯想恨，此境当初尝遍。笼鹦漫劝。算千尺量愁，楚江还浅。寄语东风，替侬吹雨洗清怨。

帘波和月做冷，奈飞花无定，偏荡魂远。紫拨轻回，红牙缓拍，忍把柔肠催断。琵琶恨晚。也一样伤心，抱来遮面。空认苔痕，曲栏三四转。

沁园春　诗冢，叠前韵

几叠牢愁，满腔热泪，都付此哉。任诗才如虎，灵旗引去；吟魂化鹤，华表飞回。风雨秋号，鬼神夜泣，终古苍茫文雅台。谁相吊？有凄清篁笛，摇落藤杯。

一抔留待将来，历万劫千磨总不开。似金陵那日，麒麟起冢；开元往事，鹦鹉留堆。除是芙蓉，莫生荆棘，修到它生一树梅。吹箫送，倩中书作伴，地下低徊。

以上辑自《湘社集》二，光绪十七年（1891）长沙蜕园刻本。

谭嗣同

谭嗣同（1865—1898），字复生，号壮飞，浏阳人。清末维新运动中坚人物。1898 年 8 月入京，授四品衔军机章京，参与变法新政。后变法失败，被捕，与林旭等六人同时被害，史称“戊戌六君子”。

望海潮　自题小影

曾经沧海，又来沙漠，四千里外关河。骨相空谈，肠轮自转，回头十八年过。春梦醒来么？对春帆细雨，独自吟哦。惟有瓶花，数枝相伴不须多。

寒江才脱渔蓑。剩风尘面貌，自看如何。鉴不因人，形还问影，岂缘醉后颜酡？拔剑欲高歌。有几根侠骨，禁得揉搓？忽说此人是我，睁眼细瞧科。

见《谭嗣同全集·石蜀影庐笔识之五十》，中华书局 1981 年版。

罗长绮

罗长绮（1865—1911），字退斋，号申田，湘乡人。光绪二十一年（1895）进士，授翰林院编修，官江南候补道、驻藏左参赞。有《爨余稿》一卷。

寿楼春　题守拙山人小像

爱高馆秋凉，有苍藤古石，点缀林光。茗碗诗筒琴榻，手自平章。摊一卷、饵松方。问先生、可是蒙庄？认花衬颜酡，袍纾鬓绿，隐隐系萸囊。

吟策短，饮杯长。记华亭烟月，夔府星霜。付与铜琶高唱，夜据胡床。黄石略，赤松装。归去来、三径未荒。愿倩画师补景，隅坐依稀貌漫郎。

台城路　哀艺葵察使亡姬

鸳机梦迴愁丝扬，雕棂雾光笼晓。玳梳香红，珊衾影碧，认取盛时双笑。料量寒燠。甚刀尺年年，者番迟到。断拨鹍弦，再来生注定情稿。

前悰如云似雨，倚凉秋瘦骨，送将人杳。夏荐揩鞶，冬缸替泪，消受银筝夜悄。春归太早。剩鹃语疏栏，落花魂小。海上朝云，累诗仙远吊。

蝶恋花

丝雨弄晴花解笑。风月楼台，比似芳龄小。昨日踏青归不早，压帘飞絮无人扫。

未到曙钟春草草。浅梦俜伶，乍怯鹃啼晓。起拨炉香红未了，隔宵犹带余烟袅。

浣溪纱

掐遍阑干第几重，罗衣寒重欲更慵，昨宵有约桂堂东。

小语应难瞒夜月，闲愁浑不管春风，当时已是悔相逢。

菩萨蛮

晓窗纱透新寒峭，峭寒新透纱窗晓。残梦怯衾单，单衾怯梦残。

病愁长掩镜，镜掩长愁病。花落扑帘斜，斜帘扑落花。

卖花声

峨髻晚妆鸦，寒勒簪花。洞箫吹出小帘斜。偏是今宵明月好，圆到天涯。

蜡泪洗铅华，驿梦云遮。樽前心事写红牙。只恐重来双燕子，难认王家。

虞美人　澎浪矶舟夜

雁来为订茱萸约，屈指程期错。沙头风色滞归航，坏柳萧萧残照不胜黄。

江城夜柝浑无据，兀坐更深雨。壮怀都向酒杯降，昨梦小姑含泪说彭亡。闻雪岑宫保薨逝。

卖花声

宫梦度云翘，细席寒消。平分春绪正花朝。有个灵和人在也，柳色偏娇。

禁漏隔花遥，短蜡长宵。歌终明月在帘梢。我是铁崖词弟子，解自吹箫。

金缕曲　荇芳阁述哀，爰贻其兄子晋知县

流涕平生语。有离合悲欢，生死情天难补。冀野躬耕相馌饷，最忆谢公怜女。悔少小、矜夸文誉。盼到泥金眉乍展，待双携亲听霓裳谱。澄清辔，党锢簿。

掉头长揖将军府。散秋蓬、辞根自转，江乡听鼓。浣服归宁虚素愿，卧疾犹参禅悟。问兄妹、相逢何许。缘会他生期与否，思华年夜瑟停弦柱。环佩影，海山路。

以上《爨余稿》，光绪年间刻本。

程颂万

程颂万（1865—1932），字子大，一字鹿川，晚号十发居士，宁乡人。纳资捐湖北通判，后晋道员。曾任湖北高等学堂、湖南高等学堂监督。晚年寓居上海。有《美人长寿庵词集》五种六卷、《鹿川词》三卷。

罗敷媚

冷鸳寻梦香苔径，泪湿黄昏，月上重门，卷尽湘帘细细云。

篆烟不锁纤尘影，愁杀春人，妒杀春魂，一点余寒恋粉痕。

蝶恋花

窗外东风池上柳。春恨年年，惆怅还如旧。帘底巧莺声乍溜，凭伊软语将花咒。

浑是愁多兼病酒。梦冷鲛绡，背倚屏山后。娇绝黄昏人倦候，罗衣特地春寒瘦。

江城梅花引

横塘双桨掠秋蘋。荡愁根，剪愁根。艇子归来，阑角认灯痕。贪筑小楼临水住，多分月，有时香、都到门。

闭门香篆懒重熏。月黯魂，花黯颦。被也被也，恋不得、空惜余温。记取折枝，花样画罗裙。记取裙边书小字，诗瘦也，比侬家、瘦几分。

巫山一段云

暗月移鸳径，残烟罥画纱。病容扶起半夭斜，瘦减一分花。

门掩枇杷树，春藏燕子家。侍儿催道卸盘鸦，今夜太迟些。

粉蝶儿 见雨中桃花作

晓起房栊，丝魂又随春去。茜窗边、蝶衣慵补。掩啼妆，回慢脸，芳心低诉。觅香巢、只在画帘深处。

舞红一架，狂心都变张绪。蠹笺间、写他蛮素。甚残阳，犹恋着，最高花树。泣东风，蓦和鹃语。

绮罗香 灯花

芳飐铜荷，艳分银叶，那夕谢娘庭院。酒醒宵阑，记得背人偷剪。似罗帏、双笑深深，也一样、春心撩乱。最怜伊、瘦不禁风，茜纱六扇夜频掩。

飞蛾空扑兰焰。知是为侬效死，为花情愿。罢剔瑶钗，惯惹玉人纤腕。簇珠花、绛雪春融，裹金粟、彩云风颤。结相思、一点多情，绮窗幽梦断。

减字木兰花

碧天如水，月上窗儿人未睡。睡了还休，若是醒来不许愁。
手挼裙带，倩影徘徊帘子外。只隔中门，各自销魂到夜分。

临江仙

一段柔情春款款，眉边无那闲愁。月明凉露下西楼。枕函苏蝶梦，屏影并鸳俦。

廿四桥边春有约，都归豆蔻梢头。十三年纪擘箜篌。背人肠欲断，不语泪双流。

点绛唇　戏咏迷藏

曲曲闲房，笑人只有梁间燕。燕儿窥见，空使人寻遍。
步屧声微，似隔银河远。门偷掩，知他那畔，逗响双金钏。

玲珑四犯　和易中实鬘天影事词韵

一寸眉情，看逗入菱妆，春瘦多少。晕碧苔廊，满径履痕将老。楼外细雨飘愁，伴绣被、那知昏晓。恨闰春不闰兰夜，迟我背灯词稿。

茜窗慵觅余寒唾，剩残茸、口脂香小。待松金钮鼠窥人，响送潜钩恼。回望半咫屏山，早睡煞、狸奴清悄。蓦一回拭枕，一回撩帕，没人知道。

凤凰台上忆吹箫 落红怨

绮梦欺鹃，芳心忏蝶，夜来无数残红。恨纻衣频剪，小院人空。燕子归来相啥，香魂断、嫁与东风。愁无据，狸奴未省，暗蹴鞋弓。

匆匆，昨宵私饯，乍撇了红楼，恩淡愁浓。祝明年再见，私语哝哝。阑角夕阳痕腻，青苔褥、暖衬蒙茸。恹恹思，蓦禁风划，卷上郎骢。

桃源忆故人

帘前几个伤春燕，悄立落红庭院。花外春愁不见，只共烟丝剪。

倩魂吹落桃花片，枝上嫩莺犹啭。编得荑篮侧面，识个人心眼。

菩萨蛮 （四首）

两重楼柱相思木，两头月子西南屋。冰透镂金鞋，夜深来不来。

中庭风露冷，乍逼帘衣紧。低放剪刀声，知卿无那情。

屏山宛转帘栊窄，绣花爱绣双㶉鶒。今夜不分床，怜人是乍凉。

罗衫衫袖薄，贪凭阑干角。花冷未宜眠，楼头月下弦。

紫绡衫子青裙褶，月明花影伤心白。私倚小楼前，雁声寒一天。

三更更漏急，刬袜阶前立。泪海一身藏，妨身变海棠。

芙蓉楼上西风冷，银河乍隔人双影。香近烛魂销，夜深曾渡桥。

画来知不似，写个人人字。钗影一行行，两边金凤凰。

台城路 秦淮和友人作

西风吹醒繁华梦，斜阳冶游人到。药砌庭荒，苔纹井废，一片残杨衰草。红桥断了。便桃叶桃根，嫩红都老。十四楼空，挂来眉样月痕小。

当年兴废故迹，问南朝旧梦，莺燕俱恼。拾翠郊原，停红水榭，付与荒烟落照。丁帘路杳。甚烟水无情，凭阑远眺。暝色伤心，乱鸦归树杪。

洞仙歌 和友人纪恨（三首）

花朝寒食，忽一春过半。剩有春愁最难遣。恁妆台乍起、扶病恹恹，帘子下，埋了落花千片。

翠苔空满径，庭院深深，愿学衔花入帘燕。娇重怯香多、浅黛低鬟，只隔着、中门双扇。莫错怨东风不多情，有信息传来，隔窗金钏。

夕阳阑角，正花枝低袅。曾共春人倚阑笑。属横塘那畔、双宿鸳鸯，切莫待，翠盖亭亭枯了。

珠帘留一半，等得侬来，还怕红楼上灯早。刚是月初三、直恁娇多，画不出、两眉纤小。恨玉漏宵深渐催人，祝海水添伊，也应嫌少。

妆余易懒，向小窗书字。戏学簪花恁妍媚。乍箫边凤悄、镜背鸾低，才一笑，又转碧纱幮里。

夜来人未醉，烛泪偷零，偏管人间别离事。烧了博山香、小雪才过，浑不道、夜寒如此。怅鬓影樊川半凋零，问甚日重逢，曲屏山底。

南乡子

帘幕晚如烟，今夜西南月下弦。别是黄昏深院宇，恹恹，惆怅销魂各一天。

小字写娟娟，研损缭绫半幅笺。豆蔻十三楼十二，翩翩，醉向花前唤小怜。

醉花阴

眉愁堆满菱花镜，有个人扶病。小步下回廊，一缕春魂，冷到香苔径。

西楼凉月无人凭，剩有梨花影。衫薄耐微醒，低问阑干，可似前宵冷？

玲珑四犯

篷窗独坐，天末予怀，倚白石腔，用纾离悰。

浦口断虹，湾头归棹，客襟凉意如许。蘋香吹上了，一幅销魂句。江郎鬓凋倦旅，漫断阕、拥衾慵赋。暝色凄魂，薄寒支病，无限倦怀苦。

遥天髡尽离树，理篷窗旧曲，凄绝筝语。怕吹龙笛晚，喷起前滩雨。汀洲窈窕人何在，怅遗佩、浮沉兰浦。涛雪舞，诗愁被、东流卷去。

子夜歌 中实见示红桥笛语，谱此继声

碍歌尘、绮苏半面，隔断一帘香雾。恁六代、琼枝抛散，尚有荡愁烟橹。桥黯歆虹，笛残邀月，剩曲君能谱。乍艳魄、飞入江南，底事丁帘，路窄不容悉驻。

琼窗密、凉飔夕罥，撇下棋声都误。黄雨苏州，白波扬子，添画销魂树。蓦飘灯近晚，酒魂慵趁潮去。故国河山，凭阑揾泪，只许愁人赋。怕几声、吹破兰宵，玉龙哀语。

浣溪纱

昨夜春酲殢海棠，绣屏东畔卸残妆，背人何处捉迷藏。
密意鸾笺千万语，销魂雁柱十三行，人间风月转凄凉。

夜合花　题病起美人画帧

小胆空房，长眉满镜，画来依约分明。帘栊苦雨，良宵偏做愁声。迟药裹，背兰檠。怕粉绵、兜泪难晴。尽伊思梦，扶头半晌，说也零星。

朅来何事干卿。权把屏山六曲，当作愁城。洗娥春困，蝶魂犹颤钗茎。楼絮罥，槛花零。更小桃、啼哑流莺。心事抛针，眼波萦篆，底为珑玲。

清平乐

夜明如水，独自和衣睡。漠漠轻寒笼半臂，忆得那人垂泪。
关情十二阑干，销魂六曲屏山。刻意伤春伤别，梨花庭院微寒。

喝火令

香雾帘前湿，娇云梦里逢。欢期如梦太惺忪。那更海棠幽怨，独自泣愁红。

酒醒黄昏后，人来小院中。夜寒香软薄罗重。记得小鬟，低语下帘栊。记得小鬟低语，帘外月如弓。

菩萨蛮

寒云裹住春无缝，冥蒙天地都如梦。六曲小屏山，梨花深夜寒。

钿头金雀翠，十幅帘垂地。池上好风吹，落花香满衣。

浪淘沙

闷倚小窗纱，暗损韶华。屏山曲曲暝烟遮。孤负淡黄新月子，偏照梨花。

双髻爱盘鸦，小颤灯斜。自将幽怨诉琵琶。空忆小楼双燕语，愁满天涯。

解连环 香篆，和张雨珊丈韵

返魂难曳。小屏山一角，冷清清地。蓦茶香、扬转风帘，又偷共春窝，暝愁低缀。病月凄烟，画一个、帘前心字。只梨云断梦，梅雨枯禅，错被钩起。

幽欢背灯暗记。记浓熏翠被，罗帐私倚。怕深宵、坐暖檀床，恁钗拨炉灰，自添沉水。琐槛云窗，尽蛛网、露凉频系。绾相思、夜阑篆冷，替侬寄意。

八宝妆　屏风，和雨丈韵

按陈君衡《八宝妆》词，与君特《新雁过妆楼》，叔夏《瑶台聚八仙》调本相合，而平仄小异。惟“夜如何”句属读非韵。雨翁词“烟”字叶韵与陈词未合，易之。

六曲回环。遮别梦、连朝敌住轻寒。护春三月，空说燕子翩翩。倩影偷窥罗扇底，坠钗错记小帘间。镇无聊，远眉瘦损，空画螺山。

兰情宵来未减，记有人暗里，拥髻偷看。障影藏娇，回首便隔人天。香销烛灺梦醒，又何处寻他双翠鬟。迷藏候，怕袜罗香近，灯昏那边。

锁窗寒　铎铃，和雨丈韵

警柝支廊，残虬咽箭，薄寒深宇。檐铃剩魄，一例断愁分付。颤空阶、凄清未休，那回似共离人语。蓦花魂系软，黄昏阑北，怯移纤步。

前度。风过处，怅铁马危谯，暝烟梢护。郎当别栈，赚破旅怀如许。怕宵来、灯烬梦凉，院中又战蕉叶雨。最那堪、诉尽乡心，解惜人归暮。

玉漏迟　机杼，和雨丈韵

银河天近晚，珠帘未上，一痕波浅。弄影纤纤，逗响乍停金钏。绾定情丝万缕，又暗把、回肠销倦。声乍转，萦香曳梦，似伊绵软。

寄伊绝塞流黄，怕梦夐鸳机，雁边秋远。轧轧生寒，竟夕露凉酥腕。浑是残绒唾湿，料帘底、袖绡并卷。愁不见，空余旧情一段。

浣溪纱

一曲新词唱恼公，断肠声里去匆匆，销魂人在画楼东。

寂寂帘栊杨柳月，愔愔门巷落花风，累伊长伴病愁中。

行香子

昨夜风柔，吹醒香愁。凭阑干、忘了回头。觯残红袖，笑蹴莲钩。度水中桥，桥外柳，柳边楼。

人间最苦，销魂怨别，别伊时、况是新秋。十分僝僽，一种风流。恨水重重，山叠叠，梦悠悠。

钗头凤

杨花薄，梨花落，倩魂低飐秋千索。愁成病，娇成性。阑干昨夜，有人偷凭。问，问，问。

绯桃阁，芙蓉幕，柳枝偏似身裁弱。慵扶枕，偷窥镜。帘钩触响，个侬潜等。听，听，听。

绿意　乾明寺梦绿亭

一丛寒玉，又一重溪影，照来都绿。石径弯环，僧梦微凉，好个翠阴如幄。小阑干外秋痕瘦，画不出、折枝横幅。有美人、弹袖频来，念取天寒人独。

昨夜雨凉新过，四围山气净，石发初沐。露洗琴床，烟幕筠帘，病损半篱残菊。林疏不度斜阳影，待石上、安排棋局。怅客中、鬓发萧疏，转忆故园林麓。

摸鱼子　春雨

镇空庭、昏黄时候，愁丝织上帘幕。潇潇瑟瑟凄凄语，闭了一春楼阁。花自落，料定有香魂，黏在秋千索。残灯钿箔。恁无夜无明，乍寒乍暖，空怨梦魂恶。

人天恨，一例鸾飘凤泊。繁声休颤檐铎。兜鞋几夕来花径，芳约为伊耽搁。罗袖薄，便湿透啼痕，怕向阑边着。帘钩下却。记逗响沉沉，小楼昨夜，与我细商略。

又　秋雨

恁芭蕉、枝枝叶叶，夜深都为伊剪。怕听水阁吴娘曲，子夜怨歌偷变。秋梦远，便隔个、帘栊也被他敲断。新凉尚浅。乍逗响鸳帏，消魂蕤枕，一夕倍凄恋。

声声悄，湿了芙蓉小院。愁心都逼团扇。无情却恨西风冷，吹入回阑一半。帘待卷，堕惨惨、凄凄几叶梧桐片。墙阴那畔。剩点点啼痕，丝丝鬓影，重印旧苔藓。

金缕曲　狂歌被酒，赋此剧哀

艳魄埋无地。幸人间、葬花有家，浇花有泪。月满秦楼箫声冷，吹破人天绿意。吹不散、玳筵罗绮。叱起海红帘底雾，怕酒波不撼沧溟起。将世界，一重洗。

鄂君留得经年被。损盈盈、昨宵风浪，鲛宫尺咫。楚望已无春可饯，相送奈何天里。恨不把、花幡揉碎。料得此身无处着，上江楼独把危阑倚。千叠岫，万重水。

罗敷媚

夜深踏遍珠帘影，六扇窗斜，一剪灯斜，记得红楼是那家。

玉阑干畔花枝冷，花似人耶，人似花耶，只隔蒙蒙一面纱。

谒金门

屏山绕，湿镜一天清晓。愁似杨枝无力袅，病来春悄悄。

镜里长眉未扫，阑外落花红小。今日东风吹大了，帘栊须下好。

高阳台　癸未初春击汰湘沅，舟次无憀，怆吟二阕

泪尾侵寒，潮心堕梦，旅怀都趁春慵。憔悴江郎，冷烟又换孤篷。前山浅画眉痕绿，尽湘天、影事描空。最怜伊，露袜琼沙，划佩鲛宫。

一层弧角屏风衬，画初三月子，眉样如弓。濶海雌霓，无端飞上巫峰。黄陵竹子斑斑血，更何须、添印鹃红。太匆匆，万一无憀，来伴痴龙。

殢雨篷心，弹潮舵尾，春江断送兰桡。冷浸鱼天，一枝凉月吟箫。返魂新柳夸三绝，做颦眉、泪眼蛮腰。系湾头，纵有他生，不似虹桥。

当初唤玉帘衣瞥，已心心心上，长遍愁苗。镜海颓廊，居然有个鹦招。过头风浪年时事，待萍鸥、送上离潮。怕横江，万斛诗愁，酒薄难消。况周仪曰：此词为通卷之冠，应名《虹桥词》。又曰：便饶烟水迷离之致，令人辄唤奈何。

点绛唇

寂寞闲庭，归来燕子门空掩。烟丝一剪，搭向阑干畔。

柳暖花酥，日暖人偏倦。帘初卷，东风太软，吹入桃花片。

踏莎行

花困蜂苏，柳眠莺喘，退红犹似当初见。偷将闲恨嫁东风，泪痕空洗胭脂面。

曲录阑干，秋千庭院，月魂乍近春人远。回身隔个小帘栊，分明逗响双金钏。

海天阔处　春云，和彦清兄韵

梦魂更比春慵，和愁倚向阑干缺。狞龙出海，满身都带，懒窝云叶。轻欲烘烟，淡疑妨雨，数重纱隔。正神皋昨夜，划开愁界，逗一片、蒙蒙月。

怕蹴巫峰仙阙。乍兰宵、楚魂飞越。天东障子，晓来偷变，窈娘衣褶。斗煞梨花，扶慵柳絮，欠些明白。妒红儿立处，髻鬟松了，背东风说。

烛影摇红　题江城恋别图，应蔡竟夫

澌雪寒江，一帆低闪天东墨。帆边大别碍人行，不摔峰头月。那夕灯痕槛侧。拗苍龙、一枝吹裂。楼中况有，玉样梅花，不分红白。

空怨灵蛛，网愁无缝相思窄。阑干又起鲤鱼风，暝桨催桃叶。那更颦春怅夕。莽前尘、萍踪絮雪。倪迂幛子，抵似蓬山，贮君愁魄。

八声甘州 春宵月下忆远

觅诗魂短短画阑边，阿谁替花愁。渐春衫浸了，满身黄月，那角红楼。领取翠帘空色，如水做春柔。钏响支离处，暗拂琼钩。

欲犯银槎无路，只钗撩云想，屧被风揉。记掌窝脂擘，红晕那时留。揭笼衣、喘残鹦鹉，怕东风、医病也难瘳。危桥路，蒙香未醒，慵赋仙游。

踏莎行

竟夫新词云："梦魂凄断已多时，枯毫空写相思句。"悼亡意也，谱此慰之。

蝶带愁归，莺将怨去，抛他密誓深宵语。画廊纤手记分携，依稀认得花阴路。

虚白仙龛，闹红单户，小鸾身世吟秋误。伤心泪墨小屏山，为君添画相思树。

买陂塘 听雨

正愁人愁丝未浣，织成帘外愁雨。灯残酒醒香楼窄，撩乱鬓丝盈缕。梯小步，指阑角梨花，冷白蒙蒙处。痴魂暂伫。怪红透蕉心，绿黏苔发，蓦地与春遇。

封姨好，款款替侬拴住。画檐飘断离绪。雏鸾院落中门底，宛隔一层香雾。天又曙，漫揾遍慵衾，数遍残更鼓。繁声正苦。怕燕子归来，梁间语涩，昨梦怎交付。

金缕曲　兰

露泫啼珠颤。认亭亭、无聊环佩，冷烟庭院。帘底恹恹人卧病，无限态浓意远。任惨绿、舞衫痕变。鹃国一春愁作瘴，指灵均葬处侬曾唁。坟几尺，恨深浅。

楼居不合香君贱。赚词仙、损伊才思，替描芳怨。松畹未妨愁破罅，添得素心凄眷。更压影、花阑魂扁。痴绝晓奁娟楚色，好分来浅笑浓啼半。湘水晕，照愁脸。

河　传

春晓，莺恼。起来迟，小庭闲捻花枝，被风剪来红一丝。谁知，一双蝴蝶儿。

香销烛冷深深院，帘不卷，有梦都寻遍。乍扶钗，暗兜鞋，休猜，夜来难出来。

惜分钗

柔肠腻，横波细，一眶秋水盈盈泪。盼天边，月儿圆。记得初三，弓样眉尖，纤纤。

千金意，双蛾翠，倾城得似延年妹。病婵娟，最堪怜。孤负莺花，二月春天，恹恹。

秦楼月

春睡起，昨宵魂梦真难记。真难记，小楼西畔，碧桐阴里。

屏山十二相思地，良时十二相思味。相思味，梅心酸透，莲心苦未？

眼儿媚

凄凄眉黛妒余妍，风淡落花天。那人情态，那回欢笑，那日窗边。

迢迢断梦谁能记，赋别恼江淹。多谢东风，替传消息，吹卷重帘。

鹊桥仙

调筝语涩，湔裙意懒，憔悴甚时还可？房栊一片绿阴沉，问镇日、谁来伴我？

拓鞋掌上，泛船溪上，兜底思量谁个？不情不绪没人知，只独自、背帘闲坐。

四和香

十四丫头春未足，娇小人如玉。学写碧云笺半幅，戏补上、纱窗绿。

见客入来低道福，解送横波目。转过回廊才一曲，看池上、鸳鸯宿。

忆少年

低摇扇子，笑拈花朵，半窥帘户。空庭怯花落，况黄昏微雨。

六曲屏山遮翠雾，便思量、也无情绪。双双白蝴蝶，向花间飞去。

摸鱼儿　荷花生日，偕何诗孙、胡子宽、徐瑞屏、蔡竟夫诸子集三雅亭赋

最无憀、酒边愁破，一痕凉梦初醒。虾须半妥羊灯上，眉月掠残秋影。花意肯，算廿四番风，不数奇胎性。饼筵初进。漫答拜深深，弯来藕臂，帘外倚妆靓。

亭亭样，问是何年仙孕。华清旧约潜等。贴溪榆荚田田叶，都作洗儿钱认。波似镜，宛醉起扶头，两两鸳鸯颈。情丝系定。恁花笑人痴，酒催诗瘦，日日画阑凭。

踏莎行　（二首）

柳外斜阳，花间断梦，心情病酒芳寒重。雕阑六曲有人凭，苍苔暗补闲阶空。

痴绝蜂忙，娇回莺唠，怜伊倩影凌波送。巧持纨扇索题诗，

回头半露钗梁凤。

白纻衫轻，紫罗裙小，断堤疏柳寻来到。知他门掩阿谁边，红楼那角珠帘悄。

叩槛鸥眠，窥菱鸳笑，盈盈女伴归来早。断云残雨做相思，阑干十二空斜照。

摸鱼儿　招同人集瘦秋香榭，因饯何诗孙、蔡竟夫，叠前韵

忒惊心、秋风又逼，酒边离思催醒。庭前几叶梧桐坠，错认寒鸦颤影。君意肯，怕裂芰裁荷，未识秋情性。月魂移进。只一个阑干，两重楼柱，花想隔帘靓。

平生气，湖海元龙久孕。朅来都算平等。武陵溪上桃花桨，渔父渔娃能认。同揽镜，笑对舞山鸡，已自羞延颈。萍飘莫定。镇话别添愁，忏愁销梦，同伴小窗凭。

浣溪纱

昨夜西风冷翠楼，梧桐叶落下帘钩，月明凉露五更愁。

今夜梦魂何处去，醒来宿酒惯扶头，思量只在画屏幽。况曰："词境亦幽。"

虞美人

小小回廊花径转，人在深深院。月明昨夜倚阑干，只是更

无人与说春寒。

罗衫低映梨花白，瘦影湘屏隔。眉痕锁梦太无情，恨煞一帘春雨不分明。况周仪曰：“寒韵加一，只是更娟楚。”

高阳台 灯前梅影一枝，意态娟好，作忆梅词

残雪黏帘，瘦禽啼月，忍寒偏是黄昏。一水溪桥，阿谁更倚重门。淡妆缥缈无寻处，向吟边、细诉芳魂。恼相思、一点残灯，一个愁人。

婵娟风露空山杳，甚枝南枝北，犹殢香温。冷梦相偎，于今梦也无痕。惜花人别花枝瘦，剩银屏、空锁娇云。好教他、槛外篱边，休种愁根。

以上《言愁阁笛谱上》

摸鱼儿 人日谢何诗孙舍人送酒

乍撩人、试灯天气，小阑干外丝雨。何郎无限萧骚意，相约酒徒三五。教且住，看紫陌花灯，门巷停车处。销魂恁苦。记燕燕莺莺，醒醒醉醉，香梦度帘户。

休论价，且贳鹴裘酒贾，移来十瓮芳醑。东风催醒梅花睡，酒气隔帘如雾。宾共主，到香榭宵阑，拔剑尊前舞。吟魂万缕。直绕遍天涯，冲寒掠暝，搅作一庭絮。

又 朱竹仙以梅花柏叶见怡

问何时、江南朱十，仙源一棹曾住。年来渐老愁中鬓，厌听春城箫鼓。情万缕，认罨画溪山，十里桃花路。软红似雾。待买个扁舟，摇来双桨，寻到旧游处。

分明是，岩壑后凋俦侣。枝柯曾饱霜露。夜深宜伴梅花睡，茜雪暗堆帘户。君记取，算载酒江湖，惟我堪怜汝。飘零若絮。更惨惨凄凄，潇潇瑟瑟，一夜打窗雨。

齐天乐 人日竹仙招饮六缘馆，为消寒第九集

东风莫漫吹愁至，相携慰伊春冷。浅白浮樽，新黄褪额，歌侣年时芳俊。帘阴做暝。黯掠破丝丝，酒边愁影。侧帽相看，隔花人说去年病。

珠尘花市又接，杜陵诗思剧，慵唤春醒。槛入新蟾，篱招彩(帖)[蝶]，暗促溪桥梅信。兰宵漏紧。怕灯约黄昏，懒寻鸳径。社燕多情，旧巢新睡稳。

又 叠韵赠蔡竟夫归自塞上

貂裘匹马皋兰道，万山围向人冷。盾鼻风酸，旌头月落，羡煞书生豪俊。蘧庐醉暝。尚疑是关前，群松动影。绝塞刀环，替君欢喜替君病。

团圆一片明月，恐琼楼玉宇，仙子惊醒。倒尽金卮，击残铜钵，道是天涯谁信。柝声偏紧。有十万红珠，照吾归径。水调飞来，更情深韵稳。况周仪曰：“极磊落光明之致。”

烛影摇红

晨起空斋瓶梅乍拆，横斜有态，孤艳动人。因约同志集瘦秋香榭，为消寒第十集赋。

瘦尽湘烟，丝丝窗外柔魂小。帘栊新放嫩寒偏，冷梦空寻到。冶夕啼妆换了。溅脂痕、缃衣冻晓。小楼醒味，禅榻温馨，赚伊花笑。

阑畔东风，酒人飘去愁多少。一分愁是一分春，替写相思照。剩碧苔廊未扫。漫由他、西帘日抱。卢家社燕，冷暖无猜，病怀争道。

百字令　除夕

催人莲漏，算销魂、第一天涯良夜。烛灺香销帘半卷，梅影又横窗也。爆竹声喧，珠幡影烂，春近闲亭榭。酒边人醉，可堪丝鬓盈把。

回省过翼流光，百年心事，齐赴寒灯下。蠹损尘昏书暗叠，莫谩韩穷相诧。纤灶无灵，题糕有韵，曙色阑干亚。兴酣耳热，祭诗应效狂贾。

小楼连苑　人日

可怜人日天涯，年年春梦花前冷。丝丝细雨，愔愔薄雾，草堂芳讯。中酒心情，试灯天气，峭寒偏忍。倩疏帘放了，阑干四面，遮不住，梅花影。

醉里凭肩悄问，问东风、乍催芳信。十分僝僽，三分成梦，七分成病。燕剪娇黄，苔纹恨碧，个侬香径。掩窗纱六扇，银鹦多事，唤愁人醒。况周仪曰：“精稳。”

疏影　元夜

月魂似水。浸翠帘百幅，峭寒难避。十里楼台，一夕风柔，吹下粉香都腻。盈盈画烛多情甚，照不破、海棠浓睡。笑人生、酒绿灯红，半是客中愁里。

惆怅珠阑共倚。听车度曲巷，人醉花市。粉本乌阑，小字回环，只有红红能记。婵娟要斗人间影，略不避、个侬姝丽。算近来、几度销魂，第一落灯天气。

望江南　竹仙有江关之思，因赋八阕以广其意

江南忆，最忆是青溪。柳色断桥双燕子，杏花春水小船儿，三月踏青时。

江南忆，最忆是河房。晓起鹦呼新客至，晚妆人戴夜来香，

水阁爱清凉。

江南忆，最忆是红桥。水榭四围阑六曲，晴波一折柳千条，明月夜吹箫。

江南忆，最忆是灯船。凤尾裙儿人按曲，虾须帘子月窥筵，波底照婵娟。

江南忆，最忆旧宫门。冷月红墙无客到，晚潮青殿傍烟昏，歌舞种愁根。

江南忆，最忆酒家楼。锦旆当门成小市，银灯隔座记藏钩，往事殢人愁。

江南忆，最忆早春前。社燕晴衔飞絮影，纸鸢风扬落花天，白下梦如烟。

江南忆，最忆暮秋天。残照阑干鸦影乱，晚风帘幕燕巢偏，惆怅一年年。

玲珑四犯 花朝

今日花朝，昨宵残酒，小楼春思无据。梦黏杨柳影，泪泫樱桃雨。尊前鬓丝几缕，悄东风、糁成飞絮。瘦蝶偎烟，冷鸳憎暝，空绕曲廊步。

阑干柳阴迷路，问沉吟掐遍，纤印何许。恼他双燕子，没个商量语。天涯剩有榆钱在，空赠与、莺边行旅。伤倦羽，只带眼、都移旧处。

貂裘换酒　酒楼即事

一阵催花雨。正愁人、愁春未醒，梦痕浓处。同倚酒家楼上曲，瘦怯东风无主。记故馆、樱桃几树。料得帘栊闲病酒，茜窗边燕语人无语。新脸晕，旧眉妩。

醉中空觅杨枝舞。怨兰宵、泪零残烛，小阑朱户。冷冷凄凄花朝夕，婉晚芳韶飘去。休负了、娇红庭宇。十幅蛮笺双翠管，一行行都是销魂句。宛转意，情谁诉。

蝶恋花

窗外樱桃帘里燕。泣翠颦红，有个人同倦。六曲屏山春昼掩，好风吹落桃花片。

记得花前双笑脸。语软香低，暗绕回廊遍。掐破旧时红印浅，一枝枝上啼痕染。

月华清　戴淑卿女史为内子画荷花便面题词（八首）

月懒兰闺，云慵柳榭，倩魂飘断帘隙。细写生绡，化入暝烟无迹。暗银塘、腻粉吹香，伴那日、曲阑空碧。脉脉，镇含娇欲堕，个中描得。

怯咏西楼素魄。剩一缕吟边，茜丝沾湿。睡熟闲鸥，波底梦痕凉白。颤罗衣、画槛风侵，褪不尽、可怜颜色。颦夕，怅团栾小影，花阴遥隔。余将归湘。况周仪曰：“精稳，雅与题称。”

沁园春　诗孙舍人初度日，集三雅亭赋赠

四十无憀，且自由君，卧酒吞花。怕词源倒喷，天容如墨；曲肠横决，海更无涯。而我粗疏，共君豪侠，日醉江楼卖酒家。颓云接，指神州一发，那是京华。

当筵黯听琵琶，叹世上浮名薄似纱。算饮酒赋诗，年年累汝；读书好色，事事堪嗟。雪白鸥天，闹红鸳舸，捧碧筒杯两髻丫。为君寿，要百年添闰，不放尊斜。

多　丽

乙酉荷花生日，同人小集三雅亭，重拾坠欢，不无怅惘。适竟夫自湘中返，而予与诗孙又将归里。

梦如烟，蘅皋客感依然。记销魂、扇飏阑角，笑香低障婵娟。剩飘零、青衫红粉；空误了、短鬓华颠。胆怯昏黄，衣怜惨绿，被秋扶梦到鸥边。画一带、相思恨影，波底夕阳天。凉飙起，蓼花深港，泊个渔船。

熏酒思、琉璃初泛，晚屏飞浴明蟾。悄鸳鸯、一双儿睡；病杨柳、三两枝眠。妆靓虹波，舞闲江佩，水仙争掷洗儿钱。暗几度、就凉槐影，风叶不惊喧。来宵剩，稀星数点，分黯湘川。

满庭芳　题石顽老人梅石画帧

怪石欹庭，冻云连屋，高寒爱住山村。清香冷梦，倩影幻湘裙。寂漠江城独夜，空帘月、瘦到三分。销凝极，东风昨夕，深闭小楼门。

武陵溪畔路，荒园古树，最忆黄昏。有回廊六曲，黏住吟魂。纸上墨痕飘落，伶俜蝶、犹恋残春。春来恨，花天鬓影，吹瘦倚阑人。

沁园春　舟中和诗孙大兄韵

我所思兮，濯发沧溟，洪涛逆流。有奇思万斛，浩于潮汐；仙人双髻，醉卧瀛洲。何事淹迟，十年湖海，诗卷飘萧不自由。君须记，有天风划袂，海气霾舟。

吾生酒国堪侯，任醉竹觞荷岁又周。笑健儿身手，短衣长剑；丈夫意气，名马貂裘。水国鲸波，大江虹月，玉垒频年战伐休。烟波阔，挂蒲帆十丈，飞过江楼。

又

偕易六叔由、家兄彦清泛舟游岳，舟中醉，赠叔由兼忆中实蜀中。

人生百年，以酒为欢，不醉如何。认短篷残烛，霜欺人瘦；空江乱荻，风飐愁多。一棹兰皋，半泓杯影，岳色冥蒙堕酒波。

邀君醉，到祝融峰顶，西望岷嶓。

群峰万马奔驮，蹴水势昭滩一旋涡。怅江上骚人，衣搴薜荔；天边玉女，髻拥青螺。雁落霜空，猿啼夜悄，一夕愁心冷汨罗。重阳近，怨天涯风雨，梦里关河。

水龙吟 舟中望岳

巨灵横劈东南，青天一发蓬莱白。火云烧海，雄风吼雾，壮哉金阙。九面峰回，数帆湘转，半江晴色。问祝融仙顶，潮阳去后，有几个，文章伯。

苍莽天西落日，度群鸦、乱峰飞越。神君七二，上封重九，灵光荡击。笑杀书生，壮游腰脚，健如飞鹘。欻一声狂啸，鱼龙梦醒，破寒潭碧。

水调歌头 送诗孙游吴，即题所书东坡大江东去册子

冲暝挂帆叶，送子大江东。身边未有长剑，徒欲斩蛟龙。怅望湘皋飞雁，凭吊楼头孤鹤，天地酒尊空。书画米家舫，秋色老征篷。

笔如椽，词如铸，气如虹。今夕何夕，离思千种太冥蒙。十幅银钩玉箸，一曲铜琶铁板，墨妙数坡公。醉语不能答，矫首问归鸿。

浣溪纱 题扇

一夜秋心怨广寒，清香不断小帘间，画阑私倚记双鬟。衬出可怜颜色好，折枝斜插鬓云弯，倩魂低搦小屏山。

暗香 舟中次叔由韵，寄内子汝南君

一重水碧，又一重山影，蘸成愁色。暗罥湘烟，薄暝篷窗乱丝织。料得楼头倦倚，盼天际、雁声寥寂。只衫晕、那角阑干，菊影峭寒逼。

休忆，更漏急。恁锦帐泪痕，渍透瑶席。残脂镜里，染作湘波断虹湿。怅望仙源路远，空寄意、江鳞一尺。镇此际、凄绝语，瘦鸳听得。

高阳台 篷窗客话，有感小长芦钓师咏吴江叶元礼事，用绛趺山馆韵

腻粉吹香，红阑隔水，柳阴人系双桡。那不销魂，秋来瘦损潘腰。障娇团扇相思字，小银钩、浅画低描。弹珠翘、廿四桥头，月冷琼箫。

荷花生日相逢地，怪泠吟诗涩，曾乞花饶。泪泻银河，三生恨碧迢迢。人天剩有青衫泣，病鸳鸯、彩翼先凋。到今朝、憔悴西风，刻骨香桃。

长亭怨慢

记那日、画帘深处。双笑双携，背灯无语。霜甃芳兰，红心冷抱，蝶魂聚。香钩一捻，偏懒向、苔阶步。并坐尚嫌疏，甚底事、来时便去。

凝伫，镇孤篷日暝，断雁空江愁暮。瘦来眉月，莫瘦了、初三眉妩。怕此后、惨绿衣衫，梦不到、昏黄庭宇。伴冷焰残灯，门外病鸦啼树。

金缕曲

秋风毷氉，客感无聊，爰倚是调，送叔由入蜀，时予亦将有朗江之行矣。黄叶新霜，青衫旧梦，知墨花当与泪花同泫也

一夕留君住。甚当筵、背啼红烛，泪零如雨。明日离亭归雁急，我亦轻帆南浦。那更忍、暗催君去。记取小红庭院里，茜窗边剩曲飘筝柱。都化作，断肠语。

才人总为多情误。镇飘零、惜春心性，悲秋词赋。隔着疏帘春未浣，暂许痴魂延伫。怕泪尾、寒侵如许。六扇银屏阑九曲，到临歧尽是销魂处。空望断，蜀天暮。

醉太平

阑边粉香，帘边梦长。笑他双宿鸳鸯，趁今宵乍凉。

裙钩半藏，琼梯暗妨。去魂都傍伊行，在桐阴那厢。

曲游春 题双美人垂钓画帧

波镜春愁涌，正晓妆梳掠，双倚帘户。嫩绿池塘，问芳踪那日，并鸳无语。恨逐杨花去。被十二、阑干围住。立东风、瘦石苔矶，悄忆钿盟南浦。

瞥眼蜻蜓飞处，引游鱼唼喋，窥影还误。瘦腕禁寒，恰风回蘋末，茜丝无主。底印弓弓步。蓦携手、画桥归路。灯下又绾同心，个人暗觑。下阕换头，从赵功可体。

南歌子

茉莉攒成髻，芙蓉绣作裙。卿卿小字比双文，未是酒醒时候已销魂。

帕上匀花露，衣边带酒痕。夜深私语那堪闻，只隔一重帘子一重云。

浣溪纱 三雅亭禊饮（四首）

六曲阑干一尺波，销魂无奈落花何，吴娘水阁记闻歌。
惆怅柳边新燕子，掠波双尾剪春罗，斜阳信息可知么。

旧梦红桥已十年，好花时节暮春天，断魂人倚画帘前。
柳色眉弯双叶小，二分愁思一分烟，旗亭娇唱昵人怜。

卧酒吞花恼阿侬，一年春恨雨声中，采兰时候太匆匆。

倚遍雕阑三十六，碧波微蘸杏衫红，倩谁双髻唱东风。

别酒芳襟半已阑，怕将消息问阑干，旧时朱户恁衣单。

依约藏鸦杨柳径，软黄浓翠不胜攀，一春花月几曾闲。况周仪曰：“四词清脆绵婉，神似炊闻。”

玉楼春

纤钩并握云鬟侧，深弄小窗明未得。酒魂浓与被香宜，不道早莺催唤别。

娇携倚帐柔荑涩，莫漫冲泥怕骢滑。阴晴底事五更来，认取梨花墙外雪。况周仪曰：“规仿清真，得其神似。”

浪淘沙

十二碧阑斜，六扇红纱。隔窗曾记唾余霞。昨夜东风吹淡了，一树梨花。

春梦剩些些，那角帘遮。小桃开落谢娘家。溜却玉钗浑不管，爱弹双鸦。况周仪曰：“此却是国初人好句，娇憨如是如是。”

唐多令 秋海棠

凉露泻秋琴，垂丝袅碧簪。小蜻蜓、瞥过花阴。滴尽泪珠慵不见，空记取，画帘深。

庭院思愔愔，楼空月半沉。可怜红、未减秋心。花影一层阑一角，人去也，梦来寻。

苏幕遮　杏燕画帧

定巢分，风剪别。第一销魂，难画斜阳色。露脸烟房春未拆。璅槛单衣，软衬欹红褶。

玉楼重，珠桁窄。雨湿慵飞，故垒残香叠。愁共好春无气力。可奈青旗，尚隔烟村北。

虞美人

晚妆帘幕愔愔地，无语思量起。一分才思一分愁，人在淡黄庭院小红楼。

堆来纸上愁痕满，蓦近浓春晚。此身愿化作花笺，叠遍香闺指印玉纤纤。

高阳台

对镜撩花，挑灯想梦，画煤难认芳标。自在帘栊，渌波初染烟篙。沉沉寒食梨花夜，悄亭台、幔卷香潮。误年时、隔雨楼低，伫月厢遥。

蜀弦暗涩文园病，赚梦魂飞乱，唤醒嬴箫。抬眼东风，今番尚有红桥。浮花浪蕊慵相讯，裹芳心、只在樱梢。验当初、指印窗红，那角星寮。

又 病酒

翳晓疏棂，弄晴烟幕，闷怀离绪恹恹。旅鬓惺忪，暗床弦索空悬。露房烟靥知何限，黯倚墙、临水依然。恁春归、带眼频移，半臂慵添。

重帘怯卷瓯香寂，蓦扶头未醒，春在愁边。并袖携樽，记曾月下星前。清吟侧帽无憀极，甚东风、吹恼樊川。认衫痕、香色今番，黯淡炉烟。况周仪曰："自然从追琢中来。此境不易能，并不易知，然韵尤得清真神髓。"

清平乐

十三年纪，双眼明秋水。记得那回灯影里，替把鬓丝扶起。

小名唤作琼仙，荑柔爱拨幺弦。伴取张星一个，夜深墙角东边。况周仪曰："此却恰好，甚可爱，在众艳中不易摘出。"

添字渔家傲

仙山楼阁埋空屿。似斗桃花，吹落檐深处。剪取白云和梦煮。炊烟沍，何人叱起东溟雾？

缟夜有灵空傍汝。幺凤骑来，不隔溪南路。溪上龙毛长尺许。龙宫女，珊瑚烛海迎郎去。

水调歌头　中秋夜偕张仲卣式恭，家兄彦清玩月，用坡韵

万古一圆镜，飞挂有情天。瘦蟾痴魄无恙，流照自何年。我有相思一发，欲寄美人千里，衣薄五铢寒。仙子正双笑，呼我碧云间。

琼楼迥，银河淡，不成眠。秋香正熟今夜，还傍画阑悬。漫道姮娥终寡，毕竟吴刚未老，江上待鲸仙。痛饮且须醉，灵药误婵娟。

买陂塘　文战再北，索居寡欢，口占是解

问秋来、魂销几度，可还今夜销得。笼鹦漫怯铅霜冷，低影茜纱窗槅。波一尺，乍涨入、空帘荡得愁痕碧。芭蕉几叶。记听雨潇潇，吴娘水阁，轻悔那时别。

认罗袖，别泪斑痕折叠。一行行是愁积。银屏画出天涯路，宛在水亭山驿。心似织，算回首、秦楼已是天边隔。青衫数褶。剩酒印模黏，粉香凄黦，不比旧颜色。

大酺　旋朗州周琴村孝廉饯别，即席赋

对柳边楼，楼前路，画出天涯愁色。青衫都湿遍，剩江湖十载，凤鸾漂泊。扣槛鸳凉，窥菱燕瘦，今夕旅魂销得。艳才应未减，只吟边减了，鬓丝青缬。怕剪却湘蓠，夜寒波悄，瞑

篷如墨。

曲阑干几折。怅回首、已似天边隔。待记取、帘波似海，中有冤禽，可能销、人间恨魄。认小眉清瘦，有客里、初三蛾月。况同是、身如叶。湘波一剪，不够两鸥浮拍。烟愁共君暗叠。况周仪曰："出色当行。"

念奴娇　舟夜

暝江帆影，又空湾、逗出数星渔火。柔橹咿哑归远浦，恰趁雁声低和。梦想衾孤，霜催鬓苦，剩有灯怜我。疏钟曳响，枫人数点愁堕。

篷底病雨无聊，料香残罗帐，枕偎钗弹。欲倩潮心频寄语，怕被冷鸳听破。柳欲无丝，芦还有絮，一片寒烟裹。明朝挂席，白鸥烟际双坐。

离亭燕　湖汉写望

才过蘋乡几曲，添了数湾芦竹。点点白鸥天外堕，错认蒲帆十幅。欲化冷鸳鸯，伴取渔娃双宿。

一转一层波绿，一望一重烟复。湖雁也如人意懒，不向沙汀晚浴。远浦断炊烟，知有三间渔屋。况周仪曰："可与宋人'一带江山如画'阕并传，境界似之。"

忆旧游　（二首）

记眉心月瘦，额角云轻，那日窗边。韵好经秋淡，黯墙阴珠泪，浅晕棠眠。者回梦欹鸳枕，香袅渴龙涎。怕槛瓅玲珑，屏迷屈曲，幽憾难捐。

灵仙，香界别，悄拾残绒唾，熏费炉烟。特地纱衣换，蓦映胸斜汉，凸衬酥莲。玉箫二分明月，愁鬓恼樊川。怪烛底萦魂，不成真个双泪悬。

镇琴心凤冷，箫孔鸾孤，迸入凉秋。竹影惺忪地，乍廊停响屧，人黯妆楼。背灯自看愁靥，熏润恼衾裯。况酒醒宵阑，语低香重，促上兰舟。

勾留，又今夕，有鸾帕题诗，麝袋藏钩。咫尺层城幻，恁递愁窗眼，不递回眸。短亭一行烟柳，霜翠落蘋洲。便盼断芳骢，痴魂尚倚楼上头。

临江仙　题板桥杂记

龙虎销残莺燕老，西风一夜南朝。江南何处不魂销。乌啼红板路，花落白门潮。

剩得几株残照柳，向人犹逞纤腰。招魂重过石城桥。月明楼十四，不忍更闻箫。

洞仙歌　闻雁

魂销已甚，又短篷江路。怕听销魂夜深语。恁昏烟、叫暝瘦月啼空，空际恨，飘满十三筝柱。

湖天霜气冷，一点秋魂，唤醒菰芦最深处。今夜小红楼，吴语生寒，料也似、背舷吟苦。有梦影随君返潇湘，认倚定阑干，个侬凝伫。

木兰花慢　初三夕舟次咏月

怅天边恨影，浑不管，夜来颦。恁瘦到纤纤，窥来小小，觑破真真。黄昏画阑自倚，黯盈盈双照比肩人。孤枕荒江魂怯，小鬟深阁香温。

回看，脸晕红新。画一角，楚天云。似娉娉袅袅，十三年纪，略皱眉痕。愁鸳并舷无寐，暗消凝汀翠两三分。特地听风听水，那堪伤别伤春。

金缕曲

空江拥被，万感如潮。忆张南湖舍人云骧芙蓉碣传奇最为婉艳，爰倚是调题寄，言愁欲愁，不觉江州泪湿矣。

今夕愁来也。正篷窗、衾寒酒醒，岸钟敲乍。觅个小鬟能记曲，君亦销魂子野。算十载、词场恨惹。露柳烟蒲昏暝极，更蓉汀暗剪红衣卸。魂不语，颤灯灺。

蓉城旧劫伤心话。倩才人、哭花双泪，乌阑低写。我亦樊川伤鬓短，从向舞休歌罢。只玉骨、都无一把。湘渚盟鸥辜旧约，蓦铅霜透入孤篷罅。羁感积，向遥夜。况周仪曰：“前阕‘愁死’二句，及此阕后段具有消息，可为知者道耳。”

以上《言愁阁笛谱下》

南歌子

试黛三分倦，添香一顷慵。晓阑微亸鬓云松，燕剪春愁愁剪一丝风。

瓦怯鸳鸯冻，楼高燕子空。断肠时候可怜侬，又是落花埋恨一重重。

点绛唇　（三首）

锁梦帘栊，冥冥一片湘江雨。断肠人去，且为今宵住。

雏燕雕梁，似说分携语。凝情处，旧时廊户，一角斜阳路。

天与多情，那堪更与愁心性。愁多转病，人与花同命。

回首秦楼，乍隔人天迥。春将暝，阑干做冷，曲曲相思影。

隔岸垂杨，柔丝绾住啼莺小。无郎也好，白水门前绕。

几曲烟波，梦破鸳鸯晓。湘江道，客愁多少，新涨平堤了。

醉太平　（二首）

苔痕半墙，花魂半廊。一莺痴语斜阳，说东风断肠。
罗轻袂长，蝉低鬓香。隔帘初洗残妆，听声声钏凉。

罗衣绣纹，帘衣翠痕。去年花底温存，又今年断魂。
啼鹃送春，啼莺恨人。梨花燕子重门，剩东风二分。

昭君怨

绿遍垂杨远岸，一夜翠痕都减。鸳梦住江南，又春三。
三月东风吹瘦，记得别伊时候。罗帐泪偷垂，小鬟知。

又　舟中听雨

绮梦少年抛却，记否吴娘水阁。双脸晕香潮，小红箫。
天与愁人无寐，篷背潇潇声碎。此夕病鸳鸯，梦横塘。
仿佛乔家姊妹，仿佛谢家才地。生小忒聪明，误双卿。
记得枇杷花下，记得郎来系马。记得卷帘钩，替梳头。

喝火令　题浣纱士女册子

堤窄难妨马，阑空半占花。夕阳如网堕溪斜。浸透一重帘子，吹泪阁窗纱。

小影眉边月，啼妆脸上霞。西施生小苎罗家。那日门前，一树柳阴遮。那日柳阴深处，晓梦破啼鸦。

虞美人　（四首）

小红楼上初三夜，面面疏帘下。嫩凉新试薄绵衣，低辫双鬟茉莉与肩齐。

尊前乍倚人如玉，天与多情福。酒阑私语唤卿卿，不觉脸波微晕断红生。

前年记得频相见，豆蔻春犹颤。今年重过宝钗楼，为问鹦哥犹认个侬不。

湘天第一花枝好，十五芳名早。茜红衫子不禁寒，生怕月儿移过小阑干。况周仪曰："此言夜深寒重耳，妙在词意不尽。"

朱唇乍启樱桃破，客子魂应堕。尊前休唱背花愁，天末一行新雁过妆楼。

银钩小字金泥扇，鬓辫花枝颤。帘钩下却又黄昏，偏是黄昏时候断人魂。况曰："梅溪词'归卧文园犹带酒，柳花飞度画墙阴'，楼均情中写景，即是此意。"

菊花天气新霜早，簪上双鬟小。闲情易上两眉头，只有娇痴小妹不知愁。

瘦来玉骨亭亭影，愿祝花长命。镜中情事阿谁知，记得亲持罗帕洗燕脂。况周仪曰："艳词亦贵厚，消息可参。"

浣溪纱　（八首）

梦向红楼那角寻，翠帘深锁一重阴，背灯拢髻自沉吟。
底许情多成僝僽，断无消息又而今，三生何处湿兰襟？

肠断今年又一宵，花枝依约画帘招，碧天如水坐吹箫。
镜里眉痕常似月，酒边心事又添潮，侬魂今夜不能销。

玉瘦花凉月半弓，宝橱轻汗浸芙蓉，隔窗娇眼乍惺松。
曾记刺桐花下立，碧衫低袅画阑风，人间何福似红红。

冷月空帘逗一丝，梦回刚是酒醒时，人生那得不情痴。
记许心经为母诵，却凭眉砚写郎诗，旧家风调自矜持。

江上愁心一尺鬟，颓云堆作望夫山，多愁转自不能删。
缱绻年时抛钿盒，模黏梦里约金环，好山如画小眉弯。

酒醒香销睡未成，玉壶银箭已三更，提鞋曾傍落花行。
私约钏痕双腕瘦，乍偎帘影一灯青，昨宵花困恰宜醒。

宝鸭浓销一枕香，绣屏闲卧两文鸯，勾人月色是西厢。
银烛漏声双悄悄，玉钗帘影一行行，最无人处断人肠。

夜雨空帘迥自愁，冲寒深巷隔红楼，明妆销黯水沉柔。

钏响乍停银错落，烛凉初按钿箜篌，朦胧影事忆从头。

又　湘江道中（二首）

花外春愁荡桨回，柳边残梦渡江来，笛声吹醒玉龙哀。
隔岸闪灯楼一角，绕堤穿涨树千堆，篷窗浅醉两三杯。

憔悴江湖只自怜，东风细雨断肠天，落花人别又今年。
昨夜红楼疑是梦，今宵银烛不成眠，香销被冷转凄然。

罗敷媚　舟夜闻歌有赠（二首）

美人脂粉飘零尽，家住杭州，梦似江州，人别湘天燕子楼。
三年已断筝边约，泪阁心头，恨蹙眉头，春锁人间一段愁。

才人词赋飘零尽，花外莺天，萍外鸥天，悟透人间一种禅。
三生空忆眉边妩，花倩人怜，人倩花怜，肠断今宵第四弦。

生查子　钏

阑畔握香荑，花里停筝柱。双袖乍回时，逗响分明处。
琥珀赠从君，翡翠抛怜汝。脱却一边情，枕臂偎郎语。况曰：“奇艳而近清空。”

又　耳环

小小辫齐肩，灼灼明如月。耳热那时情，背立樱桃雪。
低触枕函声，巧绾连环结。蓦到洗妆初，卸入妆台侧。

又　指环

香印嵌珠圆，翠影回金缕。浣了玉纤纤，十指中央住。
晓起约葱尖，笑向檀郎语。昨夜梦回初，卸入鸳衾去。

又　指甲

纤影傍妆台，滴粉调新水。嫩护玉葱芽，弹落银筝泪。
娇小十三年，不解愁滋味。昨夜小阑花，掐破葱痕细。

清平乐　（二首）

梦魂何处，一夕空江路。欲倩江风吹梦去，又被远山阑住。

天边月子纤纤，天涯客子年年。毕竟是侬多恨，如何错怨啼鹃。

绿阴如网，人远垂杨岸。小艇渔娃低弄桨，也被东风吹懒。

啼鹃送却残春，冷鸥偷笑行人。魂向夕阳销尽，淡烟流水孤村。况周仪曰：“煞然绝唱。”

河传

春冷，人病。梦无情，楼上风声雨声。烛花夜凉三四更，谁听？酒阑低唤卿。

流苏四角仙风软，帘未卷，幻了埋香怨。断肠春，可怜人，黄昏，一丝花底魂。

钓船笛

欸乃似江南，少了桃根桃叶。催醒一江诗思，画鸥天凉白。

鹭鸶偷立柳阴桥，吹堕一痕雪。浣了青衫泪点，化桃花颜色。

长亭怨慢

甚一片、愁烟梦雨。刚送春归，又催人去。鸥外帆孤，东风吹泪，堕南浦。画廊携手，是那日、销魂处。茜雪尚吹香，忍负了、娇红庭宇。

延伫，怅柳边初月，又上一痕眉妩。当初见惯，只道是、寻常歌舞。念别来、叶叶春衣，已减了、香尘非故。恁短烛低篷，独自拥衾愁语。况周仪曰："清空婉约，兼白石、玉田胜处。"

江城梅花引

潇湘江水腻于油。是人愁，是侬愁。侬若愁时，江水不分流。料得天边今夜月，照江上，冷鸳鸯、双白头。

白头，白头，情未休。花一楼，月一楼。梦也梦也，梦不到、谁怨灵修。只恨东风，吹远木兰舟。那日湘纹帘影瞥，分一剪，眼中波、各自秋。

摸鱼儿　自题填词小照

忍飘蓬、少年才思，吟边无限僝僽。江湖梦冷樊川鬓，一味阻风中酒。君认否，认镜里秋眉，越比春前瘦。残灯话旧。有腻唾殷红，残醪晕碧，题恨遍襟袖。

桐徽寂，冷月暗笼虚牖。小华笺拂痕约。灵荃万古伤心泪，休种绮窗红豆。空画就，怕侧帽词场，消黯成髯叟。相携醉友。数笛外蘋洲，箫边白石，烟景更谁偶。

江南好　（十首）

篷窗晨起，展诗孙舍人潇湘清晓册子，爰拟其意，广为十阕。兼述土风，亦竹枝遗讽也。

湘江好，城郭带江斜。官柳渡头朝系马，估帆堤畔晚归鸦，水上有人家。

湘江好，楼阁隐高层。白入空江三里雾，红摇半夜一痕灯，独客画阑凭。

湘江好，洲渚暮潮中。打桨又添三尺浪，归帆时送一声钟，烟雨太溟蒙。

湘江好，山水最清明。晓起渔家贪晒网，夜凉歌舫学弹筝，人去远峰青。

湘江好，浮黛是君山。种遍灵妃新泪竹，画成湘女小眉弯，空翠有无间。

湘江好，竞渡有龙舟。远见旌旗摇隔岸，近闻箫鼓沸中流，淘尽暮江愁。

湘江好，帆树岸边齐。鸥影白迷天外路，鹃魂红过夕阳西，春涨乍平堤。

湘江好，士女踏青期。宫样鞋帮还却步，苏州风景学裁衣，娇胜若耶溪。

湘江好，风景最宜春。鱼买江村低论价，酒沽山店薄能醺，处处子规闻。

湘江好，风景最宜秋。潮落千帆争树出，江清双鸟向人愁，沉醉洞庭舟。

菩萨蛮 （四首）

夕阳红透阑干角，春人小立罗衫薄。双脸映池波，别来僝僽多。

柳丝晴一剪，困得纤腰软。低掐小桃红，玉钗帘底风。

落红堆上罗衣雪，空庭花气如人白。昨夜小阑干，鹦哥都说寒。

蛛丝帘外罥，织了回文篆。侬自怨东风，东风也怨侬。

画阑干外丝丝雨，落花赚得人无主。帘底二分春，春愁占一分。

银筝楼下语，恻恻鸳鸯柱。恩怨不分明，卿卿无那情。

芙蓉衫子湘裙衩，帘栊一碧人如画。未上小红楼，眼波先逗愁。

斜阳江岸别，染出销魂色。此夕梦寻伊，桐阴月上时。

百字令

舟过德山，访亡友徐瑞屏墓不获，怆然倚声。

荒湾暝色，倏吟魂、飘坠枫林凄紧。几度鞭丝兰若晚，侧帽共探秋兴。鹤外琴孤，蛩边灯瘦，谁与吟肩并。诗坟鬼唱，宵阑白月无影。

回忆共砚涵斋，先君官郡学教授，拓其东偏三楹，题曰涵斋，余与君谈艺之所。剪灯题句，镜里窥青鬓。楚畹灵修空睠汝，底事枉人悲愤。处士经庐，元儒谥碣，黯淡松楸径。凄凉挂剑，不堪欢梦重省。

月边娇　题马湘兰疏竹幽兰图

图为朱竹仙藏，绢本，高二尺。款云："癸巳闰月，学管夫人疏竹幽兰图于秦淮水阁，湘兰马守真。"下钤"月娇"小印。上有王伯谷题句云："纫佩还须遗交甫，怀香正可赠韩生。章台翠袖妆台笔，叶叶枝枝尽有情。"后署"癸巳闰月，斋头坐雨，阅马姬画兰，走笔戏题。"二百年来，美人才子飘零之感，情见乎词。戊子初夏，余过武陵，竹仙出观，爰题此阕，以志欣赏。

孔雀庵旁，想那日帘栊，梦痕如水。腕低钏重，香扶墨瘦，画出愁边滋味。秦淮那畔，已断了、画楼人倚。声声坠玉，怕暗里、芳魂敲碎。

酒边坐瞑王郎，吟笺低拂，鬓丝憔悴。寄愁纫畹，单寒倚袖，怎奈月明花脆。南朝梦破。空剩得、美人才子，香缣零落，渍伤心粉泪。

点绛唇　题朱竹仙三三小影

三妹清溪，美人占住江南地。六郎才思，泪洒相思字。

柳七张三，一种香词腻。人儿媚，翠帘如水，朱十销魂未？

阑干万里心

脉脉青春懒上楼，纤纤凉月未成钩，蒙蒙往事怕回头。梦无由，拼得红灯一夜愁。

忆旧游　赠赵仲弢

记蛮江路窄，瘴国天低，四月来时。斗大山城里，尽狂奴年少，击剑谈诗。昨宵月明如水，菊影浸疏篱。但绣虎词雄，屠鲸气黯，惟有君知。

休辞，须痛饮，算莽莽乾坤，几个须眉。揾遍英雄泪，有红巾翠袖，自写乌丝。夜郎古西南驿，归梦去何之。听画角吹残，商飙猝起群马嘶。

南歌子　（二首）

扶病帘初揭，残熏被半温。调鹦淡伫却回身，不分紫藤花下别开门。

烟视移罗荐，云鬟腻枕痕。褪红衫子蹙罗裙，第　销魂时候月黄昏。

花影窥帘碎，芳魂入镜招。红楼西角蛎墙高，个是三生银汉路迢迢。

肺病香熏少，肠回酒未消。新裙百蝶绣红绡，记剔银灯亲检折枝描。

湘春夜月

竹仙武陵寓书，谓素缘词债，当有偿矣。谱此以践夏初之约。

乍来时，一帘斜月黄昏。记取小语衣边，分赠与啼痕。欲倩灵蛛写怨，怕蛛丝太弱，不织回文。怪烛偏阑转，匆携黯省，各自含颦。

一团赪玉，明妆照水，天为谁春。惜别帘笼，空自有、翠鹦凄语，分付愁人。迢迢瘴岭，只梦中、曾见朝云。问甚日，向灯前拥髻、拭伊粉泪，沾湿罗巾。况周仪曰：“巾韵极似清真，此却非质。”

西子妆　月夜怀玉清仙馆

媚脸藏春，烟眉锁恨，料得晚妆初卸。阑边月子正弯弯，记年时、凭肩清话。帘钩斜挂。被风揭、画罗裙衩。昵人前，只鸦鬟未整，钗儿溜也。

怜今夜，旅客蛮江，飞梦红楼罅。知卿拥髻不成眠，掩双扉、漏阑灯灺。伴伊兰麝。定添个、影儿如画。蓦惊回，又是晓钟敲乍。

清平乐

浅啼浓笑，碧玉年华小。昨夜梦中曾见了，今日相思颠倒。

飘零远徼风烟，蛮花不受人怜。自笑少年书记，真成薄幸樊川。

青玉案

月明如水筛寒竹，悄自倚、阑干曲。一阵风来香断续。几时重见，双鬟茉莉，帘外人新浴。

五更清泪抛红烛，梦回依旧空床宿。锦瑟似人人似玉。料伊今夜，枕函钗堕，梦掩屏山六。

唐多令

五月已如秋，蛮天酿客愁。又潇潇、雨上帘钩。梦醒三更闻画角，知此夕，客边州。

别泪渍衾裯，浓香一半留。记画眉、人在西楼。肠断猛峒江上水，偏又是，向东流。况周仪曰："有爽气。"

八声甘州　中秋前三夕，听秋榭望月，同马君孝鞠

认蛮天月子太无聊，今宵又窥侬。蓦廊回烛转，沉思露笛，咽响霜钟。褪了夹纱衫子，加上薄棉重。竹影摇窗罅，旅梦

惺松。

边楚雁行难度，是乱山千叠，阑住西风。鉴素娥赪玉，塘水浸芙蓉。并阑干、黯寻棋局，剩三秋、蛮语慰飘蓬。须寻醉、愁丝罥住，莫挂帘栊。

齐天乐

易子中实，别四载矣。燕雁南北，言欢如尘，近得所寄《琴台梦语词》，爰用集中韵题寄。

江山瘦了才人骨，扶鞍未妨娇马。响屧埋鸳，遗丘引虎，空怆吴宫残霸。东风许借，拓花外鸥天，柳边鸳社。四百琵琶，酒阑愁向曲中写。

东吴年少俊侣。算迦陵竹垞，同峙三雅。老却西风，苏台仕女，闲剩纤腰一把。座中听者，怕此夕箫声，两头吹哑。断梦蛮江，隔帘寻旧话。

百字令

孝鞠属撰姬人淡芗墓志，酒边凄语，辄用泫然。爰赠以词，当小青秋坟之唱。

黄茅瘴里，恁西风、吹醒愁人两个。回首少年轻侠事，君亦词场无那。霜急呼鹰，林昏射虎，壮志惊相左。万山围梦，吟魂都被愁锁。

剧怜沦落天涯，昵伊红袖，便赋风怀可。月也似花花似玉，梦也与花同卧。寻到鸳边，招来鸥外，空忆卿卿我。比红儿曲，墨痕香印重涴。姬人为君驻师襄阳时所纳，逾一载而玉殒。

兰陵王

署后蔬圃有花神龛，下临荒沼。余凄眷所，托为文吊之。月初星晚，婵媛累欷。爰倚清真韵一阕，令小童于中秋夕吹箫祀之，重申余愫。

画栏直，逗出鞶红怨碧。斜阳外，低闪灵旗，还带西风断魂色。愁心裹瘴国。初识，花应笑客。伶俜影，扶下素帏，抱月飘烟不盈尺。

弓鞋黯行迹。悄拂水欹裳，借槛铺席。流萤饱掠花阴食。只烛颤凉蕊，网分斜幔，秋魂飞过树外驿，又归断桥北。

凄恻，暗尘积。共倦客蛮天，香色都寂。凄凄冷冷清清极。剩树杪蝉语，乍闻箫笛。花灵肯首，似感我，泪暗滴。

买陂塘

张小帆郡守属余颜其室曰渊静居，因出观叔宪张君绘图一帧，奉题。

隔窗纱、画栏疏柳，层层都是空绿。一分屋绕三分水，更带二分修竹。鸥未浴，记散发人来，帘卷朝初沐。王家画幅。问三泖渔庄，五湖蟹舍，何似此中屋。

杭州守，记撤宫莲双烛。西湖又占清福。茶瓯药裹容清课，日日临流濯足。莺去谷，好买个溪山，添个人如玉。携儿唤仆。便拄杖林边，题诗石上，看画远山麓。

清平乐

风斜雨小，自卷疏帘悄。满地绿苔慵不扫，墙角一枝红蓼。

秋魂瘦到黄昏，药炉经卷相温。不似去年今日，有人低映中门。

以上《蛮语词》

惜红衣　秋眉

菊学人慵，花欺黛褪，洗妆无力。瘦减春娇，曾窥镜中碧。丝丝断柳，浑不似、弓弯颜色。私忆，勾住病魂，断东风消息。

小鸾砚侧，颦杀西风，春余恨轻别。阿郎替画，画个初三月。黛语酒边飞到，恐有雁儿知得。莫损他蛾翠，今夜月明霜白。

齐天乐　秋鬓

丝丝吹瘦花前影，潘郎病余情绪。碧衬钿凉，翠拈螺小，曾共鸾篦掠处。凭阑私语。蓦簪住秋痕，菊丛凉雨。镜里偷窥，杜娘身世黯如许。

琴边记调弦柱。恁东风吹损，香薄如雾。凄断蝉声，撩遍斜阳，赢得乱愁千缕。坠钗怜汝。怕罥住帘钩，化愁飞去。禅榻清吟，夜阑搔更苦。

月华清　秋魂

小胆妨萤，潜踪趁蝶，被风招到深宇。冉冉随郎，迷却一条归路。乍记起、蟋蟀帘栊，浑忘了、凤凰窗柱。无语，恁苔松竹脆，那般酸楚。

仿佛六曲阑干，有几个花灵，伴伊来去。不畏蛩啼，只怕晓钟惊汝。颤荒烟、篱角残枝，避冷露、楼阴纤步。延伫，待留他月子，替伊为主。

水龙吟　秋影

一丝袅断空蒙，层层隔住秋千径。将明半灭，乍晴还雨，欲窥无准。碧剩帘垂，黄余叶褪，颤愁低认。把阑干掐遍，帘栊倚倦，暗添上，罗衫印。

消息斜阳无定，怨灵蛛、绾成烟暝。遮来不断，移来待转，数重纱映。立悄枫人，摘残橘婢，玉绳初亘。又罗云罥树，扇飏敲竹，做今宵冷。

翠楼吟　秋病

冷黛攒眉，娇黄褪靥，翠罗人卧清晓。秋花扶瘦影，只拌得药炉诗料。问侬恁好。镇一味恹恹，懒啼慵笑。离魂槁，芙蓉墙角，一枝红了。

谁料，别后樱桃，剩相思刻骨，新凉又到。玉颜憔悴损，也羞握宝菱低照。帘衣风峭。漫医得愁心，阶边茜草。催人恼，支颐红泪，雁啼霜早。

望湘人　秋卜

问拜残娥月，礼罢瑶星，小楼人在何许？响妒金钱，数拈红豆，添了阿鬟愁绪。恨弹眉棱，颦回心角，要侬知汝。倩紫姑、双判梦中，银汉可能相聚？

小立雕阑风露。又指尖轮遍，明朝十五。祝双飞蟢子，稳占归期休误。瞋婢挑灯，邀郎选梦，凉夜钿盟无主。怕晨起、鸳瓦微霜，灵鹊昵人私语。

天香　秋衾

梦怯鸳宽，愁偎凤小，新凉昨夜初试。簟晕灯移，枕棉香薄，孤黯绮栊情思。霜空月皎，裹软玉、珊珊眠未。病损花黄暗省，轻翻浪红慵起。

魂销嫩寒似水，枉攒成、合欢心字。绣满折枝蝴蝶，已干双翅，不道秋来揾泪。却无夜、无明恋伊睡。好梦频频，恁能瞒你。

绿意　秋簟

玉肌寒沁，似翠帘不卷，平贴波影。恰好初凉，半褪纱衣，八尺铟床刚称。湘妃忍渍眠时泪，有点点、断红斑认。记贪欢、一晌留郎，却怪夜阑清冷。

昨夕痕酥玉体，背人灯下看，如掐纤印。特地商量，换了龙须，蓦近中秋时分。江干黄竹依然在，是作了、女儿箱剩。怕冰魂、夜夜销来，帐外烛花低哂。

桂枝香　秋阑

层层卍字，又勒住斜阳，勾人情思。窄径弯环褪了，些儿苔翠。深深几曲回廊隐，剩流萤、越防飞至。个侬行处，半身遮断，夹纱衫子。

料不是、慵扶倦倚。是怯了西风，吹梦帘底。十二周遭不见，那回双髻。蓦禁风露中宵凭，认昨夜星辰如此。玲珑一角，莫教偎捻，海棠红泪。况周仪曰：“止乎礼义，风人之旨。”

高阳台　秋屏

睡鸭宵偎，粉蛾晨贴，曲房遮断难寻。敌住霜威，不教移入帘阴。沉沉十二连环影，认眉山、瘦却秋深。蓦题诗、六扇琉璃，墨黦香侵。

个侬悄记巫峰路，黯藏娇贮恨，坠响斜簪。里外分明，夜来微逗琴心。那回潜听鸳鸯浴，却迷藏、悄地愔愔。画潇湘、十幅无多，水墨云林。

凄凉犯 秋帐

垂罗四角。凉飔罥、撩人自剪红烛。潜钩不响，芳酲未解，偎郎睡熟。吹香断续，是茉莉攒成六曲。怕宵阑、灯花恨簇，断梦妒冰縠。

钏响回身处，几个凉蚊，伴他幽独。九华漫掩，莫惊醒、个人红玉。绣额低悬，怅魂阻一层纱绿。料尖风、此夕不许，上翠褥。况周仪曰：“换头意佳。邵复孺词‘鱼吹翠浪柳花行’，亦小言之致有味者。”

八声甘州 秋帘

黯凉萤低闪入楼阴，窥人又飞还。蓦回头咫尺，琼钩下了，便抵蓬山。秋冷宝奁偷挂，斜月一弯弯。窣地花枝影，兜上娇鬟。

侵晓冰容未浣，且贪垂银蒜，不许侬看。傥眼波流俊，那日在湘湾。乍掠破、一声残玉，听萧萧、几叶下空阑。料鹦鹉，隔窗偷觑，好语须瞒。

过秦楼 秋扇

凤竹妨星，蝉纱妒月，素手携来庭院。昵伊分与，一半凉飔，却障断红双脸。空自画了桃花，赢得西风，者回肠断。笑痴萤不避，趁来阑角，几星频颤。

空记得、汉殿纨匀，湘湾竹脆，却在钿床东畔。泥金小字，只倩侬书，自绣鸳鸯一面。谁信团圞，为伊蓦到秋深，把人偷骗。记青鸾曲散，何处花边酒满。

念奴娇 秋衫

酒痕偷涴，又泪痕、淹透两重愁色。杏子单纱丝怕损，双手为伊亲叠。褪却嫣红，湔来惨绿，病了黄花节。竹阴偷过，忍教筛上明月。

谁料瘦减腰围，未能瞒过，两幅青丝褶。帘底余香熏未减，却又西风吹彻。记得当初，小蛮针线，金钮松时窄。为侬典尽，俊游年少词客。

菩萨蛮 拟艳集唐（十首）

兰回旧蕊缘屏绿，李商隐。美人独在空房宿。无名氏。遗落凤凰钗，殷尧藩。浇花湿笋鞋。张祜。

烛分歌扇泪，李商隐。含水弯蛾翠。李贺。欲寄未归人，孟郊。书羞字不匀。韩偓。

著词但见樱桃破，韩偓。妆成只是熏香坐。王维。隐语笑芙蓉，李贺。罗衫袅向风。温庭筠。

露从今夜白，杜甫。空见凌波袜。刘禹锡。生肯不风流，罗隐。迷藏有旧楼。杜牧。

钿蝉金凤皆零落，温庭筠。内人恐要秋衣着。王建。强笑欲风天，李商隐。身回夜合偏。元稹。

别中还梦别，长孙佐辅。彼此名言绝。王昌龄。多病意常违，罗隐。迟眠人不知。于鹄。

更无人处帘垂地，李商隐。桃花脸里汪汪泪。韩偓。忍妒泪休匀，韩偓。非愁亦有嚬。吴融。

啼时惊妾梦，金昌绪。会与秦楼凤。李商隐。教妾若为容，杜荀鹤。难分此夜中。皇甫曾。

楼台深锁无人到，许浑。神仙得似红儿貌。罗虬。信到落花时，李中。惟教梦寐知。韩偓。

密书题豆蔻，李贺。强饮沽来酒。耿沣。死忆有情人，吴融。香笺墨色新。韩偓。

忆得双文衫子薄，元稹。夜深斜搭秋千索。韩偓。一夜好风吹，令狐楚。含啼向彩帷。王维。

红楼三十级，李商隐。绮阁临初日。吴融。眼尾泪侵寒，李贺。帘烘欲过难。李商隐。

落花不语空辞树，白居易。伴郎翠凤双飞去。许浑。芳草踏青期，韩偓。居然似梦归。张蠙。

羞多转面语，吴融。有意通情处。韩偓。春思结垂杨，李白。断肠还断肠。杜牧。

东风小饮人皆醉，曹唐。房房下着珠帘睡。王建。压酒及花时，张籍。长醒也是痴。韦庄。

防闲襟并敛，韩偓。艳极翻含怨。元稹。娇倚钿箜篌，韩翃。云轻雨易休。吴融。

好风傥借低枝便，杨巨源。此身愿作君家燕。韩偓。飞燕在昭阳，李白。春风引梦长。杨巨源。

不知何处恨，柳淡。已带伤春病。吴融。娇甚却成愁，刘禹锡。空帘且梦游。李德裕。

明朝惊破还乡梦，李商隐。银筝夜久殷勤弄。王涯。怪客有春愁，李廓。娇歌半欲羞。李白。

绣衫金騕褭，温庭筠。何处深春好。元稹。泪粉玉阑珊，韩偓。鸳衾不识寒。吴融。

阮郎归　集六一词（四首）

门前杨柳绿阴齐，年前心眼期。人生自是有情痴，低头双泪垂。

寒水碧，草烟低，行人去路迷。来如春梦不多时，而今花又飞。

拟将沉醉为清欢，黄昏独倚阑。一重水隔一重山，夕阳楼外闲。

愁眉敛，晚妆残，拈花子细看。锦屏罗幕护春寒，无人整翠鬟。

关心只为牡丹红，携手玩芳丛。垂杨紫陌洛城东，无物似情浓。

慵不采，觉春空，何处认郎踪。吹开吹谢苦匆匆，还解嫁东风。

莫教银烛促佳期，离人殊未归。夜来风雨转离披，无花空折枝。

春艳艳，梦依依，阳台行雨回。琵琶傍畔且寻思，啼妆更为谁。

玉楼春　再集（十首）

谁知闲凭阑干处，惟有绿杨芳草路。楚王台上一神仙，赢得百花无限妒。

香车系在谁家树，泪眼倚楼频独语。日斜归去奈何春，满眼游丝兼落絮。

腰柔乍怯人相近，红日长时添酒困。见来无事去还思，满眼泪珠言不尽。

篝香卷穗灯生晕，梦又不成灯又烬。隔帘风雨闭门时，万叶千声皆是恨。

也知自为伤春瘦，清淡园林春过后。落花狼藉酒阑珊，双手舞余拖翠袖。

叶间梅子青如豆，醉拆嫩房红蕊嗅。无人堪与补残枝，风雨时时添气候。

绿鬟堆枕香云拥，半醉腾腾春睡重。休回娇眼断人肠，一片风情无处用。

沉沉庭院莺吟弄，正是浴兰时节动。无情花对有情人，倚阑无语伤离凤。

阑干倚遍重来凭，不奈多娇长似困。年年三月病恹恹，堪恨风流成薄幸。

珠帘半下香销印，欲扫残红犹未忍。不随流水即随风，满眼凄凉愁不尽。

楼头望断相思眼，脉脉横波珠泪满。人心应不似伊心，可惜天教生处远。

春葱指甲轻拢捻，再拜敛容抬粉面。却嫌裙慢褪纤腰，点检如今无一半。

南园粉蝶飞无数，挽断罗衣留不住。多情翻却似无情，去便不来来便去。

行人只得偷回顾，泪眼问花花不语。日斜深院影空摇，墙外有楼花有主。

愁眉敛尽无人见，牙板数敲珠一串。新声难逐管弦愁，无肠更为新声断。

新愁长向东风乱，莫到落花飞似霰。人生何处似尊前，记得玉真初见面。

绿杨深处秋千挂，束素美人羞不打。闲愁闲闷昼偏长，小院深深门掩亚。

日炉炭暖熏兰麝，天与多情丝一把。等闲妨了绣工夫，傅粉狂游犹未舍。

花开未老人年少，顷刻光阴都过了。坐来虽近远如天，天若有情天亦老。

人将红粉争花好，春色只宜长恨少。寻思还有旧家心，老去风情应不到。

鹧鸪天　题张雨珊年丈湘弦离恨谱集句

才子诗成定可怜，钱起。能言青鸟罢衔笺。刘禹锡。深知身在情长在，李商隐。可得潸然是偶然。元稹。

歌婉转，郎大家。月婵娟，孟郊。遥将红泪洒穷泉。刘禹锡。相思只傍花边立，白居易。自古多情损少年。韩偓。

台城路　和叔由韵

斜阳又送春人去，阑阴坠愁飘满。绿衬鸥天，黄移蝶路，忆否年时寻遍。卿休再劝。算已是飘蓬，两边绿浅。那日帘栊，一层勾了一层怨。

腰围销瘦似我，况东风昨夜，吹得鹃远。稚柳围廊，狂花掠榭，曾系玉骢魂断。刘郎去晚。只半霎天涯，笑桃人面。剩有柔肠，为伊千万转。

一萼红　咏纸媒

社集与姚二连句，今易之。

捻春纤。爇芳心半点，红得到侬边。小炷樱酣，斜弯藕瘦，坠愁低袅微烟。记擘向、谢娘双手，凭玉案、搓作并头圆。水盼熏笼，电回窗罅，嘘暖吹寒。

走近碧纱幮里，有银荷未上，还倩伊然。卷欲同蕉，多还束笋，玉枕犹记分笺。笑郎心、较渠还热，裹相思、一寸一缠绵。却怕尖风损焰，背过帘前。

沁园春　中实谋游衡岳，先赠以词，用刘龙洲韵

十日长沙，痛饮狂歌，人生乐哉。甚濯锦坊边，诗催鹏去；湘春门外，客共鹃回。湖海才名，中原行脚，落日愁登古吹台。凭阑处，指黄河一线，天上流杯。

岳阳黄鹤飞来，看次弟衡云为汝开。只尧女祠荒，颓云卷幔；昭王滩窄，雪浪成堆。岣嵝无碑，空灵有岸，江上犹寻隔岁梅。催君去，笑扁舟东下，我却迟徊。余时亦谋入都。

又 再叠前韵，赠叔由

少日文章，痛哭谁如，我与尔哉。算重阳风雨，先催客去；己丑秋试，两卷并中而复黜，君归里，予之溪州。清明花柳，又载诗回。作两生行，过三闾庙，今日应无市骏台。狂来也，只青琴濯砚，红袖传杯。

客心海国呼来，却系缆湘干未忍开。问千金买赋，笑余饥走；万山锁梦，累子愁堆。子正依余，余翻别子，一例齐年感赋梅。还西笑，只高城落日，为子低徊。

凤凰台上忆吹箫 钗，和姚二叔慈

髻趁盘鸦，妆催坠马，衩衣欲下还停。有两枝龙凤，钿盒装成。递向玉奴纤手，回皓腕、自插殷勤。香盟负，簪边想坠，烛底敲频。

销魂，帘前溜也，又拾向裙边，七宝斜横。傍檀郎茸帽，微印春痕。昨夜粉蛾窥焰，还曾剔、一剪兰茎。和伊画，梦余蕤枕，黯损鸾纹。况周仪曰："巧不伤雅。"

湘春夜月 湘蘋馆听雨，和中实同黄雪舟韵

暗还明，小帘飘满诗魂。恰是四角垂罗，低漾烛花昏。一种少年心事，把淡欢浓怨，占住芳春。怕那边阑角，梨花先褪，空剩香存。

楼阴窄窄，来香有路，去梦无门。此夕衾窝，定涨了、一池鸳浪，难阁行云。花枝太弱，莫枯他、两地愁根。算便有，那灵蛛结网、也兜不住，天上啼痕。

浪淘沙　和中实

斜烛背床阑，小梦阑珊。鸳衾一夜忍兜寒。隔着淡窗疏萼影，春在魂单。

蹙损小眉山，唾袖痕殷。留欢底事出帏难。阁住些些愁影子，心上眉间。

眉妩　和姚二、易六同白石戏仲远韵

又鸳行月悄，蝶路烟疏，勾恨入箫眼。那角回阑底，私凭处，窥侬曾记双燕。闲情自款，道别来、多受春感。想花落，有小鬟埋也，比枝上犹暖。

何限，清歌未散。背低帘短烛，凄写愁翰。绿黯烟帆迥，湘栊外、因卿还系柔缆。杨花万点，未上衣、先共魂远。只今夕楼阴，愁占了、没人见。

念奴娇　和姚二录别

早春衫子，有酒痕、和泪暗抛愁雨。兰艇官河湘路暝，黯被歌留愁住。烛晕屏边，醉余裙角，题满销魂句。共君憔悴，带围宽褪如许。

还又西笑长安，乱山残驿，画出相思路。北斗以南吟社鲜，眷我天涯游旅。缚虎心雄，屠龙伎拙，莫为填词误。分携回首，楚江无限云树。

金缕曲　（二首）

《湘社集》既镌，乃以丛稿瘗于蜕园西隅，碣曰诗冢。以词二阕媵之，并柬诸子同作。

廿六年间语。漫凭伊、诗来累我，驱之不去。楚畹春蕤湘客泪，洒作满江愁雾。看白日、鱼龙欣舞。怕是人间无住着，好寻他一片西园土。聊荷锸，且埋汝。

湘州灵气能千古。数当时、帘栊十二，酒徒三五。湖海元龙争自喜，莫诧韩穷相遇。任词魄、沉埋花坞。浩劫红心春烧冷，有白虹绕遍楼阴树。天莫问，恐相妒。

刘蜕遗编重。瞰名园、苍松紫桧，下留文冢。鸾鹤青冥怀倦羽，后劫诗魔相共。怕岑寂、夜台吟讽。骏骨黄金空自感，远郊寒且把穷来送。君在世，等无用。

浮生天地都如梦。好招他、墨魂千点，墓门低拥。已是葬花时节了，风雨更寻诗垄。呼李杜、来为翁仲。似瘗衣冠梅岭雪，趁月明有客骑幺凤。歌与泣，幻愁种。

莺啼序　连句和梦窗韵

清明又催过也，有啼红入户。隔斜照、天外朱廊，那边帘影吹暮。万。缀青子、枝头暗满，阴阴几日成芳树。豫。怨东风、容易飘零，一池飞絮。芳。

十里扬州，媚脸断粉，悄吹香似雾。指阑角、曾掐春纤，笑桃人寄情素。万。系斑骓、依依细柳，乱愁织、柔丝千缕。豫。翠堤阴，双桨来时，乍惊眠鹭。

兰因待证，蕙约教寻，更垂念倦旅。芳。奈恨袅、倩影奁际，宝篆芬冷，两地柔肠，泪珠悬雨。横塘路杳，情波双掬，分流何事郎行速，送征帆、又没湖南渡。万。空怜碧玉，无端数点梅花，似梦暗坠香土。

清歌易感，况是钿箫，唱小红白苎。豫。渐半晌、吟魂敲碎，化了离痕，紫燕文鸾，昵人娇舞。芳。谁知锦瑟，华年偷换，青衫重到寻旧馆，但荒尘、栖老鸳鸯柱。豫。还将水驿山邮，画入银屏，认侬在否。万。

戚 氏

湘社散后旬日，海年兄将如黔省大定，予亦赴京兆试，复连句录别。

褪红天。昵人楼角断虹悬。扇拥朝啼，帘垂晚汐伴离筵。凄然，芳。暗相煎。东风催别在侬先。天涯不共归路，苦教青鬓促华年。万。翠幕鸳烛，钿箫鸾帕，忍看抛向谁边。只西窗夜话，凄断风雨，还更无眠。芳。

还念北马南船。春又尽也，别泪堕湘川。相思远、短歌燕筑，病骑黔关。太绵绵，怕梦不到，万山千驿，响送啼鹃。万。夜郎吊李，日下呼荀，有恨飘满琼笺。芳。

十载填词憾，狂名却受，燕感莺怜。画出蘅皋别意，只斜阳不认旧吟鞭。瘴云尚隔趋庭，算君此去，愁与诗为伴，万。眷客程、乌哺情何限，空惆怅、江上蛮烟。误翠堤，柳乍吹绵。芳。向旗亭、那角倚阑干。共君添得，莺边行李，一檐花寒。万。

以上《湘社雅词》

绕佛阁

北征将发，中实、叔由以连句词来，要余往湘真馆，不获改辙，谢之以词。同清真韵。

楚峰乍敛，云做暝色，寒逼江馆。沙际篷短，去魂只隔，湘天一层幔。泪笺涨满，空被雁语，催得人远。羁梦宵惋。舵楼犹认，春边别君岸。

此夕更何处，浦口蒲帆悬雨线。还忆背缸，赪痕匀粉面。又绿破鸥汀，波迅如箭。语君重见。只镜里眉攒，烟恨撩乱。问鹦廊、夜尊谁展？况周仪曰："两词倡和，工力悉敌。"

鹧鸪天

楼上阿鬟似柳枝，轻寒轻暖故迟迟。此时一种离人泪，流下湘江汝未知。

罗扇子，镂金衣，酒边颜色未全非。今宵那角红廊路，又到关门月上时。况周仪曰："浑成温婉，似贺东山。"

宴清都 舟夜用卢蒲江韵

生梦无鸥管。还又滞、楚江一片云乱。红楼此夜，灯花半晕，绣衾慵暖。凄凄冷冷谁伴，只靓影、屏中悄换。怪那回、不省销魂，于今变作离苑。

当时镜语飞眉，阑痕掐指，幽恨稀见。天涯未远，天涯只在，曲廊深院。湘波送到江断，可还送、春边泪眼。怕归帆、迟了秋潮，疏棂恨晚。

满江红 轮舶逆风渡洞庭湖，用竹垞钱塘观潮韵

君扁二山，似接翅、排成宫阙。才一向、飙轮飞过，楚天如发。帆脚只从天外转，弩头远对江潮发。倚阑干、铁笛暮云边，声凄越。

蛟欲舞，涛奔雪。鸦欲唼，波跳月。网湘妃不出，使人愁绝。海上蓬莱何处所，湖阴战垒都消歇。有百灵、低首拜龙堂，争持节。

迈陂塘

螺山旅泊，客感随潮，扣舷歌之，渺渺兮予怀也。

向荒湾、听风听水，酒边人共愁住。红鸳只在横塘侧，一只远分江浦。归梦阻，恁隔着、短亭荒驿来时路。闲鸥四五。

盼等到今宵，露凉篷底，偎我背灯语。

舵楼外，低衬两行烟树。客心斜挂天暮。分明画个旗亭子，不画双鬟和汝。船六柱，抵那日、红廊曲曲双携处。抛侬倦旅。怕泪眼枯时，东流到海，海又变桑土。

齐天乐

谭仲修山长赠予《箧中词》，用集中《题煮梦庵填词图》韵，奉题一阕。

妙鬘天上词人劫，东风酒边吹瘦。赚梦琴心，飘愁笛眼，记曲红红能受。花新月旧。问前辈风流，夜台安否？坠简商量，玉田白石是依偶。

香篝暗笼半牖。只低鬟浅梦，帘外春逗。蝶径孤颦，莺天剩怨，并入回肠如酒。秦黄以后，更偷唱屯田，晓风杨柳。直得销魂，井波随处有。

长亭怨慢

仲修山长出《斜阳烟柳卷子》，为复堂填词第六图，属题是阕。时予亦将别武昌矣。

是谁画、玉骢吟路。一座旗亭，两行烟树。鬟冷枫桥，小红低按，钿箫谱。恨悰颦语，都变了、天涯絮。坐瞑向莺帘，又掠到、樽边花雨。

谁悟，只偷声减字，幻作断肠词侣。斜阳未远，可留在、曲廊朱户。倚玉笛、共向江城，忍偷送、夜潮声去。更圣解桃花，同把梦魂新煮。先生词友李爱伯有《桃花圣解庵填词图》，许迈孙有《煮梦庵填词图》，因并及之。

江城子　和复堂韵

渡江桃叶橹双枝。酒醒时，暝归迟。望断珠帘，灯影与花期。却怕黄昏多个月，人意懒，素娥知。

裙边酒色污全非。妒江晖，冶游稀。拜罢桃花，祠冷剩空帏。憔悴汉南如此树，应为我，号相思。

玉漏迟

泊舟九江，寻琵琶亭遗址，黯然有赋。

小姑江上路，暝云低抹，短亭烟树。水驿风来，催送小舟三五。一片罗裙血色，又衬出、斜阳天暮。凝望处，阑干不见，旧时歌侣。

廿年梦到江州，怅玉垒云荒，乱鸦迷渡。九派潮声，未抵四弦凄苦。旗影那边城郭，暗簇上、青磷无语。愁欲赋，楼船迸催更鼓。

临江仙　初入秦淮作

一夕海风吹梦去，觉来身到江南。红桥停唤玉人骖。凭阑花第一，扶柳月初三。

断戟零钗都未洗，任伊潮去潮添。六朝人哭好江山。桃花空画扇，孔翠不名庵。

卜算子　题莫愁湖

门外小瓜皮，桥外垂杨树。树上流莺昵煞人，惯学阿侯语。
妾是莫愁侬，君是无愁主。好个销魂白下门，恰贮侬和汝。

念奴娇

登北极阁旷观亭，是纯庙南巡驻跸处，用稼轩《登建康赏心亭》韵。

台城风大，撼阑干百尺，泪珠盈斛。醉眼人来山川醒，只有斜阳满目。锺阜东蟠，大江西上，六代摧乔木。寒鸦作语，数声啼下江竹。

却忆翠辇南巡，层峦写咏，凭吊南朝曲。铁马金戈无限恨，幻了中原棋局。海舶千屯，吴天一发，愁见胡睛绿。鸡鸣客去，埭前三两茅屋。

长相思　后湖荷花

鸥一边，鹭一边。十里红红白白天，画成秋可怜。
花便娟，月便娟。生小吴娃双髻偏，耐郎来唤船。

金缕曲

秦淮筝舫，酒滞花迷，黯然销魂，为赋此解。

好个江南夜。共呼船、秦淮十里，翠帘齐挂。月在人边花在水，柔橹两支低亚。又摇到、小姑祠下。茉莉香浓双劝酒，笑六朝暂醉侬醒也。歌舞恨，并陶写。

石城又听寒潮打。洗当年、嫩红桃叶，魂无一把。便是小鬟能按曲，吹得玉箫声哑。惹客泪、暗淋罗帕。望望红桥三四转，是李家楼与丁家榭。替唤到，柳边马。

西河　燕子矶览古

凭吊泪，矶头化作江水。金焦矗处海门孤，峭帆去矣。暮鸦回首石头城，南朝烟树如荠。

黛和粉，芦共苇，江山此日孤寄。台城半截蒋山云，暗凋玉垒。降旗飐出美人魂，阑干遥指天际。

江皋燕子并接翅。听军声、北府何似。打岸荒涛而已，问新亭、痛哭英雄有几，斜日楼头人千里。

醉太平　过润州作

金山寺楼，焦山戍楼。青天不锁江流，任来舟去舟。

身如寄鸥，心同病鸥。海门已断前头，怕风愁浪愁。

汉宫春 海上醉赠王梦湘

黄歇浦边，问四洲人在，何者为公？歌楼一时，相遇插帽花红。悬河出口，似倒翻、海上奇峰。正几日、明光献赋，笔端横截长虹。

十载蓟云湘月，有狂名道子，子亦闻侬。日边此去万里，愁堕蛟龙。今宵醉耳，倚双鬟、磨墨帘栊。到明日、黑风吹汝，那分南北西东。君将之宁波。

八声甘州 送张白琴太守入浙

把西施网得付君边，呼船到杭州。乍六桥烟柳，年年作病，处处惊秋。天外群山飞雨，横入望湖楼。楼上有人醉，忆着侬不？

买了沪楼风月，笑黄金限我，不祓清愁。看骑龙独往，明日海东头。挽申江、一条罗带，系兰桡、不许向分流。重来记，玉骢人唤，十里帘钩。

迈陂塘 金陵王木斋追送予海上，以词录别，依韵和答

一舟停、佛狸祠下，酒边人与花遇。金焦双送南朝客，海上圆波重聚。相记取，只那夕朱楼，我汝销魂处。帘栊遍数。又露掠篷低，风销蜡黯，草草别君去。

人间世，都似看花隔雾。庾郎何必词赋。卅年争笑屠龙技，谁共灵修相诉。聊慰汝，盼等到重阳，买棹江南雨。艳才何补。剩十里青溪，二分明月，兜影照离绪。

水龙吟　渡海

青天一发神州，此身已堕天之外。黑风吹转，有人招手，蓬壶仙界。鬼国无边，鲲身欲化，鳞堂何在。怕书生落拓，者回东渡，偿不得，蛟龙脍。

诸岛球环如带，指楼船、阵云都坏。胡儿载宝，大人窥市，将军横海。天上槎来，地中人去，是何年代。盼烟台近也，乌边斜日，过东皇旆。

长亭怨慢　天津

乍卸了、征帆海色。杨柳青青，天津桥北。潮隐丁沽，租船人语舵楼月。春魂十里，都晕入、脂帘侧。呼酒向秦楼，漫相话、少年京国。

消息，算功名未老，尚想楼航戈戟。车轮碾梦，又唤醒、鸡声凉白。倚青天、初过琅邪，又黑水、翻来碣石。且细语骡铃，白数去程来驿。况周仪曰："气格苍秀，置之《江湖载酒集》中，不复可辨。"又曰："极似竹垞《李晋王墓》《函关》诸作。"

蝶恋花　津沽道中

催上津门舟一舸。杨柳随人，柳外蝉声破。曲曲风来芦叶和，梦如卅六湾头过。

暝色篷窗吹欲堕。凉月无情，只照销魂我。愁与影儿相并坐，影儿压得愁无那。

贺新凉　六月六日同里诸君子招饮南河泊观荷作

携得金台酒。出城来、西山招我，鹭鸥之友。鸥外荷花三十顷，倒映凤城垂柳。看入座小鬟相候。画桨移来波路窄，便摘花依槛花妨肘。吹一笛，晚风瘦。

江南已是销魂够。又匆匆、移船海上，来看北斗。今日南河亭子上，闲杀水茳如绣。也略似、后湖莺脰。酒气熏帘花气湿，已夕阳堕在溪前后。张翰约，问谁偶。

喝火令

屏角回烟视，楼阴减梦痕。一双飞燕赵家邻。那夕晕红灯背，恁道不销魂。

鸳帖金泥湿，鸾鬟玉剪分。吟边小字唤梅君。生怕冬来，瘦损病中身。生怕病中诗句，不寄岭头人。

徵招　赠沈伯华

狐奴碛外秋声送，桑干一条河水。落日共登台，黯幽州千里。飘蓬吾与尔，怨关柳、只催征骑。雁外天低，蛩边人瘦，马嘶愁起。

击筑少年场，今何似、人海两鸥而已。自古帝王州，只消磨才子。劝君须醉耳，况有个、双鬟能倚。听今夜、画角吹寒，变一天霜气。况周仪曰："纨绮濯余，性灵流露。"

洞仙歌　（十首）

同心苏小，更生同乡里。小字真真唤频记。向灯前拥髻，笑食茨菇，还替数，排到个侬行几。

妆楼无限好，楼角青山，山外江声入楼底。睡脸晕香潮，强起梳头，拓一面，茜纱窗子。只那日相逢钏声遥，便掩逗回肠，奈何天里。

相邀忍俊，正落花天气。卅六湾头画船系。乍莺声困柳，鹃血斑花，愁与恨，装做个侬行李。

三间鸳社小，嗔到笼鹦，不识千金有深意。帘角上灯时，分咽琼浆，已够了，销魂滋味。直挨到阑干月华迷，又抵死催人，到门嘶骑。

酒阑人并，把银筝微弄。却说歌喉夜来痛。又恹恹裹帕，扶病经旬，全不好，亏得纸鸢相送。

枇杷门巷悄，来是空言，去又匆匆两如梦。鸳牒促相携，那日秋娘，还更比，冬郎情重。仅占了潇湘十分愁，略不似寻常，燕娇莺宠。况周仪曰："歇拍情真景真，意境便厚。"

白蘋红萏，帐湘湄人独。一载安排与金屋。者冤红日子，惨黛人儿，销够了，不算书生没福。

江南多艳种，倩女今生，魂向情天又相续。一搦小腰肢，风飐蜻蜓，立不稳，画廊双足。有几个黄昏最撩人，只不忘钗盟，枕函敲玉。

酒边吟瘦，与添香磨墨。却要檀郎惜心血。乍三弓曲榭，四面疏帘，帘未卷，分付小红歌拍。

香骢迟未到，赚得侬烦，守定窗儿又将黑。阑角月痕纤，悭杀凉飔，全不管，玉娘心热。蓦几点凉萤送人来，已宝枕纱幮，夜香微歇。

灯前屏角，算迷藏未远。欺负卿卿有谁敢。只深颦浅笑，半晌偎侬，都写入，那夕琴心箫眼。

一双金臂钏，特地除伊，逗响鸳帏怕人管。加放一重帘，莫误鹦哥，又窥见，被池红满。且不碍双星渡银河，更后夜明朝，枕边同算。

梅花开矣，又唤船归去。家近黄陵庙前路。恁鸳边咒语，鸥外离悰，早难道，百里银河相误。

蛾眉谣诼苦，天与多才，更与多情两相妒。艳说合欢枝，蓦到冬来，又变了，断肠花树。有夜夜离魂到郎边，恨没个牢笼，把伊关住。

别来鸳梦，忽圆波吹聚。风雪深深闭帘户。却为侬指点，衫角裙边，新来病，咯血晕红双缕。

金炉销兽炭，生怕郎寒，强起加添水沉炷。欢极倍含啼，一寸情天，那容得，者番儿女。便相对衔碑不能言，又几阵潇潇，打窗寒雨。况周仪曰："有真性情便厚。"

匆匆除夕，更上元灯火。欢里光阴倚依过。甚屏山那角，画到将离，又添了，水驿山亭几座。

青衫憔悴惯，侬自怜卿，生怕卿卿更怜我。莺柳殢风柔，斜映中门，谁似此，髻偏鬟妥。直等到湘边饯春时，也没计将他，五湖单舸。

别怀惆怅，对小青痴影。瘦骨还如去年病。算隔花人远，花在天涯，天涯路，比似隔花还近。

兰舟亲送别，第一难忘，泪湿罗衣两相忍。燕塞梦初回，酒殢香寒，索赠汝，一条孤枕。便绮语销磨到枯禅，怎偿得伊家，脸情眉韵。

水调歌头

补寿何诗孙舍人五十。时君将乞郡，余亦将游岭南矣。

百岁子强半，万里我能来。长安九衢车马，宫阙倚天开。君独立乎人海，日日狂书古画，买醉向长街。却惹儿童笑，脱帽过丰台。

我行矣，为君寿，掌中杯。樆桃渐熟，门外空复有黄埃。待访南都佳丽，撷取东方花实，作郡亦雄哉。定有好诗句，寄与岭头梅。

齐天乐　录别

词人例有花边福，禁秋鬓丝如许。泪揾鸾笺，香销凤帕，葳锁斜街深处。狂名累汝。只万里关河，十年词赋。缟夜相思，一痕低挂风城树。

天涯侬去更远，甚西风吹断，霜塞羁羽。叠损桃花，研余麝墨，低黯绮栊愁句。明妆淡伫。尽钿尺寒灯，熨残金缕。警梦骡铃，后朝刚十五。

浣溪纱　出都门旅店题壁集唐（二十首）

凤子轻盈腻粉腰，韩偓。残妆和泪湿红绡，江妃。分明闲坐赌樱桃。王建。

士女笙歌来月下，白居易。行人归计在今朝，殷尧藩。柘枝声引管弦高。白居易。

翡翠帘垂隔小春，殷尧藩。不教分付与愁人，施肩吾。魂消目断未逢真。严休复。

刻意伤春复伤别，李商隐。半缘修道半缘君，元稹。回文机上暗生尘。施肩吾。

新得佳人字莫愁，韦庄。可怜春色独怀羞，赵嘏。步摇金翠玉搔头。武元衡。

莺也解啼花也发，司空图。傍他门户倚他楼，李山甫。马前春事共悠悠。罗隐。

斜凭阑干首重回，李山甫。银泥衫稳越娃裁，白居易。乱丝犹挂凤皇钗。王建。

见了又休真似梦，吴融。心从别处即成灰，韩偓。方知红叶是良媒。宣宗宫人韩氏。

更待黄昏对酒楼，吴融。依依春草水分流，刘沧。虫丝吹落挂帘钩。刘沧。

一夜思量十年梦，元稹。万般人事五更头，韩偓。也称春色是悠悠。李咸用。

暂醉佳人锦瑟傍，杜甫。欢因小饮便成狂，白居易。离人须落泪千行。崔珏。

纵使有花兼有月，李商隐。岂悲相失与相忘，吴融。一生赢得是凄凉。韩偓。

处处寻芳有折痕，薛能。西邻年少问东邻，施肩吾。缘花不免却知闻。王建。

只合双飞便双死，吴融。那堪无酒又无人，李商隐。绣屏斜立正销魂。韩偓。

醉倚东风不点头，李山甫。六分春色一分休，陆龟蒙。花中占断得风流。吴融。

一样金盘五千面，王建。十三弦里一时愁，白居易。近无书信更堪忧罗隐。

眼底桃花酒半醺，李群玉。酒旗相伴送行人，段成式。旧窗风月更谁亲。赵嘏。

谁道小郎抛小妇，白居易。别来如梦亦如云，吴融。无愁直为倚家贫。李咸用。

何事行人最断肠，温庭筠。新春催破舞衣裳，李商隐。阮郎才去嫁刘郎。许浑。

蜡烛有心还惜别，杜牧。寒衣未寄莫飞霜，王涯。人间百事不思量。姚合。

闻雨伤春梦不成，韩偓。客中谁最有风情，白居易。武陵一曲想南征。杜甫。

蜀纸麝煤添笔媚，韩偓。风帘残烛隔霜清，李商隐。已携孤剑事离程。罗邺。

一任斜阳伴客愁，包佶。伤心不独为悲秋，李益。当时七夕笑牵牛。李商隐。

顾我镜中悲白发，白居易。任他明月下西楼，李益。浮沉无计水东流。许浑。

辜负东风十四年，吴融。就中肠断是秋天，白居易。疏帘相伴宿风烟。李商隐。

花若有情还怅望，温庭筠。柳如无恨亦缠绵，周朴。一声卢女十三弦。徐凝。

独向长空背雁行，罗邺。九衢尘裹免劳生，吴融。朦胧犹认管弦声。韩偓。

女伎还闻名小小，刘禹锡。与奴方便寄卿卿，韩偓。春来触动故乡情。白居易。

送客逢春可自由，杜甫。马嘶残雨晚程秋，赵嘏。多情只共酒淹留。赵嘏。

世上浮沉应念我，吴融。梦中欢笑亦胜愁，白居易。玉衔娇马索闲游。李山甫。

一雁南来雪满衣，赵嘏。人言柳叶似愁眉，白居易。一枝枝好更题诗。司空图。

但是好花皆易落，刘禹锡。谁怜好梦转相思，韩偓。水声呜咽若东西。许棠。

别后含凄向晓风，刘禹锡。秦声楚调怨无穷，顾况。此时离恨与君同。卢纶。

半夜雨声三月尽，韩偓。百年生计一舟中，白居易。凄凄游子若飘蓬。皇甫冉。

梦后城头晓角哀，顾况。临歧终日独徘徊，皇甫冉。留欢不畏夕阳催。郎士元。

生去死来都是幻，白居易。言情不尽恨无才，韩偓。犹应醉得两三回。白居易。

一度相思一断肠，韩偓。不知何处是他乡，李白。秋风此日洒衣裳。杜甫。

愿得回风吹海雁，钱起。惊看白鸟入残阳，司空图。一回言别泪千行。卢纶。

正是王孙怅望时，温庭筠。佯佯脉脉是沉机，韩偓。江涵秋影雁初飞。杜牧。

绣户夜攒红烛市，韩庄。马鞭捎断绿杨丝，朱庆余。荻花寒渡思凄凄。刘沧。

点绛唇　赵北口

水缩天低，柳丝不要人扶起。连桥十二，略带江南气。

赵北燕南，从古销魂地。阑干倚，雁行天际，逗入人群里。

疏帘淡月　夜发河间，晨过滹沱河

驮铃唤起，又趁入襜帷，四更天气。沙色笼灯不辨，马蹄痕细。层衾裹梦霜逾重，问宵酲、殢人醒未。乱尘迷辙，晨星几眼，照愁而已。

怅晓角、催人卌里。认行行烟树，近滹沱水。雁路微茫低映，关山行李。萧萧自古坚冰渡，剩桥边、荻芦荒垒。数家村

店，酒旗斜矗，向空烟里。

玉烛新　富庄驿旅怀

中原孤骑走。又黯黯斜阳，那边亭堠。断鸦选树，人空在、蓟北关河回首。飘蓬未省，只带眼偷窥依瘦。输此夕、残烛风帘，衣尘乍看埋酒。

年时钿约秦楼，记扇为伊书，帕因予绣。玉徽暗奏。星寮外，一架夭藤争秀。笺痕擘绉，待寄讯茸窗鸳偶。偏梦觉、霜雁声凄，交河断柳。况周仪曰："起三韵竟似稼轩。"

醉落魄　夜闻琵琶

月欺官烛，帘娇双殢人如玉，指间风雨窗间竹。一阵边沙，吹变女儿哭。

邯郸好梦应须足，四条弦上三更续，雁边有个人难宿。天外潇湘，沁入梦中绿。

永遇乐　徐州登燕子楼，用坡公梦盼盼韵

曲榭埋云，乱峰挂雨，羁绪无限。往事阑干，病余歌拍，凝想慵未见。美人枯泪，斜阳立尽，秋汛绕城都断。蓦相寻、桐阴鸳甃，冷霜一宵飞遍。

凤床尘黯，鸾笺香潠，指印迷望窗眼。社暖泥衔，尚书冢上，魂逐双玉燕。白家诗涩，苏家梦悄，恁识画楼恩怨。只梁

畔、双巢倦羽，昵人自叹。

清平乐　宿州城南隋堤

雁和霜咽，近作江南客。髡柳不堪人再折，一带隋堤窗窄。

风风雨雨天涯，锦帆何处人来。输与闺中夜卜，明朝灯火清淮。

满江红

晨谒露筋祠，乞顺风，比归舟而旗脚已转。用频迦效白石生故事韵一阕，书以绛笺，焚之甓湖，以续送迎神曲。

初日丛祠，已褪了、莲衣茜香。荒湾转、一行旗脚，灵猋送将。唱得野风门外曲，行人系缆有王郎。黯湖天、飘堕五铢衣，云锦章。

蚊雷歇，催曙光。来樯隐，去楫忙。蓦堤边白鸟，惊人自翔。三十六湖楼上立，阑干回似女儿肠。奏神弦、吹浪起粼粼，摇佩珰。

玲珑四犯

十一月朔泊邗上，为二日之游。暝返孤篷，潮生月堕，倚舷蘸墨，忆白石韵，叠为唏声。明日渡江，书寄湘社诸子。

驿柝递寒，桥灯呼酒，隋家花月何许。梦游曾十里，淮水无今古。伤心鲍家一赋，甚年年、阻烽江浦。白骨埋娇，青山唤渡，相望正凄苦。

珠尘暗、香飞路。有停骢巷陌，记曲帘户。青衫嫌泪少，红鬼迎潮去。飘零杜牧犹年少，恁南北、关河孤旅。聊寄与，笼沙月、湘边雁侣。况周仪曰：“直入南宋，非国朝人所能，竟体精整。”

卜算子　渡江

一幅峭帆轻，十里瓜洲渡。双桨桃根少个人，共我横江去。
云想六朝花，风急三山树。锁着金焦不放行，便好秦淮住。

醉太平　北固览古

孙家仲谋，刘家寄奴。百年天堑荒芦，岂英雄意乎？
秦淮听乌，京江卖鲈。掀髯莫赋归欤，作东吴酒徒。

八声甘州　题焦山吸江阁

曳长江到海不回头，万木向空悬。只僧边磬冷，鸟边旗矗，塔上诗镌。横览南徐北固，一叶渺吞天。足底鼋鼍泣，日黯重渊。

拍遍阑干无恙，尽门开半壁，戍鼓楼船。叹六龙去后，碧血照鲸川。数第一、功名何在，响天风、吹顶发三千。沉吟久，坠岩星斗，应待焦先。

念奴娇　夜入吴淞口

未归南北，又长江西上，扁舟东逝。大九州才洼数点，中外平分一水。醉吸鲸杯，寒披鹤氅，目断猋轮驶。羁愁搅梦，海天清角吹碎。

翻笑水阁吴娘，五湖懒去，不共天随子。一块人间无用月，辛苦照人何意。燕北呼屠，峤南续雅，万五千余里。重寻黄歇，雕楼横矗烟际。

眼儿媚

画帘中有咏香人，娇极不成云。再三踪迹，一双心事，十二楼门。

多情多感还多病，春在两眉颦。更衣烛底，敛歌花外，值得销魂。

迎春乐　席上赠张小琼录事

琼琼小小真无赖。烛屏深、眼波碍。檀槽斜拨春纤快。花不似、人多态。

回身一捻双罗带。娇未堕、枣花帘外。七十二鸳鸯，齐望着、张星拜。况周仪曰："颇似花间。"

好事近

夜饮玉立龛，遂登洋舶，主人索赋，以素帨书之。

别盏不堪持，何况脸红春腻。酒醒四更人去，有茫茫海气。

那回东海见麻姑，肯与侬搔背。问讯者回南海，可卿卿随喜。

木兰花慢　题徐仲可纯飞馆填词图送还浙东

占填词福分，山宜瘦，水宜肥。只阁笔楼心，晓妨莺咒，夜畏狸知。相思，梅梢褪雪，怕画阑烟砌已都移。怅望红箫拍短，慵将白练裙题。

乌衣，嚼曲似卿，稀纯想、乍容飞。要圣不劳心，仙为搔背，佛只低眉。催归，十三番舶，向龙堂唤个鲤鱼骑。盼杀西泠画桨，小眉人瘦兰矶。

以上《十鞬词钞》

蝶恋花　题玉立龛小影

滴滴露珠和粉罩。簟冷窗明，影浸芙蓉小。巷曲钿车声歇了，语音犹欠郎怀抱。

海角天涯魂梦绕。泪眼秋枯，比似银湾少。特地一衫新绣好，黯愁眉淡无人扫。

清平乐　樾庭孝廉属作玉峰兰隐小印并系以词

江湖载酒，一例销魂够。君是玉泉山下友，莫任兰花开瘦。

珠江最好花田，素馨何似兰妍。万里天涯只雁，三更海上啼鹃。

水调歌头　端州阅江楼送方子顺入都

楼上与君别，无奈荔枝何。西江一条组练，飞艇出牂牁。此去日边万里，倚遍阑干千尺，斜日蜑娘歌。三两醉中事，醒后记无多。

江山好，文字福，两消磨。朝云肯来相伴，便略似东坡。烧透木棉城郭，湿透黄梅节候，送子去滹沱。安得五色蝶，驮我入浮罗。

临江仙

蓦忆湘春门外柳，灵根移种天涯。东风吹梦不因花。心香商鼎篆，臂钏楚衣纱。

林角斜阳悬不住，枉教人恋湘霞。脸红眉翠逗些些。千丝凭越客，一舸是儿家。

祝英台近　题湘蘋馆图

两重心，三五夕，江上翠楼倚。皱冷西风，吹梦不成水。那时睡着鸳鸯，采香人过，也偷避、曲阑干底。

忍拼弃，画中双桨盈盈，湘月薄于纸。团扇轻分，桃叶未妨姊。剧怜听雨湾头，花花叶叶，恁没个、鲤鱼红尾。

清平乐

南汉凿仙湖以通药洲，即今广州学使署之喻园。花农太史于池傍筑亭，额曰补莲，介弟仲可为图属赋。

闹红凉意，沉在帘栊底。灵药黯销天子气，配个莲花君子。

松兄梅弟堪夸，算来何似徐家。怪底湖名西子，也随人到天涯。君家于杭仙湖，俗亦名西湖。

沁园春　仲可赠词，效湘社和刘龙洲作，依韵答之

鼓棹沧溟，自北自南，兹游壮哉。正越王城畔，五羊招到；麻姑洞口，双蝶驮回。海阔红愁，天低绿梦，闻说徐陵擅玉台。旗亭畔，怕阿鬟待久，不用停杯。

浈江一舸归来，且相对尊前笑口开。恁荒洲采药，莲衣乍褪；回郎刻竹，藓迹犹堆。黯矣销魂，秋之为气，送子孤山去探梅。莼鲈思，有蘋花为我，湘上低徊。余将归湘。

迈陂塘 题吴趁印人谢庸梅石盦图

认萧寥、盦中佛火，梅边人共花老。评量铁史先生传，一幅溪山画稿。天亦恼，尽元气、雕劖八体穷妍妙。秦搜汉讨。怪顽石能言，梅花有约，两两点头笑。

阑干外，压断盈盈翠筱。冰魂一鹤孤傲。鸳鸯湖水春前长，双桨有人摇到。臣所好，但刻画、能为白发供吟啸。陈曼生黄小松邓石如赵扔叔。漫割就云腴，排成篆势，遗派浙东巧。

小重山令

香港见日本女子曼陀生歌扇上自书绝句曰："妾本东京住，随风一叶舟。郎心如海水，日夜向西流。"婉而能讽，爰赠以词。

分梦帘栊坐两鸥。个侬家住在、海东头。陪茶娇倚钿箜篌。抬头语，波已为郎秋。

蜃气上雕楼。未须明月夜、未须舟。枕函香醽一诗愁。西风里，回手下帘钩。

满庭芳 药洲病起，池馆秋阑，触绪为词，用申羁愫

苔晕勾廊，萝痕罥帽，抛他十日池亭。薄寒欺病，篱蝶太伶俜。隔着画桥何树，背斜阳、只做风声。秋还剩，半湾芦叶，

吹雨过空舲。

惺惺，潘鬓减，年时瘴海，人似枯萍。甚倚楼呼笛，隔烛调筝。一夜鸳鸯艇子，被西风、搁了回汀。红阑暮，疏灯未上，凉蝠颤帘旌。

摸鱼儿　题徐菊农观察珠江载月图，即以录别

问珠娘、眉弯秋色，一船能载多少。蜃窗六曲灯如水，赚得鸳魂红笑。歌乍袅，也略似吴阊，略似秦淮好。潮生玳瑁。有海气沾衣，花光隐槛，扶醉上楼了。

徐凝句，记取花田鸿爪。湾头艇子摇到。发香酥透梅边梦，忍负情波双棹。潘鬓悄，甚卧酒吞花，惹却闲鸥恼。旗亭画稿。怅明日离筵，海幢寺下，钟韵咽林杪。况周仪曰：“沉着，语雅近南宋。”

又　十月二十七夕珠江录别为菊农赋

罥令宵、四厢花影，层层低拂浓绣。赚君来是珠江水，又到送君时候。珠泪有，怕一样啼多，减了鲛人瘦。灯魂红骤。怪点屧身轻，扶梯手涩，两两断肠够。

天涯别，第一莫嫌中酒。梅边月姊私咒。楼阑百尺兜人住，也要片时将就。相记否，记那夕提鞋，那夕双携手，低鬟猈袖。恁背语琵琶，潮生月堕，耐得五更久。

小楼连苑 白海棠

倩魂飞向人间，满身都带蓬莱雪。瑶台半倚，花瓷小种，洗妆无力。西府藏娇，东皇试剪，妒他颜色。想缟衣妃子，茜裙犹在，压损了，留仙褶。

吹瘦东风凉白，一枝枝、是侬愁魄。柔香腻粉，三分成梦，七分成月。却厌人家，几枝红烛，照侬今夕。问沉香昨夜，可能同梦，梅花消息？况周仪曰：“离神得似，乃轻黄金。”又云：“白石咏物，即用此法。”

满庭芳 寿姚芷陔通守母夫人八十汉阳人

爵献垣平，枕扶仙岱，娇春不锁蓬莱。天吴驱海，倾作寿筵杯。镌遍翠妫茗玉，江皋佩、彩眩珠胎。翚衣斓，湘天画轼，谐凤下琴台。

曼寿，兰亭初禊，人思滂母，史颂斑才。轶古稀灵算，九九图开。玉笛落梅声碎，雏鸾舞、齐向瑶阶。欣重荷，万年恩湛，鸯诰圣人裁。

多丽 瀛洲雨集连句

丙申春仲，中实客居长沙城东之小瀛洲。

舣湘舟，春寒偏酿春愁。中实。又饧箫、数声吹哑，湿云低压红楼。子大。浪三篙、还停翠缆；帘一角、乍卷银钩。叔由。

锅惯销金，壶须买玉，几番拼典鹔鹴裘。中实。卿何事、不将春水，藏住两闲鸥。子大。浑只怪，旧游如梦，旧梦如沤。叔由。

指东阑、梨花开也，断魂人在瀛洲。中实。俏红鸳、瘦还禁雨；淡黄柳、病欲惊秋。子大。皂帽仓皇，青衫老大，等闲休负酒平瓯。叔由。问海上、归来燕子，已有定巢不。中实。还共祝，月移三影，水断双流。子大。况周仪曰："五莺六燕，工力悉敌。"

金缕曲　连句和赠叔由

共汝伤心惯。又今宵、清歌明月，小楼西畔。子大。一桁丁帘残烛影，照彻冶游人倦。空回忆、短桥红板。木斋。道是吴儿心木石，记那回偷眼阑阴见。乍群衩，冷香展。子大。

梦痕一霎风吹断。叹沧桑、而今也到，仙山阆苑。木斋。新颤雨花红簌簌，输与夕阳来管。怕春事、三分有限。子大。莫向尊前成惜别，算湘江未抵相思半。怊怅煞，彩云散。木斋。

蝶恋花　次木斋韵（三首）

卍字阑干低做冷。祝汝留春，不要勾春尽。人日花朝期未准，相逢又是清明近。

钿约钗盟难记省。走近侬前，又碍旁人问。抵死共卿双不瞑，帘波贴住鸳鸯影。

出帐双蛾慵未扫。羞验春痕，恁被檀郎笑。试黛为郎添窈窕，薄妆只道家常好。

湖上裙腰青一道。底事销魂，曾舣楼阴棹。薄命伤心谁写照，小青坟上红心草。

那夕宝钗楼下路。月暗花笼，鸳帖无凭据。戏剥瓜仁亲记数，舌尖甜爱心头苦。

恻恻银筝花下语。惯把春欢，来趁秋娘诉。我道然然卿否否，隔窗又听芭蕉雨。

买陂塘 连句录别（三首）

乍连宵、风风雨雨，天公已把春葬。子大。玉箫吹得湘魂醒，还为落红惆怅。木斋。帘一桁，逗万古春愁，织作真珠浪。中实。清尊莫放。算酒变湘江，湘江变酒，都是泪痕酿。由父。

将身罥，万树桃花如网。个侬依旧无恙。子大。尊前剩有何戡在，凭话旧时眉样。木斋。弦索响，听水阁潇潇，还似吴娘唱。中实。桃根双桨。应许学当时，鸱夷一舸，烟水五湖上。由父。

两三人、一般僝僽，春三二月风雨。子大。檐花落尽春灯黯，犹照今宵欢聚。木斋。吾与汝，要世世生生，总向情天住。中实。闲愁漫赋。料如此江山，英雄只合，相对数儿女。由父。

刘琨老，何必闻鸡起舞。只堪鼾睡东部。子大。不然便向南山下，笑看蓝田射虎。木斋。眉黛语，劝偕隐红楼，莫再封侯误。中实。镜台堪据。又照见天涯，飘零客子，同作倦游侣。由父。

两三花、一般娇姹，惹他风雨无赖。子大。梦回只在红楼角，一片冷云低碍。木斋。春似海，却不道春边，总是愁先在。中实。相逢定悔。便神女生涯，非关梦里，梦也可能再。由父。

春宵短，一点一更偿债。千金寸烛难买。子大。相思别后知何益，枉自手搓裙带。木斋。春缆解，怕回首阑干，已隔湘云外。中实。苍波杳霭。任老尽芙蓉，搴芳人去，谁共涉江采。木斋。况周仪曰："三调浑成，不似连句之作。"

沁园春　次韵湘云小像，应胡仲蘧太史

网得西施，一镜娇波，春藏若邪。记豆蔻窗前，眉棱替月；黄苗槛侧，脸晕烘霞。昨夜星辰，今朝帘幕，小梦微醒共品茶。人何在，把春边恩怨，变作秋华。

相看不算天涯，只画里真真是一家。甚窥奁青鸟，来时见汝；隔窗鹦鹉，无计瞒他。麝死留脐，龙飞出骨，悔却多情一念差。思量甚，咒药阑春雨，不长灵牙。

买陂塘　即席和木斋咏小云

笑人人、一双和你，玉簪花外前度。风流解唱阿蛮曲，袖里凤鞋能贮。堪记取，记阁上眉尖，愁重花无语。苏家二女。怕油辟西陵，洞天别有，能引钿车路。

仙乡好，何似柔乡调护。巫峰十二藏汝。未妨携握鬘天上，斩却情丝恨缕。行共雨，搅梦里梨花，替把情天补。衣裳想误。又十八鬟娇，被风吹损，横过鹊桥去。

临江仙

五月江城如画里，桃根双桨迎来。梅花落尽绣帘开。妆楼三百树，花坞隔琴台。

爇罢鸳鸯心字饼，旧窗茸唾亲揩。淡妆慵与画残煤。炉熏低惹袖，钏响怯行杯。

徵　招

再题王幼霞侍御《秋窗忆远图》。图为况夔笙舍人客江南作，并装金陵栖霞寺残碑二段。

台城树色斜阳暝，残钟隔林催到。罨碧旧山门，黯楞轩孤窈。古苔萦绣葆，指江令、断碑无帽。翠墨装题，红泥小印，认沧桑稿。

燕市触悲歌，丝丝鬓、回忆王郎同调。赚破嫩寒天，是红箫声拗。背吟秋易老，恁词客、霜台焚草。海门月、今夜从君，趁骑龙烟岛。

蝶恋花　同王梦湘连句和宋词韵（三首）

月漏帘阴乌隐树。篆出相思，一寸沉香缕。子大。锦瑟华年弦共柱，无人知道春归去。梦湘。

晴外游丝风里絮。不管宵来，尚有樱桃雨。子大。睡起笼鹦还独语，画阑旧是看花处。梦湘。

阑角海棠开未久。衬得愁新，不管衫痕旧。子大。见说斜阳如病酒，伤春一样春同瘦。梦湘。

为问扬州沙柳柳。十里珠帘，名字无还有。子大。打桨红桥双卷袖，梦回又落南朝后。梦湘。天门熊两溟《竟陵诗话》录明扬州伎沙柳柳一绝句云："碧天明月入秋河，照见高楼似水多。无可奈何人去也，不知还有梦来么。"偶忆及之，固佳唱也。

待得侬来郎又去。底事帘钩，一桁愔愔暮。子大。不是迷藏花底路，中庭枉种相思树。梦湘。

梁燕一双痴共语。省识春归，不道卿知否。子大。昨梦江头轻似絮，绕船明月人何处。梦湘。

踏莎行

小阁妆才，回廊立遍，中门映处侬初见。子大。青梅竹马一年年，而今不是当时面。梦湘。

划袜描鸳，搔头隔燕，千金不换华年转。子大。紫薇花顶日低横，簸钱声是谁家院？梦湘。

虞美人

清明寒食愁中了，渐觉春风少。梦湘。小莺遮莫咒春风，难得一春将息病愁中。子大。

幽阶过雨鸳痕在，钿约因谁改？梦湘。不提前事不关愁，只恨夕阳如水背花流。子大。

蝶恋花

玉女窗边曾一笑。桐叶芳题，待索吟秋稿。茉莉鬟低裙衩小，儿家爱唱江南好。

蜕月层涛秋夜缟。桥路元霜，黯共何人捣。吹彻玉楼笙未晓，琐窗一梦红深窈。

又　题李梅痴太史瑞清杂写花卉四帧，应赵仲弢玉簪月季

慵伫秋苔弓印滑。爱忍甜香，私禁檀郎掐。白晕掌窝黄晕颊，玉窗新水盘龙匣。早秋，闺人常以玉簪花苞和露贮粉，经岁而香不散。

罥袖未妨帘影匝。梦倦红红，错被春寒压。画了还将私印押，无人会得南田法。

临江仙

白菜红萝卜，梅痴作此，令人有馋坡之想，因忆上京情事，牵缀身世，戏为小词。

忆得年时京洛，貂裘夜拥炉红。脆菘肥卜一盘供。玉人慵未唱，樱巷月初笼。

少日才名落拓，偷桃窃笑天公。支那菜色画屏中。神州非瘠土，鬼谷岂文穷。

菩萨蛮　庐山无名花

英吉利人尝至南洲荒岛，见奇花树叶周十亩，花大如车轮，宙合中未有物也，归以其女主维多利亚之名名之。庐山此花，九月始开，花大如牡丹，莫知其名，殆维多利亚花之宝相欤?

灵根不伴孤山雪，茜魂偷葬庐山月。绝代本孤清，人间浪得名。

不曾邀十姊，共逐风姨死。剩欲访西家，维多利亚花。

寿楼春

况夔笙内翰闻声相思，已逾十稔。己亥夏杪，僦居鄂城之莺坊巷，谈艺咫尺，相得甚欢，因踵梅溪韵奉赠。

登江亭寻芳。怅魂疏十载，风雨吟窗。慰喜帘阴隔巷，树巅斜阳。携茗碗，清君肠。问鹤楼、题诗谁狂。只衫上京尘，筝边吴语，愁靥殢梅妆。

凉飔罥，清宵长。盼星河□□，□度仙腔。几夕悲秋俦侣，鬓丝堪伤。同老大，归无乡。剩□□、□如赀郎。蓦檐雨催诗，雷车未忘推阿香。

清平乐　拙词编就，感赋（二首）

新词几卷，已擅人间艳。料得此身无可遣，尽著香凄粉恋。

海波卷过天东，阵云妖血腥红。一例哑哑啃啃，鹃愁诉与东风。

雕虫小伎，壮悔都无谓。三十而还输一世，剩得几分才气。

酒边万紫千红，任它开落东风。我自一瓢一笠，随人唤作词翁。

以上《十鞬后词》

以上《美人长寿庵词》，光绪二十六年（1900）武昌刻本。

暗香　题子申画红梅，和梦窗韵

坠巢冬茸，款旧时月色，中门斜阖。薄醉晕朱，疏槛低鬟拗花湿。蟠屈檀龙喷火，袅空际、晴香稠叠。傥画向、山驿僧楼，烟冷殢愁靥。

归急，乱云叶。盼管领瘦春，茜魂安帖。远簃梦接，独自黄昏怕深入。芳约彝陵路杳，空寄讯、玉梢残蜡。黯岁序、飘尽也，墨深恨匝。

望海潮

王息存小象，岩际一神女拈芝，翩然欲下。扇存余箧十年，题寄。

模金蠡客，捞珠绡女，天痕浅润衣香。圆树画溪，孤龛甚处，闲悰我佛评量。钗鬓漫吟商。倚瘴天楚些，情海啼妆。拾叶炊云，抱芝来倚岁星傍。

江楼酒醒春忙。更骑羊远峤，拾翠炎荒。饥朔啖桃，馋坡说荔，杯行且付卮娘。缃佩弄红芳。又夕晖罥墅，朝渡分航。掩伫层城，几时重见话沧桑。

兰陵王 壬子仲春来别石巢，用美成韵

女墙直，回阚山亭路碧。东风紧，饥弄画眉，飞扑帘旌旧红色。无家任去国。谁识，寻巢倦客。灵岩畔，双柳胜人，发辫春梳漫寻尺。

迟徊见欢迹。几划蜡堆屏，翻酒莹席。蝒书鼠与蟫交食。更钿阁脂渗，绣床绒乱，惊魂飞似箭过驿，剩堂阖南北。

凄恻，素尘积。又故燕伤心，来话岑寂。兼旬欲去无情极。黯近戍挝鼓，废楼闻笛。铜龙宵涸，似送我，泪慢滴。

南柯子

石巢植牡丹三年，今春移巢西邻，始得一花，词以慰之。

宝靥圆时媚，檀心拆处松。三年香靳碧阑丛，今日一花开慰主人红。

福笑兵前折，巢惊乱后同。死灰寮底嫁春风，不傍寻常富贵可怜虫。

定风波 饮蔡耐余圃

莫倚春慵不看花，花边能剩几人家。前度持觞花腼腆，重见，玉兰丛碧上檐牙。

水阁半欹兵动后，药栏贪看日西斜。商略诗签兼酒券，闲劝，世途争避路三叉。

又 余圃折白桃花

风韵篱边绝世人，素妆和雨黷残春。等得晴初亲拗折，轻雪，恐教吹作路旁尘。

抵死要留花活计，余生拼得酒温存。归坐胆瓶纱间隔，娇劣，小春能够几黄昏？

水调歌头

九日与顾印伯携榼渡江，饮王病山斋中，和稼轩九日韵赠印伯。

流浪复流浪，城晓一门开。问君今日携盏，甚处陟崔巍。毁却乾坤我在，剩有中流诗艇，招汝定能来。风雨失盲怪，楼阁影纤埃。

惊落帽，添野水，向金杯。阑干迷望平楚，战骨满蒿莱。白发新芟更短，今岁簪萸非昔，不敢径登台。拼照江苍莽，且共月徘徊。

又

与印伯追话庚戌九日吴祠山游，前二岁为节庵及予主禊，君时皆令武昌，未与。叠辛韵。

诗句吐光怪，口吻向天开。天公被汝惊却，坠石下崔巍。祓禊吴祠三度，两度临皋秋晚，披氅不曾来。抱膝和梁父，挥袂障惊埃。

窗八面，山一枕，酒千杯。两楹雕俎何在，殿脚莽烟莱。落佩倒冠相望，老子鬓眉偷换，扶杖睇强台。酒外一无事，形共影徘徊。

又 三叠韵赠病山，并示四峰、百迟、竺友、湜生

道战老吾辈，酒战屡尊开。今宵各挟诗战，山玉朗崔巍。座拥弇州四部，人爱江天重九，社远少兵来。忽报天雨粟，颉哭海生埃。湜生言近日海上天雨粟之异。

孟嘉帽，陶令菊，谪仙杯。文章何必千古，身在已蒿莱。流过江头峨雪，送到穷荒笠屐，无地恸西台。人事强离合，天意忍徘徊。

又 九日四叠韵，题酒人抱瓮图

江望入秦赭，瞑被酒烘开。白衣为我送至，山瓮累崔巍。

岁岁登高颂酒，今岁天官改历，定误酒星来。仙谪本非谪，起舞叱氛埃。

长鲸吸，螟蜾侍，海为杯。楼捶更事洲踢，翻手上蓬莱。那便开轩就菊，但道悬香有桂，节换竟登台。入瓮汝休矣，歌哭两徘徊。

又　十日偕印伯还武昌，病山、迟父步送渡口，循览夷场。五叠辛韵

叉手信江介，诗境险还开。斩齐江树如沐，铁槛琐葳嵬。绮縠香尘平砥，洞户晶球连昼，歌吹似人来。坡老饮既竭，东海涨黄埃。

宿罗胸，山起面，暂停杯。分携一舸天远，争道故园莱。电掣驷蹄茸罽，风眯层窗花眼，归去认楼台。良会耿如昨，今别复徘徊。

又　十日归舟，望黄鹤楼。六叠辛韵

人昔去不返，天讶鹤冲开。凭高争寄遐想，巨笔插峨嵬。千古楼头崔李，未肯题诗九日，更睹阿谁来。天水莽一色，远唾净无埃。

予生晚，恨不共，古人杯。虚夸谢朓战胜，去剪北山莱。几度废池乔木，暗触江东兵气，如月灌楼台。与击渡江楫，去住总徘徊。

东风第一枝

壬子仲春，晤子申汉上，别之沪渎，以词见寄。改岁检录，赓韵寄情。

椳茁松毛，帘镂竹尾，新年还借杯暖。瓔香晨火添篝，烛泪夕妆界线。儿童爆竹，赚满地、红心攒箭。怕早春、频返楼台，暗共落梅飘散。

君去惜、半江浪剪，依伫忆、汉皋佩缓。废池犹厌言兵，画梁更无燕管。灯期雪妒，漫粉饰、江山平远。料海尘、愁宴宵阑，冷睨旧人筝雁。

花犯　斋头红白梅盛开，慰情感艳，和梦窗韵

斗斜妆，轻鬟弹雪，梢红破初晓。翠禽啼到。怕碎月帘栊，孤恨难照。鬲溪半树兵前见，封墙苔又老。耿素魄、古林独寤，憨仙慵斗草。

深宵梦稀，况灯前窥饥凤，淡伫翎修衣缟。心一点，炉香拆、抱伊娟小。催横笛、岁华易尽，花事共、江山偷换了。漫睹画、旧时宫额，量愁春更杳。

又　水仙和梦窗韵

玉苗条，儆春敛萼，涎香腻添晕。浅簪笼鬓。擘素瓣泉温，移烛低认。翠眉暗蹙绡缠紧，凌波仙步稳。妒雨过、一天罂色，

香严开未准。

生涯梦中，误蜂黄排签密，乍醒湘娥幽恨。寒月晓，梅窗畔、小红羞韵。沙边坐、又移瘦石，谁唤起、真仙低绿(鬓)[鬟]。暗对玩、十三行帖，神风归棹引。

疏影　子申自海上画梅题词见寄和韵

萝窗映雪，趁淡煤迅扫，天色都活。屈攫交枝，斜上旁行，无人肯为依折。江城漫赌先春艳，怕笛里、惊魂犹怯。傍砚山、冷替罗浮，待唤梦仙骑蝶。

亲拂黄筌院本，翠禽并宿晚，空径苔节。去岁于叶奂彬观古堂，见南唐黄筌画红梅翠禽巨幅。墨晕冬心，波阔黄昏，黯寄莺坊留别。槎丫不惯春风管，惯爱好、一生清绝。誓再生、莫画飘零，愿蘸指头书血。

木兰花慢　题四峰仙源归棹图

九州鸦外尽，更何路，引人还。指岫碧簪螺，溪红衬绮，柯烂前湾。秦人傥相见也，笑今番能几汉衣冠。双桨谁赓余曲，一篙拼走曹瞒。

投闲，空际烟峦。花煮粥，黍为餐。但斜阳低处，小桃流水，不够河山。渔郎莫兜棹转，阻溪重无计叩花关。傥共瞿仙晚寤，半窗月白炉丹。

绛都春　海上遇夔笙赠词答和

云涯恨里。对短鬓夕阳，缁尘浮世。种柳汉南，同赋消魂人无几。琅玕芝馆经行地，怪巢燕衔泥争坠。乱钟催客，虬壶赚取，两襟冰泪。

英气，年时酒袯，倚危槛、几度问天还醉。古镜贮愁，侧管吟商乌阑字，蠡舟春黯湖阴睡。等抛却、人天闲事。奈他草阁江深，乱蛙又起。

浣溪纱　初度日和夔笙

帘角飘灯雨未休，料量多半酒中愁，迟年五十欲平头。

海色拗晴来汐社，楼高何处见吾州，他乡能老况温柔。

握金钗　和夔笙韵

湿翠偃磐陀，寒琼抱瑶草。暝蛙池上争道，着处藏身即壶峤。波一剪，荡愁根，萍未老。

海色蓦烘屏，龙堂镜空晓。枕边山玉颓倒，似听提壶唤春好。晴又雨，暖还寒，花怎料。

高阳台　赠仲可用，夔笙韵

放酒酬莺，驮香信马，襟欢尚忆芳时。坐暝帘栊，一词商遣灯知。暖尊回照江湖梦，更何人、掌上腰肢。怪兰茎、不共春娇，却话年迟。

晦潇廿载飘萍侣，记湘弦警夜，乡语何其。眨眼斜阳，玉窗谁弄参差。坠巢劳燕惊相讯，道浮生、不是无涯。唤吴船、访柳湖西，莫任东吹。予将往游西湖。

扫花游　黄浦滩夕游，和仲可韵

钿车过雨，乍柳外莺梭，海尘吹暝。坠欢耐病，怯余寒半臂，缬松斜领。倦勒章台，莫认鬓前鬓影。背芳镜，似蝶瘦梦回，花辨愁更。

波屿车共凭。甚弱絮柔丝，袅春还定。暮江路迥，算十年载酒，未妨鸥性。那是旗亭，画出斜阳远靓。待归听，度寒山、隔云钟冷。

齐天乐　题吴玉才竹屋填词图

禅天绿梦围僧住，中边更无人我。凤尾捎云，龙吟蜕月，深闭重帘清课。牵萝计左。怅倚笛莺坊，省钟云卧。惜取婵娟，旧缣惊被暗尘涴。

江城飞镝似雨，甚年时莛篌，都付篝火。蔡赏曾淹，高痴欲语，老去填词谁和。墙阴万个。尽玉戛风疏，翠交烟妥。那不桑尘，暂留深处可。

莺啼序

壬寅夏，见彩云于都门，今重逢海上。夔笙拟赠，余亦继声。

情天靓霞界暝，殢淞帘梦雨。骑来晚、重系筝坊，看花人似前度。怨尊共、山颦易夕，欢场事往仍孤注。检衫尘，闲证钗钿，黯埋花絮。

旧劫仙巢，涎尾燕子，指神山甚处。尽惆怅、惊浪蓝桥，殿鸾人换歌舞。傍荆驼、宵回绣毂，彩幡下、琉璃交护。惜刚风，轻锁瑶房，质迷空雾。

西王母笑，北烛人归，画图睠旧侣。漫问讯、浣溪春骑，踏月呼影，罨画移家，废弦安谱。匀蛾倦碧，量腰惊瘦，生来随分能倾国。阅兴亡、只在斜阳渡。新亭涕泪，阑干拍遍无人，劝客惜取金缕。

雕屏暖烛，剩说无双，尚旧家燕户。暗替数、相思徽轸，入破涛声，凤咽仙山，雁迷平楚。关河坠羽，开天遗事，黄金何物能铸泪，甚风波、容易蠡舟去。登楼无那秋悲，第一江山，断魂见汝。

鹧鸪天　（二首）

有个盈盈画不真，楼台风袅上京尘。暂倾帘底酴醾酒，错认梢头豆蔻人。

天小有，月斜分，花前争拥玉昆仑。江南芳草无多地，请试娉婷马上身。

菊后梅前见一枝，聪明真个比红儿。疑郎设想三生语，坐我慵妆两小时。

呼桂姊，趁兰姨，东风信息小乔知。高花冷眼红楼角，谁更微之与牧之？

摊破浣溪纱 题刘葱石枕雷图（四首）

一枕雷声万壑冰，两条弦子数重绫。指印尚传唐女部，郑中丞。葱石得唐大小两忽雷，为韩晋公所制。进御文宗内人，郑中丞特善其小者。

南赵脱匙犹有迹，东塘镌柱可无凭。谁更凄凉弹法曲，继樊禐。《南部新书》：小忽雷以匙头脱，送崇仁坊南赵家修理，遂落人间。孔东塘有镌柱二诗。樊禐字花坡，国初人，善弹此。

约略琵琶紫塞沙，沧江流转更天涯。小别东风双姊妹，似乔家。

剩曲忽逢中使听，余恩不傍内人斜。侥幸何人亲解得，领巾花。《南部新书》：郑中丞忤旨，以罗巾缢杀之，投河中不死，得为梁厚本妻，因取得小忽雷弹之。有黄门过，识其声，奏文宗，乃赦而加赐焉。

凤臆龙头内里妆，当时大小认排行。手制酉春臣滉字，建中臧。

为数唐家公案在，销魂不独马嵬香。留得人间双暖玉，翳沧桑。

逻逊檀槽肯化灰，海藏楼阁有犇雷。一片楚园红叶水，接天来楚园，葱石所居。

曲换桃花成小劫，祸原甘露是谁胎？又到旧时亡国地，莫登台。

国香慢 节庵书寄崇陵祭糕

丝榼元霜。正宝阶荐熟，旧日鹓行。金灵塞垣追马，哭拜天香。遗诰同悲隆祐，奉缥黝、分馂筵旁。群鸦恨衔在，莫损糁花，封寄蒸糖。

未亡淹赐粥，剩飘摇素发，饥死何妨。乞钱难买，知我何处重阳。前九日书来，言去年今日上崇陵，有诗，有兵丁七八人。今年今日亦上崇陵，有诗，有工人七八千人。弟今日登高何处也。恸失元皇恭俭，泣僧舍、偏近糕坊。分曹怆题字，记散绒絛，预试曾尝。

以上卷一

瑞龙吟 和夔笙见寄韵

斜桥路，曾记叩槛评花，试箫量黍。愔愔深窈房栊，素筝浊酒，凭君话雨。

甚闲绪，淞泖倚愁篷照，钿车来去。银屏仿佛潇湘，倦题画里，枫人鬓苦。

枨触修梅事往，浪揉穷发，霜欺颓羽。分袂圣湖归来，重检芳素。无涯笑我，萍促风翻絮。何时再、兰搴楚笑，樱餐吴语，侧帽伤心处。半塘更在，泉扃泣露。回睇残樽否？看泪墨图成，沧桑容住。故欢试省，等闲朝暮。

寿楼春　送王梦湘还武陵

山中人由天。指桃花作历，秦后无年。阅尽前村斜照，后溪炊烟。岩下路、今何船。但往来、东风翩然。怅若有人兮，舷歌乍阕，低抱水云眠。

人间世，归来篇。向茅檐曝日，松涧担泉。目断君山何处，二妃婵娟。瓶有酒，琴无弦。吊几番、君臣山川。纵天问能知，知而不言终不传。

前　调

散帙得叔由黄鹤楼断句，为足成之，时予辟地汉上。

呼江云来前。问仙人素鹤，归去何年。又是山城斜照，绿波晴川。沧海梦、摇空烟。忆旧游、高歌凭阑。叔由。看戟走沙明，舟吞叶小，翻尽古时天。

登楼赋，临皋篇。尽吹残铁笛，凄吊芽弦。照彻江山如此，月明婵娟。樵载酒，渔忘筌，数去来、何人能闲。只年少周郎，功名竞传谈笑间。

八归 李子申自津门抄寄词帙

蓟鸿向暝，江蝉吟骤，襟恨正满云涯。关山不断斜阳线，新邮密字珠尘，墨晕行欹。为道经秋淮舫别，只潘鬓、枯甚当时。念住傍、津驿回桥，又鹃迫花期。

湘湄，灯偏帘卷，招人丛桂，假山长笑髡枝。乱钟惊醒，破帆停宿，魂避篝火荒祠。几风花劫剩，水云伫话百篇诗。忍南北、老怀暂寄，无歌清泪垂。

西平乐 寄云隐翁申江

岳翠招人，岸沙罨骑，畴昔共乐湘清。家巷寻常，嫁桃初日，追陪社酒携罂。叹故侣黄垆半逝，新恨乌衣易夕，争知晦迹穷途，谁能跃马功名谁能二字从《词律》。休更雕龙绣虎，奇绝处、下笔少人惊。

越鲈千里，淮花半舫，聊浪尊前，姑寄平生。怀我向、淞滨岁晚，西屋东头，茗艼琴书暂托，娇女新添，惆怅而翁鬓欲星芝婵得为翁女。归去未宜，灾年压病，兵火催诗，傥更浮家，莫是天涯，重携笑语盈盈。

绮寮怨 梦湘见过，和芦中词韵

伏雨颓廊携醉，茗香频替花。镇几日、岁熟兵休，新亭侧、尚欠人家。湘翁归寻社约，箪瓢惯、担水泉试沙。怅昔游、巷陌依稀，青楼女、笑客扶杖斜。

剩曲记赓梦华。江乡岁晚，芦中一士藏他。画角霜笳。暗吹换、几年涯。寻秋瘦筇谁伴，偶画壁、待笼纱。杯行禁哗。归槎句未就、云幔遮。

倒　犯

饮集潜园，秋箨含苞，素兰连畹，赋赠主人，兼呈同社。

过雨、又斜红渐睎，槛荷钱小。闲波鸩鸟。珠栊外、定香盈沼。流杯近晚、灯壁笼纱新题好。半醉起钟疏，荡月归林杪。汰烦襟，泻清醥。

湘野岁时，着甚岩阿，归欤何逊老。竹晓涨镜绿，妒新笋，穿檐巧。但剩日、从幽讨。梦家山、昆明余劫烧。怅素畹愁髡，小摘偕簪帽，倦吟拼易稿。

玉京谣　寄题仲可亡女新华画帧，和夔笙韵

避世婵娟子，小住吴根，一度桑尘幻。瘗恨年徂，娥碑芬卷凄惋。仿北体、书拨钗痕，画没骨、笔花惊换。湘栊远，生香更寄，晶奁斑管。

编摩老子羁怀，砚北楼偏，怆旧闺艺苑。擎掌谁怜，珠抛寻向蛾茧。赋别魂、才替江淹，泪墨共、寒淞流潸。图莫卷，拼縢几行愁篆。

瑞鹤仙 寄刘达泉申江

记单衣换却，乘晚醉巷曲，斜阳抹角。秋关扣方觉。转层梯欹槛，呼尊重酌。吟商鬓薄，对暝蝉、如话旧约。傍闲坊、树杪何处，粉香惯度珠箔。

事往，刘郎黯省，劫甚昆池，歌终淮泊。惊飙又作，颓巢燕、且寻幕。叹怀沙、有赋无归，招汝归来，谁慰落寞。任鹿川、暂托惟倚，箪瓢自乐。

一萼红 鹿佺翁七十二岁，题蓼园介雅图，用石帚韵

剪松阴，坐诗髡几辈，翁发尚胜簪。梅径烟荒，苔廊碣晦，笳鼓惊共宵沉。蓼园在、闲坊路曲，蓦噤晓、春老旧巢禽。半劫河山，古稀人世，呼酒凭临。

生日今朝何历，但蘧庐归卧，肯抑骚心。杯逐螺行，经商蚁术，乡老聊赋追寻。指图角、光阴寸惜，卜今昼、堪抵万黄金。却话双柑昔游，隔墅春深。园在定王台下，街南双柑精舍，为翁外祖唐确慎公鉴别业，三十年前旧居也。

小重山

掌上重逢今十年。小屏笼烛照、总依然。薄醒花似未开前。东风好，争忍放头偏。

歌罢闷厌厌。不如乘醉了、上吴船。有涯生事阿谁边？家山破，歌舞瓮中天。

千秋岁引

院浅窗明，墙低户彻，并照微嫌有娇月。庭花乍回鬐罥露，瓶荷半堕奁堆雪。两襟同，四更转，困时节。

帘畔泥人香正爇，屏畔待人衾方叠。万一冰肌共偎热。当中贴鸳留影在，将明化凤随灯灭。罢欢才，宿醒解，和衣说。

红林檎近

《灵岩垂柳图》，柳为余手植，高覆灵岩，在石巢养芝仙馆西偏。

前席金茎渴，后堂琼树阴。替月助奁妩，因风拜楼心。惊怪寻常燕子，尚记冷落园林。旧陪翠袖芳斟，巾裹簇林檎。

石罅楸局近，絮点砚痕深。良辰美景，吾涯随分销沉。况江山如此，人如此树，镜岩空对霜鬓侵。

西河　李佛翼丧其冢嗣俪韩部郎，以词唁之

何世事，天公嫁恨吾子。湘山树赭麓云颓，病魂去咫。故巢邻笛倚谁闻，梅花吹堕无气旧同居石巢。

芋园径，翁倦倚，皎如玉树频侍。胎奇旧坞过斜阳，尚思负米。胎奇坞，芋园胜处。箧衣抖擞帝京尘，苍茫惊换朝市。

劫余巷口尚故第。蒿吟动、王谢邻里。除酒埋忧何地，趁兵休社续招翁一醉，同哭兴亡沧桑里。

浣溪纱　题王蓉珊女士海沤集（二首）

淡影于人画着螺，瘦蟾延想未成歌，忍抛诗思奈才何。
妙迹黄初临洛浦，双栖白下誓明河，家山破后尽风波。

点镜闲沤误小池，浴纱凉雨褪丝丝，最难将息易安词。
教诵鹦经诠梵语，试翻猊鼎合香麋，几生情福有书知。

又　题吴梦舟凤鸣集

去去歌楼咽粉尘，铜街消息冷于春，旧窗眉月旧时人。
闲验袖罗消酒晕，记从舟上见花身，人间活处可忘秦。

又　题桐阴伫月图送王琴农北归琴农字桐君

霓羽惊秋问广寒，琴心自在倚阑干，旧时明月旧长安。
竹底笼云量袖薄，桐阴浣露浥花残，别愁新聚两眉弯。

减字木兰花　前题

关山一叶，吹梦暗惊天上白。莫下江楼，有月阑干只驻愁。
竹云深护，画个无弦来替汝。缺处题名，别样花枝有重轻。

好事近 袁伯夔见过，值梅郎在坐，留饮次韵

西上破帆风，一角梅帘迎客。仿佛君家白燕，胜轻鸾千百。

春明残梦几惊回，莺外尚寒迹。聊共一枝春捻，对江城非昔。

太常引 太常仙蝶降陈仁先湖庄之好秋轩，为图属题

玉京尘老见伊行，琼驾碾湖光。杯在意难忘，道是处、寻君睡乡。

津桥有帝，湖山赚我，仆仆几斜阳。轩好耐秋藏，且伴尔、清斋太常。

琴调相思引 题傅青主画抱琴美人赠李二曲，款书壬辰冬日作

斜抱囊琴悄下帷，强行难遣玉腰肢。破鬟烟绺，风过不成丝。

键户春多浑未省，安弦月上了无为。料应同梦，常避有花时。

巫山一段云 仁先示海藏所书函髻记，为作行云图

楚岫颓为枕，秦天妙写妆。断肠还有几生香，除髻拜空王。
天上痕非雨，人间迹似霜。贞元朝士了荒唐，无计奈娲皇。

减字木兰花[①] 溪山夜雨，摹董北苑

睡云刚醒，大地山河慵不整。白屋清泉，可许闲人作地仙。
矮亭修竹，鸡犬为留云里宿。亦有孤篷，藏在冥蒙不漏风。

清平乐 梅花高士，仿吴仲圭

万婵娟鼻，吐纳乾坤气。山色与人皆古意，香海雪天花地。
仙翁走过溪桥，满身云叶风飘。手捻一枝相讯：江南可挂诗瓢？

浣溪纱 林疏石瘦，法倪迂

老树修篁各几围，野亭深处访山薇，坐看奇石戴云飞。
无分得为娲计补，有时空抱素书归，莫论竹瘦与人肥。

---

① 此首及以下十一首，为题上官惠画册十二首。上官惠，字布和，汀洲人。山水入古，胜于竹庄。

桃源忆故人 桃源春泛，仿李昭道

凡夫不称桃花意，放出渔翁头地。篙下一溪春水，是古人新泪。

水脂山黛真罗绮，鸡犬也争闲气。规往画中诗里，笑辋川徒弟。

卜算子 春江待渡，学李营丘

柳浪渡江分，岸迴天如网。两点金焦似髻明，几辈桃根桨。

花月苦争晴，好趁闲官舫。若个洲边白鹭心，看煞人来往。

西江月 风正帆悬，仿洪谷子

望望梁山古戍，迟迟浦口归舟。便无风浪也堪愁，况是舳舻烟走。

际海秋添鼓角，横江影接钟楼。东南何日定潮头，正盼一帆悬后。

点绛唇 曲栈寒云，法郭河阳

剑外何如，人烟鸟道穷相附。重重栈树，穿近天低处。

关有谁当，十万争豺虎。中原阻，髻云堆户，那便鹃啼曙。

添字渔家傲 楼观沧海，法巨然

楼观苍茫连岛屿，一发神州，浸在冥蒙树。海色似胶天似釜，相向煮，待侬手握诗瓢注。

近说钱塘潮不舞，三竺云深，尚接韬光曙。填海久为精卫苦，休回顾，画中没有桑田处。

思越人 松江暮泊，师范仲立

际海潮痕入浦流，接山松翠傍舟浮。鲈鱼买得知霜近，樱笋餐时忆夏游。

来越角，望吴头，雁声千里劝寻秋。篷窗卧听红箫拍，第四桥边尚几楼？

一剪梅 烟雨归庄，法米南宫

一舸催人两鬓霜。旧有渔庄，新有书堂。白头情话感词场，心似秋娘，人似冬郎。

画中烟雨散归装。老米缥缃，小米收藏。扫晴明日过江乡，红看斜阳，绿看垂杨。

忆秦娥 泰岱烟云，师王右丞

天下小，眼前画本青难了。青难了，峰头决眦，更无飞鸟。

齐烟几点雄风扫，秦碑几字坛封倒。坛封倒，茂陵何事，尚求遗稿。

采桑子　七贤度关，仿荆浩

终古函关开掩处，那见人间，只有云还，一罅浮天万雪攒。

眉山画士图贤七，衣马盘姗，意态萧寒，可信犹龙是等闲。

倦寻芳　和赠谢砚谷

檐桃熟后，瓻酒还余，吟费鱼茧。旧赏欣同，新恨漫将书卷。树密如窥星有窍，笋生多傍岩穿眼。掩闲扉，几春边共语，古帘今燕。

约去取、巾箱残稿，空笑书佣，投笔尘溅。一盏吾楼，但贮夕阳江怨。凤阙孤临山负扆，鹿中宾戏壶添箭。黯怀沙，送君初，数峰稀见。《武昌记》：城北有凤阙，即今之凤凰山。予家旧藏鹿中，周器也。

绕佛阁　寄夔笙申江，用清真韵

楚眉乍敛，风挂巘碧，回画江馆。绳系乌短，去魂暗掣烟骚断云幔。溅笺泪满，书破浪草，幽信鱼远。分棹歌婉。夜舻记取瀛堧判君岸。

和阕旧欢夕，绛泪倾珠通蚁线。争负素樽垂灯羞粉面，际未了鹃春，催梦风箭。十年谁见。共鬓抵奁霜，多恨撩乱。几酣吟、怨蕉同展。

又 送砚谷之松江，用前韵

倦尘袂敛，晴外柳系，骢路公馆。桥下篷短，怨春去隔江帆对楼幔。饯樽畏满，痕晕鬓老，回照花远。歌意微婉。挂愁半塔，吴灯占沧岸。

胜集故欢夕，界烛啼红融雨线。休诧太行横峰当酒面。镇绿剪淞根，归棹如箭。待君重见。只镜里眉攒，烟思撩乱。拓鹦廊、夜书同展。

浣溪纱 题凌鉴园鹤岭听雨图（二首）

睍睆巢居念独深，一篸山翠一窗琴，池塘归梦汨罗阴。
定后风波成僝僽，儿时游钓费追寻，不教闲却老来心。

鹤岭依依抱郭斜，读书风味似田家，十年前树几番花。
家法寒林新画本，诗情石谷旧笼纱，那须淹别望天涯。

又 题竹隐山庄图

竹影如云荡一窝，竹风摇响过书多，料量生事在渔蓑。
老树绝怜鸦有哺，好山长与桂为阿，冶晴花想奈春何。

以上卷二

法曲献仙音　寄夔笙悼亡，和草窗韵

燕月随尊，楚云迷褉，楼笛记邀春浅。近阁薇香，倚奁棠聘，天荒定无巢换。苦修到、梅阴重，云軿促归晚。

更销黯，几餐樱、试呼藏酒，翻索赋瑶林，雪迷仙辇。帐烛故翩姗，任瘦影、羞郎仍远。身在情枯，尽吴霜飘鬓恁满。袥芳名镌胜，凄玩玉台香怨。余昔年为夫人刻小印。

清平乐　画兰石赠刘宏度续娶

小簃深坞，香在人双处。晴惯梳风阴避雨，石罅巧将天补。

心心浅晕红斑，拳拳磊称青山。只许词仙种玉，不随流水人间。

虞美人

乙丑九秋，饮集西园，雪伶燕琴演虞姬舞剑剧，竹枝交雨，兰锋眩春，仿佛其度。

秋光恰过中分好，杯滟人双照。忽看身堕碧琉璃，一霎虹芒四合捧虞姬。

兰回竹笑拼垂手，帐外雄风走。楚台轻泪剪湘妃，那便江东歌舞出重围。

唐多令　题画贺蔡辛父纳姬

钿阁日笼明，湖山点黛青。嫁东风、初费娉婷。端正隔帘梳洗并，红上了，鬓边星。

汉上数题襟，欢量珠价平。护深重、九畹双茎。娱老料应吴女好，杷背处，几曾经。

秋宵吟

避乱汉皋，得夔笙讣，泪枯词竭。长至阁雪，江云奔黯，谱此酹之。

桂山倾，楚树赭，骇浪吴江风打。词场老、趁病渴仙龛，几留虚舍。摘新樱，凭旧榭，忍道修梅人寡。云涯并、似琐织春还，细书清话。君夫人前岁卒，撰有《织余琐述》。

独领秋悲，况故侣、风烟尽化。梦余寻我，些怯招君，老泪一江泻。天厌文章价。独活何缘，当归恁罢。望瑶京、侧帽枯槎，风雪中汝又去也。

霖叶飞

刘达泉病过汉上，还湘竟殂阁雪，岁阑谱此寄诔。

病深无分，言畴昔，相看啼笑今雨。卅年飙梦卷吴根，归阻琴台暑。那更拂、昆明倦羽。羁尘遮黯烽烟古。数壮悔无缘，共买醉、灯篷飐夕，剪淞迟寤。

遗帙劫后巾箱，伤心付我，唤作词客天许君词稿在予箧。淡黄新柳退红花，空费销魂句。盼不到怀沙旧宇，泷冈迷赭湘山树。企两孙、赓贻厥，抱蜀临丘，认翁眠处。

浣溪纱

题雷峰塔砖穴所藏《陁罗尼经残卷图》。钱俶于宋开宝八年建塔，越九百九十五年，乙丑岁塔圮。谭味农得此，为《雷峰访经图》。

四面招人倒酒壶，剩看山翠倚天孤，可怜孤耸不容湖。
凿空经留非想外，披图卷感劫灰余，塔倾能再有钱无？

又　题陈君任问匏图

藤戒多应忘死生，辘轳悬汲近天明，笑牵牛处有残星。
底许葫芦依样画，从知匕箸不为羹，懒从天问嚣孤清。

雪梅香　题朱彊村侍郎校词图，用集中韵兼寿其七十有二

倦游极，涧亭扫叶听樵风。聒词仙清些，扶轮觑起衰慵。高格争推百年近，互雠间索古人空。苦吟望，旧月承平，讯阻归鸿。

匆匆，憺将夕，学士微云，抹向何峰？画泪无凭，只拼墨

替鹃红。四稿吴窗梦还续，几人屠觯酒频中。秋芳永，索侑弧辰，低和霜钟。

忆秦娥 题仁先雷峰补经图（三首）

湖光匝，招人四面钱家塔。钱家塔，乞儿长在，炊云拾叶。

穴经开宝年逢八，一砖一卷陁罗压。陁罗压，苦拼长臂，探经出箧。

天留窍，待君觑补真经妙。真经妙，凄凉出世，便无残照。

南屏剩墨青山稿，西关断甓黄妃吊。黄妃吊，六桥何限，浪枯莺老。

雷风疾，十图断送千年一。千年一，剩看光怪，满湖狼藉。

微尘补字蝇惭密，浮图补画睛摇漆。睛摇漆，补天长是，有消无息。

浣溪纱 题夔笙修梅清课词册

痴到无人见处真，有谁真见见花人，为着花见奈词新。

几许浮生能比瘦，宁知抵死要酬颦，云阶月地总前因。

又 题夔笙画红梅小幅

几见修梅字字真，是花是月是浓春，远溪寒色茜裙人。

略不思量成懒漫，断无消息只因循，枉拚残梦压天痕。君生平题词，多倩人代书，画尤仅见。

西　河

题隋开皇十七年董美人墓志。志石出道光中，为上海陆耳山藏，后归徐紫珊。咸丰癸丑，石毁于兵燹。吴湖帆得元拓本，属题和文叔问韵。

谁品第，镌华石墨添记。开皇瘗恨等无名，玉钩旧事。望稀千里草凝尘，烟痕痴想眉际。

古欢接，芳陇地，裙腰浅妒晴绮。余娇掩隧对残灯，落鬟倦理。有灵片石待词人，丝魂秋唱扶起。

六朝艳迹付梦里，照苔痕、凄感钿翠。片纸珍留奇字，怅瀛堧猎后贞珉遗此，肠断芜城春风泪。

徵招　挽徐仲可

兵尘还促抟沙聚，瀛堧顿惊长别。罨碧旧亭窗，共修梅无月。谓夔笙前卒。卅年凄一瞥，几书寄、校商丛刻。笛碎江城，砚分珠海，坠欢孤绝。

纯想睠回风，新图更、芳塍结庐何客。一阁领天苏，君有天苏阁丛刻。挂斜阳如血。细书从我说，盼削柳、妙传遗阕。君词属予精选未竟。泪帏掩、拚扫珠尘，浴四禅香色。

虞美人 题潘兰史桃叶渡填词图

短篷换尽人间世，未了南朝事。一番根叶嫩还禁，只许词仙亲领画中行。

无情水月天何分，为赎潘郎恨。海山楼阁几痕留，吹笛何心重上望江楼。

六丑 和彊村吴门听枫园海棠韵

祝东风暂小，为幽树、停阴芳阁。露妆未晞，香心拼退却，丝恨垂落。绀碧苔枝罥，莫辜烧烛，晕敞天东幄。余娇冷斗秋千索，粉帨揩奁，赪苞媵爵。旧巢更留欢约。甚云根未老，残梦偏恶。

飘灯归箔，杏秾华误托。照眼愁樱近，伤凤泊。商量去燕无诺，指墙阴泪点，秋萌先觉。斜阳路、尚穿园角。模糊更、几辈春宵忍赎，旧时哀乐。仙趺迥、空抱残萼。倚铃幡、十万饶孤注，生生系着。时予有畹姬之悼。

蕙兰芳引 和冒鹤汀韵赠畹华

坊畔倚栊，尽凄听、故京遗曲。殢海角行尘，拼老大还讳哭。扇香恨罥，散梦绮、湘天余绿。苦万场唤遍，姓字传芬相续。

忍赚修梅，中年痴况，袖绊寒竹。谓夔老。忆庵语人回，闲访旧窗片玉。惊心量海，泪珠几斛。饶翠禽、偏占晚枝春独。畹华父肖芬赠予画兰扇，今藏三十八年矣。

紫萸香慢

己巳九日，华安九层楼登高宴集，用元人姚江村韵，酬主人周梦坡、姚虞琴，兼呈座客。

共三年、重阳观海，九层阁上杯明。挽天梯轳转，俨平揖，上诗城。强半中原诸老，便樽前忘老，也不胜情。况茫茫、对忆击缶换鹅人。谓吴缶叟、王息存。问纵酒、孰为步兵？

三清，不梦如醒。诗胆力、与天平。得周公谨笔，姚公绥画，诗案留评。尽教紫萸觞遍，忍潜酹、宋稽陵。旧乌纱、不从风落，为风拘管，归去休戴多星，迟又露零。

迎春乐 立冬三易居，仍润安里示芝婵

润安冉冉三门地，从天醻、文和字。够三年、巧称人意。迎大妇、来偿你。

海角相望饶百岁，祝同抱、康强欢喜。要十发、千千发，傍汝闲梳剃。

临江仙 同夔笙连句（八首）

碧树门阑初过雨，天涯又共芳尊。夔。青衫换却少年痕。欲

回花意懒，先遣酒情温。大。

旧约湘皋愁解佩，番风不到兰荪。夔。登楼切莫怨黄昏。更无芳草外，何处忆王孙？大。

楼外斜阳如水泼，垂条扫尽谁来？大。似曾幽梦到莓苔。绿窗红烛短，莫惜倒金杯。夔。

海燕有情商去住，风棂六扇须开。大。寻常门巷亦蒿莱。江南眉样月，留照庾郎哀。夔。

海气着衣能袯暑，玉骢嘶过铜街。大。绿窗朱户胜蓬莱。夫容开画帧，香影暂徘徊。夔。

黄雨满城人中酒，玉盘新荐杨梅。大。流年不换旧情怀。炉烟如我瘦，辛苦未成灰。夔。

侧帽行吟沧海上，朝潮夕汐蹉跎。珍珠泪少月明多。夔。牛郎逋后恨，龙女嫁时歌。

未暝尚看楼阁在，小帘能卷嵯峨。大。倚阑谁唱定风波？痴云成惨碧，犹自伫姮娥。夔。

皱水横塘风不定，垂杨旧系吴舲。夔。酒情摇幌向人青。那堪初上月，来照可中亭。大。

别后琵琶多怨曲，梦回依约云屏。夔。更无人与诉飘零。玉猧残局乱，金雀画堂扃。大。

二十四桥春畹晚，三生杜牧谁知。青青荠麦换芳时。夔。瘦西湖畔柳，犹自斗腰肢。大。

尽有狂名消薄幸，青楼梦觉还疑。帘波笛语自凄其。夔。一钩金落索，八犯玉交枝。大。

曾拾媚香楼半碣，梦回人倦潮生。隔帘花似镜中行。大。小名呼好好，薄醉不卿卿。

桂桨兰桡今在否？鸳鸯也莫飘零。夔。海西龛去几阴晴。庭花江上曲，分付与谁听。大。

掩抑鹍弦弹楚调，旧人新月温存。者回飞絮到萍根。夔。桃花新换劫，何处问仙源。大。

彩笔只今悭秀句，非干赋别消魂。夔。柔乡万一有乾坤。总饶金铸泪，莫遣麝成尘。大。

以上卷三

以上《三程词钞·鹿川词》，1930 年上海大中印社铅印本。

王　葰

王葰，字佶韵，亦字麓檠，湘潭人。诸生，光绪十一年(1885)解元。曾入左宗棠幕府。有《阙存斋词钞》。

夺锦标　戊子七夕，虎阜泛舟

眉月舒颦，肤云催宴，共倚舟窗横笛。占绝湖山佳处，歌侑吟尊，舞谐商律。更元霜遍捣，宛身在、蓝桥仙驿。算人间、天上齐欢，美景应须同惜。

犹忆深宫语密。钿约钗盟，世世生生今夕。几处妆楼茗果，愁针引蛛丝，恨锦回鸳匹。逗疏萤数点，问曾照、谁家歌席？趁星桥、鹊侣同归，伫化双飞鹣翼。

渡江云　代人赠所欢

桃花深巷曲，玉人伫立，独自倚栏杆。柳枝低亚屋，半卷莺帘，倭堕绿云鬟。盘涡浅晕，悄无语、莲脸堆欢。遥指那树头梅子，个个正含酸。

真憨，亲窥宋玉，卜嫁王昌，算司空见惯。谁料是、三千弱水，十二巫山。春心暗透，蘅芜梦擘，钗钿深约帘间。沉恨处，花阴粉泪偷弹。

浪淘沙慢　姑苏有怀在沪，用陈君衡韵

轸怀处，歌筵饯道，戍鼓谯堞。遥闻维舟待发，阳阿奏舞又阕。叹一夜双心同蕴结，演骊唱、玉管凄折。问黄浦愁波涨多少，相看对痴绝。

悲切，望君信阻音阔。听画舫笙歌招摇过，隐隐清唱咽。那殢病凝愁，还恁伤别。赋才半竭，呼恨淹、同写离天今月。

三叹冰弦琴心叠，秦楼远、凤箫韵歇。镜鸾影、当夜圆未缺。念尘世、孰解多情，梦艳色，红罗掩映仙肌(云)[雪]。

洞仙歌　用东坡韵，和铁岭文筱坡孝帘南荡观荷

莲开露靥，堕珍珠香汗。错认杨妃面脂满。翠田田、叶与人月同圆，圆魄隐，衣色花容迸乱。

吴娃双艇子，摇荡波心，疑泛银槎到天汉。共咽醉碧云浆，沁透诗脾，吟魂冷、冰肠愁转。羡此夕同舟胜游仙，更微醉西施，舞衣新换。

水调歌头　中秋望月，用东坡韵

霜叶洞庭晚，山泽共云天。举杯还问明月，有恨自何年？多少楼台近水，独念城南思妇，灯灺琐窗寒。清汉挂檐角，流火入帘间。

轧鸣机，弄香杼，搅愁眠。去年今夜，长安曾记向人圆。明到红桥廿四，照澈银湖八百，吴楚二分全。但恨美人隔，秋水影娟娟。

法曲献仙音　和文筱坡南荡夜泛元韵

圆绿冰池，碎红晶域，惹得惊秋人妒。扇约薰飐，袖回炎雪，兰桡荡开鸳步。照艳影、凌波怨，茫茫水云路。

暗凝伫，料莲娃、粉痕红破。香半枕、愁里共花睡去。楚客没魂销，织夫容、衣缀绀露。镜染柔蓝，晃千娇、争斗眉妩。听吴箫隐约，恨饮越溪颦女。

一萼红　为苏州朱耕圃题文菽问所画东坡笠屐图

擘鸾笺，寄诗中画意，宜著玉堂仙。笠影圆明，屐声清远，春梦知在谁边。恰移到、仇池片石，倚茗柯、长卧一壶天。野鹤宾朋，泥鸿指爪，无闷斯贤。

更喜茅庵留得，学蒲团长老，琴操参禅。欹雨一檐，踏云几两，风月还似当年。对客里、吟樽歌俎，记挥毫、莲炬雾窗前。怪底杜陵诗瘦，谢监官闲。

霓裳中序第一　虎阜晚眺，用草窗韵

吴山晚乱叠，绕郭千家桑万叶。残照帘栊雾结，看倦鸟带

烟，啼归林月。羁襟澡雪，胜感游愁句填箧。飘零久，满腔愤抑，诉向美人说。

凄绝，憨泉呜咽，憨泉在虎丘半山，每风雨夕，山僧闻泉有声。未听得僧伽寂灭。家山长远赋别，记汉水遗珠，湘江捐玦。露鬟花半缺，送野韵松风一阕。暝云冷，鬘天虚籁，唤醒梦边蝶。

倦寻芳 游沧浪亭，用潘元质词韵

宋贤胜选，吴会幽探，人地萧洒。野草闲门，春老倦红犹姹。甃玉铺金苍绣隐，凤蕉龙竹文疏亚。羡当年，倚园林风，自胜小舟时跨。

更凿沼、招来荷雨，蘋末香生，摇动檐马。拾翠人来，柳外钿车如画。怀旧心随东水逝，梦醒身在南柯下。听黄莺，戏抛将，豆儿红打。

念奴娇 题真娘墓，偕文筱坡、张子芾泛舟虎阜同作

画船春水，更盈盈、载得多情儿女。媚柳娇莺歌舞地，旋起眉愁谁主？翡翠帘栊，鸳鸯弦索，遮引骚人语。烟江风绉，倦桡吹向何处。

艳说虹剑池边，真娘墓畔，时见遗钗股。碧草如烟埋怨玉，赢得一(杯)[抔]香土。茂苑桐萎，苏台木拱，明月空来去。摩挲苔石，泼云题遍新句。

昭君怨　题淮安女子王兰畹双钩兰石画扇

愁上眉峰慵绣，快把霜毫湮透。小字媚幽香，佩诗囊。
画里石如秋瘦，画外人如兰秀。生意满琴心，爱虫吟。

扬州慢　虎丘泛舟，用石帚韵

芳屐探幽，竹篴穷胜，往来不计邮程。爱山塘七里，放满目葱青。遇花柳、媚然秀处，便倾壶榼，陈酒为兵。是阿谁，词笔吟圆，如画江城。

剑池照影，唤英雄、波浪犹惊。算怪石低头，清泉洗眼，聊慰幽情。坏塔砌空无恙，金铃语、钏玉谐声。问登高、遐瞩何人，真为苍生？

摸鱼儿　赋西湖莼

怪鲛人、堕珠成泪，冰绡红透纤缕。芳钿翠卷相思字，犹忆采香郎浦。丝慢吐，恐惹起、天涯倦客怀乡绪。菱塘芰渚。料西女春游，晶奁照影，遗却断钗股。

吴中路，菰饭菘薤处处，三高遗迹何许？西风唤醒功名梦，赢得半生羁旅。归思苦，又道是、黄花开遍秋光暮。寒香待煮。伴玉豉红盐，松鲈菊蟹，此味绝千古。

霜天晓角

灯昏月晓，帘押霜痕皎。听彻丽谯吹断，鸡三唱，梦颠倒。屋小窗更小，疏棂无月到。宋玉东邻墙峻，云来路，万花绕。

如梦令　梦梅

梅到句边香透，梦到梅边人瘦。霜月冷阴多，羌笛暖吹春皱。红袖红袖，莫把南花辜负。

捣练子

来甚处，病兼愁，灯影帘栊月影楼。客里征衣无个寄，岁寒更典敝羊裘。

忆江南

江南好，腊酿胜金蕉。鸦结歌鬟名署玉，凤楼仙史姓题萧，长板是蓝桥。

江城梅花引

吟边香梦角吹残。别孤山，忆孤山。邓尉月明，春信到江南。欲寄一枝谁寄与，藐姑射，雪肤仙、倚岁寒。

岁寒岁寒，袖襟单。酒渐酣，歌渐阑。夜冷夜冷，夜不晓、银烛汍澜。愿作飞花，合绿度眉弯。莫倚楼头三弄笛，吹瘦了，玉梅魂、索笑难。

绕佛阁　赠湘中老将

壮襟未替，孤愤怎说，高蹈尘表。天下安抚，纵君唱凯藏弓返屠钓。鬓华渐皓，沉恨万点，都付□醥。真个忘老。趁闲日把阴符岸巾啸。

浪迹到吴越，醉眼看人醒眼笑。随处放船寻花花里觉，恁湿翠枝头，莺梦酣俏。静中思闹。剩剑影宵寒，长伴凄照。莽乾坤、问谁能了！

以上《阙存斋古今体诗·词钞》，光绪二十九年（1903）长沙叶氏刻本。

洪汝冲

洪汝冲，字味丹，一字味聃，宁乡人。光绪二十年（1894）举人。官刑部主事、吉林知府、辽阳知州。民国时曾代理吉林省政务厅长。有《候蛩词》五卷、《词韵中声》二卷。

点绛唇

官柳千条，灞桥旧是销魂处。杜娘迟暮，生怕歌金缕。
槛外帘前，闲扑和烟絮。狂如许，恨春无主，莫放春愁去。

长亭怨慢 平番驿壁书怀

又杨柳依依如此，望极平芜，夕阳低坠。便是春来，絮飞休上鬓毛翠。半规明月，消几许、人间世。纵梦到香闺，梦不到、长亭孤被。

蕉萃，写乌阑怨曲，妒杀小红能记。伊凉近也，问箫谱、可曾料理。算付与、塞土燕支，更沾透、溶溶双泪。怕万一轻尘，还向东风飘起。

喝火令 题某女士画菊

老圃霜华淡，疏篱露叶攒。似闻英落劝加餐。转过小山西畔，簪向鬓边看。

袖为浇愁污，妆因写怨残。一秋长是怯衣单。正是魂销，正是晚风寒。正是比依消瘦，帘卷画应难。

齐天乐 题友人天山立马图

晴霙飞舞轮台上，回飙替描残照。揽辔穷边，披襟大漠，一笛寒烟衰草。雄心未了。问敕勒歌残，几人年少？寄语黄须，似闻鞭坠雁门道。

摩岩题字在否？认祁连不是，天外荒峤。此天山远在塞外，非甘州之祁连也。苜蓿途长，蒲桃酒宿，倦客貂裘曾到。江乡梦好。待摹入丹青，鸭阑鱼罩。尚想春来，嫩条生树杪。

渡江云 甘州城楼

莫烟凝紫塞，惊飙四起，落日大旗横。又牛羊出没，浅草堆边，寂寞少人行。沙场痛饮，问嫖姚、几日销兵？看向晚、绿蓑青笠，吹笛罢春耕。

竛竮，登楼王粲，忆远伤高，正飘蓬无定。那更见、芳菲依约，岁月峥嵘。边声漫谱阳关调，怕断肠、难赌旗亭。君听取、黄河一片孤城。

夺锦标 塞垣见月初出，怅然有怀

高柳摇风，轻烟赴暝，落日苍然边色。一片栖雅流水，残醉惺忪，乱愁堆积。又征鸿叫晚，怕迁延、河梁消息。但依依、汉月多情，树杪偷窥孤客。

惆怅频年浪迹，踏遍天涯，只是天涯犹隔。料想深闺此际，新浴多凉，玉人凄恻。为萧郎去也，早消尽、春花标格。数归期、待话相思，记取芭蕉千滴。

长相思 塞上作（二首）

敕勒歌，弱水波。胡骑啁啾语互讹，来从科布多。
醉颜酡，泪滂沱。鞍上旃裘产鄂罗，年年放橐驼。

塞草肥，霜早霏。玉勒雕鞍短后衣，还来猎一围。
歌声低，酒人稀。马乳蒲桃满架垂，凉州换不归。

寿楼春 题章曼仙尊甫价人先生铜官感旧图

曾侯初创湘军，成列即溃，愤极自沉于长沙之铜官渚。时君佐侯幕，诡词上游告捷，拯之出，俄而捷报果至，侯得不死。迨后论东南底定功，乃卒以此嫌疑不获与曾氏诸昆同膺荐达。晚年经此，感而作斯图云。

飞归艎征鸿，望秋林夕照，萧瑟江枫。猛忆铜官残垒，伏波艨艟。流水咽、歌南风。是此间、湘累遭逢。认社鼓神雅，灵旗飐动，长揖气如虹。

书生志，回苍穹。算推枰折屐，瞒了英雄。可有擎天奇梦，决机胸中。援溺手，将毋同。便烂羊、何须侯封。问尘海茫茫，长鲸又东谁并从？

念奴娇 末丽

素馨开后，乍圆姿一点，冰肌新浴。阅遍群芳谁得似？还倩玉簪簪玉。撮雪抟酥，霏烟滴露，品到茶瓯熟。谢佗纨扇，暗香飘过蛾绿。

长记茝若椒风，肥环瘦燕，鱼贯藏金屋。见说楼东人绝代，堪称珠量十斛。泪裹鲛绡，魂销鸳枕，午夜情芬馥。葳蕤亲启，晓妆羞对膏沐。

满江红 题程子大横览图，用竹垞和曹侍郎钱唐观潮韵

影事沧桑，画图里、金瓯未阙。认几处、天蓝如卵，树青如发。二宿浮图行脚健，津梁不厌催明发。笑当年、偏向一舟中，分胡越。

貂裘拥，滹沱雪。羸杯吸，珠江月。拾余欢诗酒，古愁愁绝。莫问邮亭谁是主，客尘转到空俱歇。且卧游、乘兴住为佳，醒时节。

解连环 为龚门邓贞女作

楚山空谷，有兰芽秀茁，一花初馥。倩晓露、滋长灵根，早丝附女萝，荫依乔木。旖旎风霜，更休把、玉镵轻劚。算芬芳竟体，赋质天然，但守贞独。

哀弦莫弹别鹄。甚横塘未许，文鸳同宿。待十载、树就冬青，却移向南陔，素衣初服。敢背尊章，奈散手、佳城先卜。看苍梧、恨凝万古，泪斑翠竹。

望江南 戏拟长安四时杂忆（四首）

长安路，灯火记天桥。小袖秃襟花底活，香车宝马月边娇，同逐可怜宵。

挑菜去，修禊又明朝。等是有家归未得，不曾真个也魂销，红泪似春潮。

长安路，十刹避骄阳。风竹捎檐金爵黯，露荷妨桨玉虹凉，花气杂衣香。

消永昼，闲看睡鸳鸯。雪藕调冰凭曲槛，买鱼穿柳过横塘，诗酒自清狂。

长安路，最好是江亭。菊蕊经霜姿袅袅，荻花临水鬓星星，秋意倍凄清。

无限恨，都向莫烟生。忆远竟迷三里雾，伤高只隔一重城，寒雁又南征。

长安路，冬景盛唐花。庾岭早梅方吐秀，丰台新药已抽芽，羯鼓不须挝。

空想像，绮丽赤城霞。能共岁寒知几辈，试寻春色在谁家，何处觅丹砂？

蝶恋花　宿盘豆驿

漠漠晚烟平远树。恼杀寒雅，带得斜阳去。双轨载愁愁满路，乱愁还有山无数。

旅馆挑灯听夜雨。客梦初回，梦断愁无主。马啮秋刍声达曙，刍声恰是愁来处。

鹧鸪天　洛阳道中

满地尘沙扑面黄，春山隐约画眉长。谁知谢女风前絮，都作潘郎鬓上霜。

村酿薄，客衾凉，拼将离绪付匡床。荒鸡野店愁无限，却梦看花到洛阳。

暗香　罗帕

越罗千缬，对晓奁剪就，轻盈如雪。伴我宿酲，不与襟痕共磨灭。曾向潘郎掷果，怀袖按：白石此“忘”字，以本词后半阕证之，知当读去声，梦窗词虽用“帘”字，究不敢从也。里、浓香犹热。怕万一、青鸟衔来，都染杜鹃血。

呜咽，拭双颊。又半枕梦云，绀冰承靥。合欢乍裂，多少相思悔轻别。长记藏钩月下，携素手、同心双结。看秀句、题遍也，与卿细说。

疏影 珠帘

谁家画阁？有茜香点点，飞上疏箔。欲倩湘筠，留得啼痕，鲛人万颗先落。通辞一水疑银汉，怕下界、微波难托。待梵宫、会阐无遮，证取胜鬘璎珞。

怊怅箫声隐隐，看花似雾里，青鬓非昨。记否长门，微雨黄昏，乳燕曾经低掠。流苏不隔高唐路，奈月夜、梦魂纤弱。但送情、遥指红楼，早下五更银钥。

绮罗香 题鹿泉翁绣衣独立图

涴酒留痕，看花费泪，凄黯宫袍如许。卅载春光，孤汝七襄机杼。宦情淡、沾袖香多，乡思切、听砧心苦。认频年、平等恩仇，一绨不忘故人处。

牂牁今去万里，应念湔裙伴侣，缁尘还污。照影澄江，好趁夕阳呼渡。拼湿了、白傅青衫，便只为、郁轮羞赋。寄深情、但祝无疆，醉歌公按舞。

十六字令　送鹿泉翁改官滇南，即题其琴鹤小影

琴，一鹤孤飞入瘴林。鸾相送，瑶瑟不成音。

调笑令

残暑残暑，梦绕瀛洲深处。西风乍起须臾，消瘦芙蓉病无。无病无病，愁杀秋高风劲。

西溪子

去江亭数武有女郎坟，三尺翠珉，一篇黄绢，旧题香冢，大类雁丘。殆才子美人哀时感遇者之所托邪？晚春摩挲，隐括成调。

浩浩新愁无际，脉脉旧情谁忆？最凄凉，芳草歇，明月缺。一曲清歌乍阕。碧血尚含香，劫茫茫。

谒金门　江亭秋步

西风恶，一叶井梧飘落。塘外雨来蛙阁阁，水深鱼自乐。

败壁悔题旧作，曲槛难寻新约。梦到秋宵魂也弱，忍寒罗袂薄。

水龙吟 崇效寺看绿牡丹

石家金谷园中，倩魂又向楼头坠。寻常粉黛，误他飞燕，新妆初倚。惨绿何人？携来碧玉，惯临春水。叹回黄未了，看朱渐逼。天香在，红休洗。

花叶相当相对，怕重来、乍添青子。垂垂倒挂，争如幺凤，羽毛无比。蝶恼蜂愁，者番富贵，最难摹拟。问谁家翠袖，单寒自惜，绕珍丛底。

如梦令

窗外雨狂风骤，枝上绿肥红瘦。啼鸟惜余春，唤醒个侬清昼。依旧依旧，才起又眠时候。

解连环

有东瀛女子小华生者，自题玉照，缄寄所欢。海外《朝云曲》中苏蕙，诗画双绝，斯岂凡葩？好事征题，裒然成帙。为拈本事，聊谱新词，亦冀《解语花》见之云尔。

玉箫天远，展崔徽倩影，写愁零乱。盼不到、海水西流，望一发中原，未哦先叹。小别重阳，记此夜、灯花同剪。正桡空月落，马滑霜浓，浅醉荚盏。

春光眼前又换。甚倡条冶叶，离绪牵绾。算瘦损、还有萧郎，怕魂梦相寻，蓦地重见。皎日榑桑，料独活、年来栽惯。

问天孙、聘钱贯否？绛河泪满。

长亭怨慢

前题既竟，无端怅触，忽忽似有欲言，复成此解。

问谁是、泥边飞絮。证取枯禅，恼侬如许。缥缈三山，好风难遣碎萍聚。舞慵歌倦，空会得、邯郸步。倩万顷樱花，替画出、西施眉妩。

离绪，记高楼按拍，卅载海波掀处。峨峨大艑，料不解、个侬新句。只载得、一片愁归。便归也、招魂谁赋？看暮暮朝朝，收拾阳台云雨。

齐天乐　题北江旧庐图京师八角琉璃井故宅也（二首）

天街甲第纷无数，流传赖佗诗史。退谷藤阴，亦园柳色，几阅清时裙屐。容斋尚已。认甃石吾宗，卷葹双字。待访高梧，夜来何处凤皇寄？

当时西域戍远。叹机声早断，灯影难继。槛折谁旌，簪遗试觅，赢得印心如水。堂前燕子，怕泥落梁空，海王村里。漫想音尘，荷戈图又碎。北江有《机声灯影》并《荷戈》等图。

昔年斫地悲歌处，琉璃几堆寒甃。数点秋花，三分水竹，闻说承平亲觏。苔荒未久。想马渴僮饥，一生归后。用北江与船山两生行唱和事。镜槛无情，坠红犹自恋襟袖。

邮亭多少倦旅，逝波长不断，身外何有？命合更生，心真可拔，空惜神州消瘦。残荷剩柳。怕迸入沧桑，蜃楼非旧。唤起愁魂，我来频酹酒。

绮寮怨 听雪

放眼长空如醉，冷云抟昼阴。渐晚逼、吠犬遥村。飘灯里、翠断朱沉。窗前惊沙又急，相思夜、素酌还自斟。正暗中、细拂轻披，檐声悄、戍角都冻瘖。

梦去碎琼更深，零烟坠露，闲情待付瑶琴。旧日青禽，也须认、粉和金。西洲忆梅人远，想照影、便无心。凄凉布衾，从今怕对镜、霜霰侵。

绕佛阁 红梅

故山院宇，长忆岁晚，标艳芳树。良夜如许，梦中认取罗浮旧时路。

绛云四护，才破半萼，还怨迟莫。莺燕都误，漫疑点染桃源赚渔父。

冻雪正融滴，自试红妆烧宝苣。偏是醉颜微酡嫌粉污，怕纸帐宵深，樱裾樊素。玉奴休妒，待唱与姜郎，分咏新句。紫箫吹，暗香吟苦。按：白石《暗香》《疏影》同标题，石湖《咏梅》或谓系一红一白分咏。又此调系双拽头，通体三叠，与《瑞龙吟》正同，《词综》《词律》均仅分两叠，非是。

兰陵王　春雨用清真韵

雨丝直，帘底苔痕晕碧。潇湘岸，曾记一犁，净划春云见山色。

青芜认旧国。吟罢，池塘谢客。花深处，还放马蹄，轻蹋香泥又盈尺。按：此调系换头之双拽头，体与《西河》正同，若《瑞龙吟》《绕佛阁》，则不换头之双拽头一种，词律多并为一叠，误甚。至谓“清真谁识”句，“识”字是韵，不知此句与“烟里”句相当相对，“里”字不协，独协“识”字，有是理乎？万氏欲神其说，乃引千里和词及他作之偶合者为证，自谓非穿凿，窃恐全书此等穿凿处，正复不少耳。

江南旧行迹。正浪扬帷灯，风送帆席。芹芽芦笋都堪食。偏湿翠鸠唤，冷烟鹂语，零铃声里过破驿，滞归雁天北。

恻恻，嫩寒积。乍屋瓦初停，檐霤俱寂。撩人昨夜相思极。念此际深巷，卖饧箫笛。芭蕉何事，但泪点，住更滴。

倦寻芳　饯春

泪红溅雨，愁碧埋烟，香泛庭院。烂锦韶华，抛懒凤靴针线。酹酒莺欺花未醒，寻芳蜂与人俱倦。病恹恹，有情丝一缕，把郎轻罥。

便罥得、郎骢归也，楼外斜阳，无计留恋。更恐天涯，都断望春双眼。后约还期杨柳色，深盟空误桃花面。促良辰，算输佗、杜鹃千遍。

扫花游 孤雁

楚乡夜泊，乍断浦飘来，数声清怨。去程恨满，对寒塘照影，不教分散。漫慰惊弦，万感商飙渐缓。蓼花岸、有多少睡鸳，休误更箭。

天上消息断，认锦字回文，拆缄零乱。玉关路远，料春前伴侣，也曾相唤。岁晚沧江卧后，朝班点遍。怎留恋，未羞他、玳梁双燕。

月下笛 庚子闰中秋无月

玉宇沉沉，今何夕也，梦痕如许。姮娥闭户，羞识南楼吟侣。西风带雨捎鸳甃，渐不似、秋声在树。记中庭依约，栖雅地白，桂枝零露。

延伫，分携处。叹解忆长安，雁程犹阻。重圆怕睹，妒他天上牛女。谪仙空向矶边殉，待后夜、回光照汝。算占了，早重阳、瞒了黄花半圃。

高阳台 乘轮舶再入江南，薄游秦淮

腥浪排愁，狂飙撼醉，依稀梦堕南朝。刚到春边，山柔水腻相邀。垂杨不管闲鸥鹭，向翠汀、蹋遍寒潮。罥吟魂、云外雕阑，月外琼箫。

清游有分身无那，问飘零金粉，甚处藏娇？更惹烟波，从今湿透鲛绡。沉沙折戟兴亡恨，总庾郎、一赋难消。怕重来、佳丽都非，莫辨红桥。

西子妆 泛舟玄武湖，用梦窗韵

新柳弄晴，早荷出水，小艇轻分香雾。落英犹自昵桃根，荡诗魂、野桥荒堍，池鱼乱舞。更恼杀、流莺不住。郁苍苍，望蒋山佳气，年年如许。

归期误，一角台城，又赚游客去。上京风物想依然，认昆明、那边云树。南朝艳句，算惟有、伤心难赋。怕销凝，看到红妆溅雨。

蝶恋花

北固甘露寺鼎峙金焦，俯瞰江水。辛丑夏，予往避暑，寓石帆楼，沙鸟风帆，历历在目。江山第一，令人辄唤奈何也。

别酒离歌风力大。梦恋余香，醒也金焦堕。又向石帆楼上卧，帆归日日窗前过。

雁背夕阳明一个。不语凭阑，泪点青衫涴。浅黛深波浑界破，江山第一真无那。

浣溪沙 北固写望

槛外斜阳恋画楼，归飞双燕尚淹留，晚汀寒翠立闲沤。

山为多情还北顾，水如无恨便西流，眼重眉褪一奁秋。

莺啼序

己丑残腊，予将计车系缆邗上，邻舟有歌《满江红》者，曼声抗坠，幽怨凄清，与风水赓续往来。推篷听之，异情均感，自此蹉跌，忽忽十有余年。庚子之乱，挈家南避，明年留滞白下。言游京江，绮夕华灯，密围曲宴，有长身豪客捉裾入座，引吭而歌，仿佛当年身在舟中，声来水上也。予时暗惊老大尤感乱离，魂逐尘飞，泪随潮至。昔在终军度关之岁，今为陆生入洛之年，历历旧情，邈焉霄壤。夫商妇之怨，无过琵琶；司马之悲，止伤沦落。矧兹中原多故，身与世同沉；四座无言，肉比丝为烈。言哀已叹，斯固然矣。高楼罢酒，萧寺挑灯，风雨打门，波涛狎枕，以梦窗长调急韵写之。

红楼乍闻按拍，有柔情似水。渐凄紧、还又悠扬，柳丝难缀花蕊。钏声悄、春衣尽褪，铜荷蜡泪成珠坠。任深盟重说，今宵也作离思。

休唱家山，寄旅荏苒，感当筵定子。绕疏槛、空盼飞云，塞鸿遥送书至。料浔阳、琶琶苦调，总羞和、柔葱纤指。道青衫，沦落天涯，未如秋意。

沉思往事，野渡维舟，傍舵楼不寐。筝舫近、夜深泣诉，似尔如汝，一字千回，一回千泪。陈欢破梦，频年京国，狂飙吹堕三清路，叹婆娑、树老人蕉萃。谁怜小杜，扬州俊约分明，迸来怨歌声里。

烽烟况警，鼓角还闻，合听蛩晚翠。且莫问、贞元朝士，怕有潜蛟，侧耳江干，浪摇波起。移宫换羽，回肠收拾，君前河满双泪落，对青峰、愁近危阑倚。伤心法曲飘零，待写相思，自寻蠹纸。

虞美人 忆别（二首）

漏虬催动丁东玉，红浪鸳鸯浴。敛衾含泪少人知，一夜钗盟敲着枕函时。

无端又误今宵睡，记取愁滋味。何须独坐剔兰釭，恰好鳏鱼先已一双双。

玉骢侵晓成轻别，花下鹃啼血。坠欢残梦总随风，特地染郎衫袖一丝红。

思量合是他生债，的的香瘢在。愿为琐骨待伊偿，还恐情多容易欠伊行。

瑞龙吟

久客江南，送陈伯弢赴浙，即题其《桃源册子》，用清真韵。

来时路，曾记乱舞群莺，暮春花树。羁愁还入薰琴，漫回倦眼，天涯甚处。

更延伫，因想蒨桃初绽，个侬当户。依依水国斜阳，夜榔四起，烟波自语。

江上扁舟归未？绿阴青子，犹堪低舞。惟恐近来仙家，门巷非故。吟边画角，惊到秦人句。凭谁问、才名片石，韩陵高步。又指西泠去，送君况是，新亭意绪。莫挽丝千缕，应念我，前宵联床风雨。数行淡墨，一行飞絮。

玉楼春 （三首）

横波脉脉帘垂地，五夜挑残鸳锦字。欲凭幽梦说相思，却早乱雅啼破睡。

花前真悔空回避，小胆惺忪无好计。泪痕和墨点罗衣，记取去年今日事。

流莺巧语窗前树，杜宇催人堤上路。酿春蜂蝶本颠狂，雨雨风风禁几度。

愁红不为游丝驻，陌上尘飞郎马去。归时莫扫去时尘，万一离痕无觅处。

梦痕轻逐朝云散，狼藉飞花春不管。鸾靴鸳屧倦还抛，蝉鬓凤钗娇更懒。

薰风又到长洲苑，芳草天涯人近远。燕泥长是恋空梁，不道斜阳容易晚。

声声慢 落叶

银瓶堕水，金谷飘烟，西风一叶惊秋。凤宿鸾栖，等闲摇落飕飕。春工剪裁几费，肯随波、流出宫沟。吹梦紧，问人间何世，半晌淹留。

连理桃根犹在，甚花难蠲忿，草不忘忧。浸玉寒泉，昭阳往事今休。哀蝉莫弹幽怨，怕稠桑、无语凝眸。谁认取？满荒郊、都是乱愁。陈伯弢云，此词殆取落叶哀蝉之意，沤尹有和作，刻《彊村集》中。

一落索

眼底王孙归未？画阑慵倚。落红糁地马蹄轻，认当日、千金意。

又道江南佳丽，峭帆容易。羊车可是到长门，费几许、盐和泪？

鹧鸪天

宝马香车十锦围，柳绵消尽雪花肥。悠悠旌旆闻寒角，冉冉关河盼夕晖。

情脉脉、送将归，征尘莫浣旧罗衣，高楼少妇开妆镜，淡扫双蛾泪暗挥。

临江仙

边塞秋鸿归后，妆楼远梦醒余。经年草草数行书。劬劳难慰汝，流浪不关渠。

乍避寥天矰缴，可堪中泽菰蒲。稻粱闻已耗江湖。凭将建业水，都作武昌鱼。

风蝶令

瘦菊凋篱落，疏桐坠井阑。西风一夜太摧残，剩有经霜胡蝶不成团。

酒压眉峰蹙，愁烘泪雨干。倚楼无语看秋山，又是斜阳流水莫雅还。

花犯 辛丑除夕和沤尹翁

粲银釭，骊珠乍吐，双花向人笑。朅来怀抱，对燕喜冰盘，星鬓惊早。忍寒酹酒浇残稿，炉香和梦袅。念故里、东风无力，黏鸡朱户悄。

尊前坠欢记年时，灯宵试，打叠春衣多少。钟漏紧，千金夜、旧情新调。殷勤共、紫姑暗语，怕还又、青芜都易了。莫漫警、西乌宫树，微茫刚破晓。

应天长

东风不管桃花嫩，昨夜绿窗眠未稳。双鸳印，苔痕晕，恰被落红铺一寸。

旧欢成宿恨，人远天涯还近。不是伤春瘦损，如何衣乍褪?

虞美人

小楼一夜春寒重，雨湿行云梦。海棠如雾柳如烟，睡起阑干斜倚晓风前。

香阶划袜寻陈迹，苔印燕支浥。愁红莫上玉钩斜，怕被旁人猜作杜鹃花。

喜迁莺　题沤尹翁斜街补屋图查查浦故宅也

城西荒墅，记阑角亚字，古愁如许。点泪江山，回肠坛坫，重续断歌零舞。树枯凤皇栖老，蘋破鸳鸯飞去。漫凝想，听笼纱堂壁，金丝凄楚。

谁补流水外，修竹万竿，一一镌查浦。披褪荷衣，纫残兰佩，香草美人情绪。暗数故园佳景，曾占一楼烟雨。任沤笑，怕牵萝后夜，秋风无主。

忆旧游　尘

记芳郊试马，绮陌停车，春事长安。小病疏青镜，叹衣缁化处，吹散前欢。梦中洛灵微步，罗袜点波寒。正雁柱凄清，骊歌激楚，萦绕梁间。

无端，惹新恨，有一骑飞来，笑破肥环。已满莱芜甑，便瀛洲量遍，难劝加餐。故人振衣千仞，冠好更休弹。看扇障元规，南楼月出都夜阑。

庆春宫　渡黄河

残照西倾，惊涛东走，眼前又过蒲州。缥缈风陵，匆匆呼渡，晚妆螺黛初收。薄寒侵袂，倚横笛、狂吟舵楼。津梁经岁，羞把萍踪，说与沙沤。

渔郎乍入秦讴，偏带哀鸿，隐约沉浮。揽辔苍茫，褰裳容与，可堪此意悠悠。水清泥浊，问谁更、投鞭断流。潼关开也，赢得今宵，一枕闲愁。

二郎神　题梧院秋痕图，为唐慕潮悼亡作

雁程去远，正四壁、候蛩凉夜。记缺月窥帘，疏桐惊槭，吟罢兰膏烬灺。见说心香频遥祝，猛泪逐、麻衣倾泻。除访到比邻，庭乌虽在，此情难话。

泉下，慈恩忍负，待郎归也。认锦字缄来，琼肌消尽，犹自温存暗写。夜合花前，夕阳西坠，秋与鹃魂俱化。谁更慰、奉倩神伤对影，镜尘遗挂。

临江仙　再题前图代人作

萧槭梧桐秋半老，故乡今夜潮生。玉钗占断哭萱庭。暗缄双泪，新雁为丁宁。

犹记晓风催迅羽，锦帏彩凤羚娉。花萎月惨认仪形。梦痕何在？终古一灯青。

西江月

记得当时相见，画楼手拓窗纱。欢踪只在曲阑斜，花外柳丝盈把。

蓦地云分雨散，几回梦到天涯。春魂冉冉似杨花，陌上暗随郎马。

浣溪沙 萤

小扇低低扑晚凉，练囊闪闪照书床，何曾细雨湿流光。

夙世可怜羞腐草，浮生不敢近斜阳，星辰昨夜事荒唐。

芳草渡 秋林夕照

游花坞，眺荒郊。雅栖晚，雁飞遥，秋山无限额边娇。霞比艳，波转媚，总魂销。

丹枫醉，官柳睡，帆落人归也未。凭传语，木兰桡。登高意，怀远泪，一江潮。

宴清都 烟

宿雨侵苔径，朝云散、海棠初日低映。晴光点缀，丹青一幅，轻绡偏称。游丝闪闪无定，又曲沼、胧明似镜。看远山、偷绾双鬟，晓妆还弄新影。

匆匆已是清明，居然寒食，佳节谁省？离愁渐织，春魂乍锁，梦痕犹凝。阑干此际同凭，料沉醉、东风未醒。怕酿成、非雾非花，凄凉作瞑。

临江仙

镇日恹恹娇困，萧娘一纸书无。可怜艳曲误罗敷。箔蚕诗意绪，花鸟绣工夫。

怕听春前鶗鴂，还吟山上蘼芜。青蝇何事故相污？荔枝亲手种，不为赌摴蒱。

双调南乡子　赠影

镇日苦追随，月下灯前更水湄。好梦一宵都忘却，相携，再访天台路已迷。

镜里瘦腰支，忽讶蓬松短鬓丝。见说灵和当日柳，枯枝，我且无憀尔可知？

齐天乐　秋声

萧萧铁马商飙动，繁音惯寻羁旅。栈老欺铃，城荒撼柝，更续疏钟残杵。离愁万缕。乍鸿咽荆云，狖啼巫树。听到无声，桂花零露泪如雨。

孤舟嫠妇夜泣，扰根尘一片，都是凄楚。大泽生波，空庭坠叶，赢得伤高词赋。流光细数。记好鸟来时，震霆惊处。漫想瑶阶，候蛩予和汝。

霓裳中序第一　冻蝶

新寒到翠幕，一院无人花自落。凄蝶还寻素约，罥不住残阳，顿成漂泊。低徊草脚，吊短篱风雪饕虐。罗浮在，赋归纵切，破茧更无着。

轻薄，飞扬如昨，渐弄影腰支瘦削。秋深谁卷绣箔？怕暗抱凉柯，蜕同蝉壳。冷蜂偏早觉，只傲吏幽栖未托。繁华梦，粉消香褪，忍共闹蛾捉。

满庭芳

唐花开后，往往经岁不荣，欲速过求，本实先拨，会心不远，怆然倚声。

丹灶烘芳，温泉沁暖，是谁点缀残冬？园林霏雪，帷幄瑞香浓。此际千红万紫，珠露滴、巧夺天工。何须妒，寒梅一树，含笑独临风。

烟笼，疑梦里，阳和乍布，艳冶都融。问唐宫羯鼓，囚甚丁东？怕是催花过急，花开后、春已无功。休凭吊，棠萎药惨，流水太匆匆。

东风第一枝 壬子元夕，阳历已三月三日矣

颤袅钗蛾，朦胧苣蜜，今宵刚又新暖。踏青方恨春迟，试灯尚嫌梦短。香车宝马，总惯碾、天街尘软。问内家、娇语相呼，记否去年帘卷？

歌未歇、俊游在眼。肠欲断、盛筵易散。也知此后鱼龙，不似向来曼衍。金吾休矣，莫误了、湔裙同伴。算皓魄、随意盈亏，人月恁时圆满。

踏莎行

朱雀桥边，乌衣巷里，金仙昨夜酸眸子。人间蕉鹿本非真，天涯风鹤缘何事？

梗断还漂，楼高怕倚，乡书有雁应难寄。伤心莫更赋兰成，江南到处多烟水。

沁园春 戏咏纸鸢

似鸟无翰，如筝失柱，翔鸣自然。是春深洛浦，鸿惊水际；秋高华岳，隼见峰巅。柳絮轻柔，游丝荡漾，一纸吹嘘徐上天。君休笑，怕坠来跕跕，路转蛮烟。

乘查有客回旋，更不羡青鸾传语便。但瑶笙初谱，飞琼入梦；文箫乍授，弄玉成仙。身在云霄，形犹傀儡，手线全从低处牵。黄昏近，渐儿童操纵，误罥枝间。

双双燕

艳阳画阁，有双燕低低，掠残波影。珠帘半卷，恰好昼长人静。闻道于飞梦醒，待打叠、春寒方劲。高楼恨锁年年，误了雕梁文杏。

烟冷，呢喃熟听。怕不似从前，采香三径。乌衣门巷，可奈夕阳俄顷。都作寻常百姓，看泥落、惊魂难定。风檐且自将雏，一任柳昏花按：梅溪此处“独”字应读平声，《词律》失注。暝。

玉楼春

柔桑沃若春将半，箔上眠蚕情宛转。可怜触绪苦呕心，不合藏身先作茧。

功成暗祝飞蛾变，五鼎由来烹未免。当年衣被到苍生，今日岂知丝价贱。

卜算子　戏咏无线电报

两地寄相思，疑信还参半。怪底郎舟绾不归，千里忘牵线。

魂梦本随郎，谁道天涯远。偏是灵犀一点通，掬与旁人看。

八声甘州　观演飞艇

趁东风一舸正凌霄，冲开蔚蓝天。看星河槎犯，轻逾缑鹤，巧斗输鸾。乍听颇黎敲近，也拟纵羲鞭。无限苍茫意，九点齐烟。

粉碎虚空真个，访三间不见，谁索筵篿？叹狺狺犹是，无计证飞仙。料高寒、琼楼玉宇，到夜来、人月未双圆。从今后，少攀援处，容我宵眠。

浪淘沙慢 沤尹翁写示近作，感和

感春又，津桥向晚，杜宇啼血。残日衔山渐没，繁星映水半灭。恨不共鸱夷丝网结，遣长夜、玉轸亲拨。念珠幌飘灯正深窅，香篝竟虚设。

城阙，泰娘缃幰初别。记昵枕低帏千金意，软语分付切。嗟梦断铜驼，江浪呜咽。暗尘自黦，忘照伊、空掩胸前明月。

罗荐文茵承回雪，温馨里、桂尊尚热。佩环隐、清歌惊乍阕。剩沉困、药裹关心，翠黛竭，缠绵与病难俱绝。

菩萨蛮 沪江春感（四首）

春申江上春潮急，伤春人近阑干立。风断雨丝飞，燕归人不归。

虾须银蒜重，莫放天涯梦。停绣问吴娘，鸳鸯何日双？

江南春雪飞梅片，去年人好今年见。圆月柳梢头，如何但照愁。

愁多春又晚，未必郎心转。鹃血满空枝，待郎能几时？

茜帏省识春寒透，睡鸳忍冻还相守。相守又相离，何妨暂见疑？

风回云冉冉，梦湿都如魇。冰雪本聪明，瑶阶一夜平。

缤纷红雨风吹散，莺飞草长无人管。雁阵又惊心，昏雅况满林。

浓云天似墨，关塞迷南北。春好在谁家？儿童捉柳花。

梦扬州 春寒犹劲，庭中惟木笔盛开，同某君作

甚花朝，又满园春雨今宵。梦里昼阴，巷外沉沉饧箫。绿窗人隐夭桃面，怕嫩寒、难握荑苗。阑干畔，深盟在，未应江管才消。

杨柳谁怜瘦腰？禁绣闼香残，药碗烟飘。误了睡棠，懒趁钿车芳郊。拄天无恙风流笔，点数行、归雁青霄。休蘸取，湘波旧泪，蛾黛重描。

摸鱼儿 题常宁王节母夜课娱姑图，时其姑失明

记慈乌、乍将雏了，萱帏深夜孤冷。囊萤莫妒儿书熟，促织谢他相应。娱暮景，胜姑妇、空山对弈更漏永。按：白石此处二字用去、上，与诸家不同，音尤激越，所谓他日野处见之，甚为予击节者，盖指此也。繁音暗听。更不数吾宗，卷葹阁上，灯火绘清影。洪北江有《机声灯影图》。

东邻女，寒哭饥啼未省，承欢遑解温凊。卅年忍泪吞声处，偏是耳根能证。前路迥，算愧杀、须眉但说天易瞑。甘回蔗境。只绰楔峥嵘，沧桑任改，九面望衡正。

江城梅花引 闻歌

月明何处按歌声，罢弹筝、乍调笙。仿佛花前，摇曳啭新莺。听到微微娇喘处，晚风起，暗尘飞、尽泪零。

泪零泪零，又残更。乡梦惊，愁思萦。倦也倦也，醒共醉、都是凄清。何况良宵，箫鼓负春城。隔断红墙心万里，无一语，剔银釭、倚画屏。

木兰花慢 子大五十生日，谱此为寿

正星明轸辖，过重午，近长沙。看烟蒻汀洲，澡兰帷幕，丽景方赊。榴花，乍含半蕊，似新词流彩烂朝霞。洺水书舟坠绪，五丝入手交加。

非耶？鄂渚记浮，查仙梦，又谁家？剩楼外白云，江边黄鹤，如此年涯。休夸，幔亭夜永，要分斟蒲斝润东华。贞石丹青况好，补天不数灵娲。

齐天乐 题梁辟园五橘并蒂图

骚乡徕服歌嘉树，秋容倩谁装缀？历历星垂，累累弹发，霜萼同心牢系。连苞并瓯。早贡入明廷，聚奎呈瑞。试舞莱衣，窦家不羡数株桂。

商山回忆旧隐，记频输缟袜，柯烂经岁。庾实悬金，王枝荐碧，旁列千头奴婢。白眉最美。几曾识人间，苦瓜甘蒂。状补南方，闭心羞变枳。

烛影摇红

《云因集》者，傅谧庵与歌者云郎纪梦征题之作也，非花非雾，即色即空。结习未忘，为填此解。

绝代芳标，太清一点风飘堕。玉娥郎见散花身，愁被披香唾。客易情天勘过，记前因、当机印可。舞衫歌扇，消尽骚魂，不曾真个。

神女生涯，梦中雨散人无那。沧桑轻换到梨园，谁念家山破？应是浮湘计左。载春归、输他画舸。彩云何处，看取啼痕，杭州襟涴。

念奴娇　题海沤居士集

居士姓王氏，适旗族某，慕李易安才藻，故以居士称。夫亡后不得于姑，游学京师归，姑复夺其居宅，乃从其师来湘。诗词均极哀怨。闻将返黄安母家，以读书终老云。

黄花瘦否？是销魂清照，前生声价。命薄差强依驵侩，偏又姮娥长寡。玉笥埋云，金茎忏绮，血泪空盈把。惊心姑恶，梦回霜重鸳瓦。

犹记楚尾吴头，念家山破，一片寒潮打。故宅虞翻余烬冷，不许文姬归也。湘水沤浮，燕台风泊，问字车停乍。先人庐在，羡他铅椠潇洒。

凄凉犯　冰床

雪花乱落寒云拥，流澌忽住呜咽。水天界泯，茫茫大地，泪冰红结。人踪尽灭，更飞鸟、千山断绝。剩一床、如舆似楫，酒醒弄明月。

还念临歧恨，急羽离弦，几番轻别。去程渐远，少香泥、暗胶车辙。梦里关河，奈偏又、尘生素袜。算沧江不许岁晚，卧处热。戈顺卿云，《凄凉犯》起结皆系么合也，少五也。《仙吕调》清声用五字住，商声。七调惟太簇商，亦用五字住。所谓住字，同者可以相犯，则所犯商调乃太簇商也。其用合字者，合为黄钟之住字，则又所谓以商犯宫也。冲按：白石《原词旁谱》于“索”字始注念，可知首句“陌”字非韵。万氏注误。至“将军都曲”句，“曲”字万氏亦注叶，尤非是。所用为药觉韵，何得以质陌、屋、沃，任意□入乎？

烛影摇红　题华胥幻影

廿载流光，梦中寻梦清漳道。再来人面障轻纱，应识钿车到。一霎惊鸿乍渺，又相逢、歌尘暗绕。旧愁新恨，记弄青梅，渠侬娇小。

痴绝温郎，镜台依样描双照。非生非死更非真，慵睡邯郸觉。忍便封侯去了，翠楼空、垂杨自袅。臂盟谁证？百感琼浆，蓝桥天老。

雪梅香　松花江酒楼

雨初歇，疏林漠漠锁斜阳。送长空归雁，相思漫说千行。一带冈峦隐危堞，几家亭阁倚高樯。市声寂，素练平铺，新月昏黄。

难忘，看花处、豁尽闲愁，赖有狂香。笛谱蘋洲，鸥夷仿佛浮湘。莼菜秋风误归客，桃花春水狎渔郎。无聊是，冰天怕近，人立苍茫。

倒犯　北山宴集呈在座诸公

正一望山亭翠深，寺门红绕。元戎队小，郊坰外、乍添吟稿。凉飙在树、还拂纤柯惊知了。又过雨群蛙，阁阁鸣方沼。駹华鞯，只流潦。

回首旧游，凭遍阑干，频年欢意少。极浦送去舶，峭帆转，须当早。念故国、烟波渺。算归期、江边渔父笑。笑倦客天涯，独负闲沤鸟，鲙鲈秋更好。

石州慢　题成竹山杏雪寻诗图，用卷中大鹤韵

雪意霏香，人去灞桥，前度京国。吴天月色昏黄，又踏一山花白。琉璃万顷，似棹一舸轻舟，苍茫古梦迷寒碧。西崦认题痕，只骚魂难觅。

谁忆？寿阳宫里，鸾镜初分，更无消息。渐老何郎，词翰

春风犹识。玉龙旧怨，不待换羽移宫，江城五月吹横笛。后约共伊探，费相思心力。

玉楼春

宿雨初霁，棹小舟渡松花江南岸，入农场，与群公会诗。时值新涨，万绿迷烟，秋色撩人，江山如画，恍惚身在江南也。

鲤鱼风起芙蓉老，呼渡匆匆瓜艇小。数畦新稻露初洿，一路野花秋自袅。

不因宿雨连昏晓，那得珍丛千遍绕。鹃红休道不如归，眼底江山无限好。

秋　思

坊本《梦窗》此调下有“耗”字，明太原张氏钞本无之。盖《梦窗》原题“荷塘”二字上本有“毛”字而词首“堆枕香鬟侧”句，“香”字又适与相并，几经翻印，遂将“香”字上半截合而为一，以讹传讹，无人订正者，殆三百年于兹。丁巳岁，予客鸡林时，值七夕新月初上，明河在天，金风骤来，忽洒微雨，小立庭际，秋思淅然。因用原韵谱此，不自觉其感音之沉涩矣。

桥转雅翎侧，又绛河、良会素秋佳色。蛩怨瑶阶，雁飞华渚，月眉纤窄。正凄绝针楼、画屏无睡步敛抑。映扇罗、萤自碧。记那日相逢，为欢非梦，纵使旧情犹在，更谁愁忆。

今夕，双波暗滴。似弄晴、雨意重饰，钿钗初擘。机丝虚掩，料应头白。况一刻千金恋深，归去须健翼。怕昨宵、风露识。算瘦石携来，君平卜后便得，竟隔天南地北。

夜飞鹊 晓泛至龙潭山寺，用清真韵

秋江渐如练，凉露凄其。林壑远带朝晖，山容略瘦晓妆竟，微风催换罗衣。乡心笑鲈鲙，认行歌渔棹，贳酒村旗。停桡近岸，更携筇、不恨来迟。

幽径翠藤交拱，烹茗憩僧寮，日暮忘归。枯树何人能赋？沧桑阅尽，空自神迷。山有神树，亦称帝王树。前曾岁时致祭，今已枯矣。寺门纵目，似苍烟、九点青齐。向斜阳凭吊，痴龙去久，霓挂天西。

绮罗香 棹渔为题拙集，依韵谱谢

醉遣歌前，愁萦梦里，廿载消魂深处。惯饱秋霜，况又几番秋雨。轮铁尽、万里关河，鬓丝耗、半生羁旅。最难禁、零乱风灯，更无人和少年句。

湘弦应悔费泪，还认襟边，旧浣题痕如许。换羽移宫，都付候蛩低诉。便雅韵、谁识枯桐？总闲情、暗伤离黍。待从君、细谱哀筍，夜寒添院宇。

卜算子慢 题段香戎衣小影

星眸尚炯，霜鬓未凋，影出故侯声价。草檄雄才，记向塞垣驰马。指麒麟、殿阁长虹跨。剩耿耿、臣心似水，丹青况是难画。

绝域柯谁假？又几度沧桑，旧情衰谢。此日靴刀，细认粹然儒者。只流光、如电堪悲诧。便拟欲、从君射虎，怕荒亭诃夜。

安公子

阳历九月九日，陪同社诸公登北山赋诗，旧节新时，古欢今约，为谱此解，感慨因之。塞上风高，即此为龙山之会矣。

古戍惊秋早，早秋已共深秋到。郭外荒湾蓉叶尽，着萧疏红蓼。露一角精蓝，藓磴西风扫。攀翠藤、又博浮屠笑。听暮天樵唱，容我偷闲吟眺。

客鬓霜华饱，晚烟愁锁长安道。数点归鸿回侧阵，蘸澄江斜照。料也解河梁，别后书难报。凭画阑、遮莫湖山好。便预作重阳，待觅茱萸簪帽。

阳台路 怀湘社诸子

戍楼晚，望水天共色，横斜飞雁。带残阳、没影苍烟，空剩蓼花摇岸。因忆潇湘，万里故人、雨乖云散。阑干畔，算为伊、新题词句都遍。

已悔流沙非计，叹断梗，征衫泪满。鲙鲈秋早，定念我、未归张翰。良辰况、南楼夜月，旧梦几回同玩。愁无限，冲按：宋本《乐章集》此处“寒灯畔”系三字句，且叶韵。坊本“畔”讹“半”，遂读作“寒灯半夜厌厌”，以六字为句，且失一韵。万氏仍之，梦梦终古。今为订正，音节益谐，盖古本之足贵也如此。听霜笳、不胜清怨。

霜叶飞　北山看红叶

素娥微怨，清霜重，秋容人世偷换。绿阴青子认枫林，料染深深茜。称白发、颜酡自展，停车都为伊留恋。正暮色苍茫，怕衬入芦花，误了云外归雁。

犹记旧日宫沟，幽情传出，尚隔天上河汉。感红颦翠又经年，梦里繁华变。剩一角斜阳未剪，输他绝塞燕支贱。看洞庭、波流处，多少浮萍，被风吹转。

以上《候蛩词》，1917 年吉林铅印本。

黄润萱

黄润萱，善化（今属长沙）人。有《咏萱室词》。

宴西园 春燕

花信风流三径，嫩蕊幽香齐盛。海燕乍归来，意徘徊。
几度商量温语，相定雕梁同处。翠馆与红楼，尽勾留。

更漏子 秋夜

晚风凉，天气肃，一枕新凉如玉。梧叶落，桂花香，静听更漏长。

人语悄，余香袅，何处寒砧频捣。星汉净，月轮高，秋声隐树梢。

以上见《全清词钞》第三十四卷

唐宗海

唐宗海，字柳村，长沙人。少补弟子员，终身未仕。有《惜阴斋诗余》。

潇湘夜雨 花朝前有感

雨打窗棂，风凄帘幕，抚时又近花朝。流光容易把人抛。春悄悄、红妆未放；烟寂寂、银烛空烧。只微漏，长堤垂柳，暗报眉梢。

朝来屐齿，夜来铃语，响度迢迢。对寒灯孤馆，四顾清寥。愁绪长萦如乱草，闲身系，差比悬匏。怕追忆，良宵题句，又换斗衡杓。

疏影 寄何逊斋

云横雾结。正二月春深，犹见飞雪。臭是麻姑，乱坠天花，新来点缀佳节。记曾砚北分笺日，斗险韵、寒梅初发。霎无端、故我依然，暗换青青华发。

只剩忧时泪热。玉如意击碎，壶口应缺。蒲柳风姿，空戴南冠，徒自砚长磨铁。兴来屡觉狂吟减，恐春到、去还飘瞥。问故园、梅信何如，待驿使来传说。

点绛唇

一夕严风，纸窗吹裂帘栊动。声声疑弄，报道寒加重。

匏系萍飘，漫把流年送。残灯共，旧欢如梦，万种心情涌。

庆春泽慢 庭前秋草

绕砌纷披，当窗撩乱，一庭秋气方深。两度荣枯，伴人偷换光阴。三春嫩绿依稀认，忽催成、坠珥余簪。最难禁，踏遍芒鞋，眠遍桐琴。

骚人自是关情重，怅西堂梦冷，南浦烟沉。多祝东风，明年还送红心。朱颜不似重青草，怕鬓丝、如此霜侵。苦闲吟，月转帘栊，露湿衣襟。

壶中天 早秋

早秋天气，倚风前，络纬声声啼彻。虫信渐催凉意到，尚带几分余热。豆老花疏，莲凋粉坠，满目成凄恻。韶华如水，感人最是衰色。

莫惜秃尽吟豪，淘愁浣恨，且当哀弦咽。况有新知二度曲，不减晓风残月。玉宇排鸿，银河驾鹊，好景还清绝。时光剪取，又添一段歌阕。

满江红　重九

露白橙黄，恰又是、重阳景色。喜同辈、登山临水，风流未歇。酿曲依稀陶令酒，簪萸恍惚参军客。莽天涯、何处寄豪情，佳时节。

数不尽，兴亡劫。感不断，悲欢迹。且醉倾一斗，狂歌三叠。手向江村持紫蟹，眼从麓顶观红叶。十分晴、满放晚天秋，双眸豁。

金缕曲　送春步张寿廷韵

笑指长堤柳。弄游丝、那曾系住，流光迅走。百五韶华今又暮，辜负吟朋宴友。空记忆、寻芳载酒。疏雨一帘人意懒，剩残红、尚点游人首。心缱绻，能留否。

休言此别年年有。总钟情、一春好事，燕莺佳耦。老去光阴增爱惜，此意君曾领受。看花落花开依旧。绿树成阴还结子，再相寻肯落他人后。抚锦瑟，难挥手。

阮郎归　春景

东风催动百花期，昼长人事稀。抛书睡起日犹迟，闲情双燕知。

桃靥笑，柳眉低，情和人物熙。谁家剪得纸鸢飞，红楼凝睇垂。

四犯剪梅花 忆梅

一枕闲愁，数年华、又近腊梅开到。玉骨冰肌，占枝头春早。游踪草草。奈别后、征鸿信杳。纸帐霜寒，红窗雪落，梦魂时绕。

应难了、新愁旧恨，记幽香一缕，透人怀抱。翠景临风，任横余都好。凝眸缥渺。但天际、冻云堆晓。翻悔情多，苦萦衷曲，鬓丝催老。

疏帘淡月 落花

浓阴匝地。恰天气初长，舞红都坠。庭院飘零欲问，东皇何意。凭栏枉对深宵月，露盈盈、总成珠泪。楚台云散，吴宫香冷，共兹蕉萃。

正惆怅、留春没计。奈魏紫姚黄，一般难系。燕掠莺捎，故意恼人游戏。私心暗向东风祝，愿高黏玉阶金砌。惜春情绪，惜花心事，并来丛聚。

庆春泽慢 庭前秋草，用前韵

露冷将枯，霜寒尚绿，滋培颇耐秋深。案雪檐风，又经四载光阴。飞花舞蝶都如梦，数流年、鬓换华簪。感难禁，翠入疏帘，青逼鸣琴。

萋萋惯阅兴亡事，叹苏台歌渺，金谷诗沉。伴我多缘，教

人那不关心。多情却被无情惹，把愁浇、更被愁侵。且微吟，旧事难忘，旧梦难寻。

桂枝香

严霜满地。倏两载城南，岁华迢递。旅馆寒窗谙尽，客游情味。青灯纵似儿时好，奈只赢、鬓丝憔悴。萧条时事，飘零交伴，总堪洒泪。

应当笑、儒冠错计。怅故我依然，身同匏系。尘海浮沉，辜负围炉欢聚。故园梅讯曾开否？惜寒香、梦魂遥寄。一声征雁，五更残柝，尽添愁思。

伊州令

寒霜冷月侵帘幕，旅馆身犹托。梧桐落尽又残蕉，助飒飒、风声总恶。

鬓丝争奈添白，故我仍如昨。思量无计挽流光，又屈指、岁华摇落。

庆春泽慢　感旧

漏转铜龙，香销金鸭，夙酲五斗初醒。屈指春来，风风雨雨时听。寒深尚怯珠帘卷，闹墙东、屐齿丁冬。悔无成，书剑多惭，鬓发添星。

填词大半皆抒恨，怅酒徒寥落，诗友飘零。堤上垂杨，依然放眼青青。钟情怕到闲游处，霎无端、不似前形。对残檠，减却欢怀，惹却愁情。

如梦令

因得“花肥人瘦”四字意，李易安有“绿肥红瘦”小词，戏填此解。

坐久浑忘更漏，风雨又销清昼。恼懊一春来，牵惹情丝万缕。谁诉谁诉，无奈花肥人瘦。

水调歌头 步东坡韵

明月一般好，夜夜照青天。不期风景依旧，看月异当年。欲问嫦娥环佩，只觉天公无语，风露五更寒。琼阙那能到，疑在有无间。

梧桐景，徘徊久，未成眠。世间缺陷何似，蟾光缺又圆。辜负两番佳节，回首联吟庭砌，好句记犹全。无限心头事，直欲诉婵娟。

以上《惜阴斋诗余》，1931年长沙蝶社影印唐景尧手抄本。

何铁笛

何铁笛，常德人。自立会成员，唐才常谋汉口起义，何在湖南积极活动。起义失败，被捕于沅陵，旋被害。

满江红

庚子党祸再作，余亡命桃源，游桃源洞。黑箐鬼语，苍榈猩啼，魂凄魄僵，非复人间也。援笔赋此。

造化小儿，簸弄我、望门投止。黑夜里、攀藤附葛，雨来风起。灯火一星林际出，忽闻犬吠心头喜。又山门闭了寂无人，钟声死。

抚身世，泪盈眥。悲家国，血盈臆。问苍天，何苦磨人至此？靖节先生知甚处，避秦有甚桃源里。听天边哑哑有慈鸦，归来只。

见《湘雅摭残》卷十五，岳麓书社 1988 年版。

曾广钧

曾广钧（1866—1929），字重伯，号觙安，又号伋庵，湘乡人。光绪十五年（1889）进士，授翰林院编修。甲午战争后，官广西武鸣知府。有《环天室词》。

一萼红　题无爱填词图

诉芳心，拆桐花烂熳，飞絮舞楼阴。刻黛量颦，裁琼界恨，有人寄托遥深。弹不尽、闲愁万种，算一齐、分付与知音。白石商声，紫霞越调，同叹飘零。

旧恨绣阡埋玉，剩鸾肠碧唾，骏骨黄金。吴带曹衣，风亭水榭，能传凄断幽襟。念当日、梅妻鹤子，捧楹书、珍重到而今。从此十眉词谱，添个青琴。

见《全清词钞》第三十六卷

胡矩贤

胡矩贤（1867—?），字眉寿，长沙人。光绪二十年（1894）进士，选庶吉士，授翰林院编修。有《梦芍轩集》。

菩萨蛮　忆旧

岳云黯淡湘流急，佳人一去无消息。又是岁将残，画屏生暮寒。

桑田今变海，此恨终难改。和泪问归期，来年春到时。

卜算子　用东坡韵

梦比落花多，愁似春云聚。点点苍苔迹尚存，莲步经行处。

春解送愁来，不解携愁去。更有何人伴寂寥，只合同愁住。

以上见《全清词钞》第二十九卷

刘善涵

刘善涵（1867—1920），字淞芙，又字松芙、嵩芙，浏阳人。1895 年与谭嗣同、唐才常在浏阳筹办算学社，办矿赈灾，在长沙筹办《湘报》。1898 年参与成立“湖南不缠足总会”，在浏阳成立“不缠足会”。1902 年中举，后随熊希龄赴吉林清理财政。辛亥革命后历任热河盐务局科长、财政部佥事等职。

促拍满路花

茅茨宗禹俭，蓂荚祖尧安。况梅花骨抱更萧闲。□□□□，澡德俪殷盘。任后贤钩考，孔墨耶回，无人解道神仙。

杨关西四世貂蝉，冠盖薄云天。复等身著述蠹编残。匡庐万叠，真面仰窥难。允矣乡邦望，为霖为雨，优游杖履东山。

前调 酬易硕甫观察

乞师拼一哭，馈饷策千安。奈清人河上只贪闲。图南翅阔，屏蔽折车盘。海国风涛恶，抱膝匡庐，权为富贵神仙。

笑枝栖五夜啼蝉，万感迫穷天。把唾壶击碎烛龙残。文章名世，美并一门难。算古来惟有，刘君兄妹，苏家轼辙眉山。

前调　感事再呈笏山方伯丈

万言堪痛哭，只字渺平安。除葬身鱼腹没宽闲。金瓯撞破，无计觅珠盘。吊海东徐福，八百童男，可能再渡求仙。

休管他宫柳寒蝉，醉眼看青天。报长旄夜落角茫残。祖龙罗马，今古替人难。被发从之子，从啼绿惨，回头一段江山。

前调　述所见再呈硕甫观察

铜驼辞蓟邸，铁骑满长安。看楚江渔父转闲闲。屈原拂荚，谢傅拾棋盘。斫断尘根味，立马西风，壮心遽忍为仙。

笑螳螂注意擒蝉，顷刻杀弥天。掉留侯三寸舌将残。六州错铸，此案欲翻难。悔被儒冠误，行尸走肉，终须飘到神山。

前调　梁卓如出纸索题，书此以赠

娲博嗤卤莽，鲧殛乐便安。续楚词天问我能闲。地球如垢，蝼蚁大如盘。命历家推算，十二万年，安知个个非仙。

好头颅委蜕秋蝉，腐朽积连天。笑桐棺墨翟薄犹残。有形有尽，无尽有形难。誓扫人间念，鸟声过耳，还多一点青山。

前调　再赠卓如

苏藩经北固，秦险说西安。且昆仑设宴庶消闲。酒深雪大，衣解襞能盘。萃五洲名士，首座伊谁，东京南海双仙。

似传闻揖让穷蝉，甲子几周天。取蓝皮读尽史书残。千年火枣，海水见枯难。新会橙香好，一根一叶，愿教普遍刑山。

前调　假归度岁，再呈函楼丈

盅襟虚以满，健饭老而安。把盈箱袍笏尽抛闲。湘干饮蜡，采组五辛盘。愿洞冥续记，负岳成图，行行脚底神仙。

耳如雷夏蜩秋蝉，皎日丽西天。抱佛灯说法苦行残。五千道德，一语喝来难。三宝慈为止，执丹梦好，再传衣钵尼山。

一剪梅　秋闺

菊花天气断人肠，楼角斜阳，离角新霜。罗衾怎奈五更凉，弹罢潇湘，剔罢银釭。

一年容易是流光，梅子才黄，桂子旋香。海棠梢上梦初长，闲煞螳螂，睡煞鸳鸯。

剔银灯　丙戌除夕

孤馆腊梅香细，帘上银钩摇曳。白板风流，青衫感慨，都付酴酥一醉。晓钟犹未，便销得魂儿欲碎。

今夜玉尘堆砌，深巷柴门空闭。半盏灯花，万家爆竹，也领残年滋味。围炉莫遂，算只有相思情泪。

楚宫春慢　游避暑山庄，用熊都护韵

迷楼叠叠，有武列温泉，花容玉色。一自歌残黄竹，箫声低咽。堪笑文人如海，只解颂、长杨羽猎。乞食王孙今已矣，乐府开元，除是何戡能说。

柳边无恙，回首处、又见长城明月。携手苏卿记否，河梁揖别。市酒沙场醉倒，忍听得、铜琶铁笛。五郡良家曾识面，寄语京华，望断上林消息。

前调　谢杨叔玫手拓玉玺，并柬熊都护

螭纹重叠，看玺刻摩挲，晶莹碧色。天上麒麟何在，风铃语咽。考订同攻车马，犹仿佛、岐阳会猎。东汉儒生通故实，稳坐蒲轮，凭汝从头细说。

营州都护，尽幕府、高宴戍楼玩月。记曾北渚微波，丁宁惜别。韵绝湘灵瑶柱，权付与、胡姬铁笛。日拓图经三百本，馈问殷勤，差胜蓬莱消息。

前调　寄叔玫

著书稠叠，现十指楼台，虚空景色。海水琅琅过耳，风声呜咽。斗大黄金何用，更休论、侍郎伏猎。领取华严无上谛，散尽空花，此意讵容言说。

旧游零逝，怕回首、东市孤臣吊月。年年钩党凄惶，送人

离别。凄绝韩陵片石，况复听、山阳吹笛。六代繁华今已改，塞北湘南，或有雁来消息。

前调　闻金陵战事有感，四叠前韵

匡庐万叠，看枫叶芦花，无边秋色。到处黄尘蔽骨，凄凄咽咽。下马手擒叛将，又报道、江南伪猎。城郭人民今异昔，燕子归来，任汝呢喃絮说。

女墙无恙，还透出淮水东偏明月。歌舞年年应有，侯生惜别。指点丁家楼毁，斜日里、数声渔笛。建业疏钟曾听法，飘笠翛然，遑问橘奴消息。

前调　用熊都护原韵，并劝其入京

重重叠叠，有水态云容，江声月色。八字系二宫殿名。一自穆王去后，歌声呜咽。驯鹿山坡游戏，更不怕、上皇宵猎。头白宫娥都散尽，旧事开元，再问何人能说。

锤峰无恙，仍独自、消受湖边风月。绝塞阴云接地，河梁泣别。望断青沙红堡，总不度、春风琼笛。范老不为穷塞主，如此江山，定有陆沉消息。

前调　（三首）

塞山乱叠，且匹马前驱，尤壮行色。遥看雪花如掌，滦流如咽。学剑不成已矣，愧未逐、将军出猎。欲纂文津书目志，心赏孤芳，羞作苏张游说。

萑苻盗散，雁飞处、一片黄沙黑月。五佰健儿到后，军容特别。管领北门锁钥，底事说、胡琴羌笛。葛亮大名垂宇宙，羽扇纶巾，燕燕何曾居息。

羽书稠叠，叹烽火甘泉，相顾失色。可笑万人如海，寒蝉声咽。帷幄运筹决胜，再不许、胡人游猎。白面书生今破敌，采石矶头，更把元文重说。

一腔热血，百忙里、独自嘲风弄月。走马长楸道上，风神迥别。五月江城梅落，暂卧听、高楼长笛。天下苍生都仰望，大劫茫茫，未许谢公小息。

阳关三叠，看朝雨轻尘，柳亭青色。一路攀辕卧辙，车声空咽。只为天翻地覆，又岂为、利渔名猎。他日热河新志上，百世流芳，父老人人都说。

经纶掌后，想容我、日下逍遥岁月。同是一般意绪，塞湖难别。生怕英雄气短，更振起、一声铁笛。挽转天河凭只手，锦绣河山，再觅菟裘将息。

金缕曲　闻东南战警有感

无限边愁惹。忍轻提、东南战伐，泪珠如泻。杯酒笑谈几日，肯忍把兵符暂舍。试遥睇、吴门白马。蛮触纷争缘底事，便绿章上诉天应哑。家国憾，笔难写。

运筹一着凭谁借？纵前朝、破碎河山，也同没价。五色旌旗当户矗，残日萧萧低下。算此景、惯经休讶。溢浦琵琶瓜步笛，问沿江列戍胡为者。这天堑，飞来也。

以上《蛰云雷斋诗文集·词存》，光绪二十三年（1897）两湖书院刻本。

王　昐

王昐（？—1886），字帅芳，湘潭人。王闿运女。

金缕曲　感春

东风连日做春晴，愁重人轻。慵整花冠新睡起，一襟幽思托行云。谁信凄凉庭院，落花飞满金樽。

红闺少女太轻盈，眉黛长颦。心香烧尽情难寄，倩瑶笺诉与殷勤。惆怅玉郎何处，纱窗又是黄昏。

清平乐　惜春

画屏春晓，寒透罗帏悄。杜鹃啼处春人老，更添起离愁多少。

几回小立香阶，落花红满苍苔。好梦那堪重理，数他双燕飞来。

思佳客　暮春

粉蝶无踪午梦沉，绿窗春思托琴心。可怜半幅绡红袖，尽是啼痕与唾痕。

金屋静，玉闺深，寞寂帘栊独自吟。数遍碧桃枝上燕，消魂无语立花阴。

浪淘沙　忆春

宝鸭袅轻烟，柳拂朱檐。东风引得梦魂颠。珠帘卷起浑无事，愁倚秋千。

犹忆夜灯前，娇伴郎边。笑问西湖范蠡船。若到月明人去后，是否孤眠？

生查子　春夜

廿四花信风，三五春闺月。只道永相亲，那悟成轻别。

罗衫怯夜寒，红烛愁心灭。欲诉苦离情，不遣旁人说。

以上《湘影楼烬余诗·诗余附》，1937年聚珍仿宋版印。

汪诒书

汪诒书（1867—1940），字颂年，晚号闲止老人，善化（今属长沙）人。光绪十八年（1892）进士。历官广西学政，江西、山西提学使，兼署山西布政使。

满江红　题齐白石借山馆图

大好河山，阅尽了、兴亡无数。暂容我、一瓢一笠，有谁宾主？老树千年空甲子，高歌四壁惊风雨。叹王侯、第宅尽纷纷，皆尘土。

纵横者，场与囿。旷达者，樵与竖。看螺环处处，增人媚妩。新长龙孙开半箨，初归燕子矜双羽。念一生、此日最欢娱，须记取。

见《湘雅摭残》卷十六，岳麓书社 1988 年版。

黄兆枚

黄兆枚（1868—1943），字宇达，号侗斋，晚号芥沧，长沙人。光绪二十九年（1903）进士，官至直隶州知州。民国年间任武汉大学教授。晚年居长沙，以卖文谋生。有《芥沧馆词》。

一枝春　题芥沧馆图，陈君佩蘅所绘也

藐藐孤襟，满怀藏、古往今来愁恨。风流荡尽，颇怪彼苍心忍。诛茅小筑，且留住、砚香书韵。清寂处、有个人存，已是雪头丝鬓。

休言尺阶无分。有青松鹤占，翠篁风引。撑空石老，早晚汐音潮信。无聊托隐，把书卷嚼成齑粉。似画出、鬼怪神灵，惹人天问。

玉漏迟

有邹妇寡居，将来作妾，既而翻覆，拟别买侍婢。

老蚕丝几缕，惜春莺燕，帘前细语。欲问相如，何事寄情琴柱？纵有文章艳绝，似卓女、知音何处？风又雨、榴花蕉叶，一般凄苦。

有谁替补茅庵，更奁盒安排，舄襟推付。人老如花，时借

暖春阴护。一段闲愁孤写，来学谱、短长词句。天欲暮、斜阳晚烘林树。

摸鱼儿　游天心阁

问江山、几时兴废，翻新雕就榱桷。微茫烟火斜阳外，犹认旧时城郭。人有约，直唤取、天风吹断浮云脚。凭栏小酌。有隐隐帆尖，青青岳色，纷向酒杯落。

今何世？自把离骚细嚼，心头长被愁络。灵均香草销魂地，痛哭贾生栖托。天作虐，又战鼓声中，日夜风兼鹤。东郊一角。指群冢累累，百年短短，金玉也销铄。

高阳台　闲居

薜荔茎回，芭蕉叶展，低墙小院青青。还有榴花，攒红照眼分明。竹竿捎断蛛丝网，一双双、蝴蝶飞停。倚匡床、悄抱书眠，清昼无声。

鹪鹩占树生涯薄，止几方僻地，安顿柴扃。一案临窗，檀垆茗碗花瓶。湘波无限当门绿，忘当年、沧海曾经。早春婆、一笑呼来，尘梦都醒。

瑶华　谢行我道人画赠山水帐额

霜缣白剪，露管青分，画龙眠山水。澄襟趣远，双户合、不怕乱尘街市。风生腕底，幻野色、天容如此。费工夫、投纻殷殷，别是多情种子。

两间小小书斋，便取挂床头，消尽埃滓。琴童解事，随一老、闲步碧松阴里。悬空山瀑，有几道、白龙飞起。比古来、六法诸家，说仿石田翁意。

花心动　不寐

半榻寒灯，止微光、荧荧倚窗低颤。小枕孤衾，雨竹风蕉，屑屑骚骚西院。荒村夜半黄鸡唱，鳏鱼眼、几时休倦。愿收勒，心猿意马，橐魂深卷。

真个流年似箭。剩雪白头鬓，秃毫残砚。一样晨星，一样朝霜，飘落晚春花片。尧仁桀虐浑闲事，最好是、睡深愁浅。更漏断、檐前曙光一线。

齐天乐　匪寇

髭波山谷纷无数，摧残几多儿女。万额眉朱，千旗火赤，啸聚已成刁虏。岩深箐阻。问虎穴狼窠，有谁探取？闻道官兵，仓皇逢寇面如土。

群酋盘踞赣楚。说重围已合，诛剿兼抚。队队貔貅，年年盾甲，不是乱军无主。洪都幕府，誓扫尽妖氛，特颁严语。无奈兵饥，不甘征战苦。

无闷 买妾

雏燕衔泥，幺蝶戏花，酝酿一团春结。若有个娉婷，鬓云肤雪，还擦胭脂粉面。似天畔、飞来朝霞屑。东风袅娜，纤纤柳样，小蛮腰折。

消歇。正啼鴂，且暗卷芳心，晚年时节。况偷药姮娥，背人奔月。有某妇曾许来作妾，已而不至。残梦阳台断也，空想望、江妃凌波袜。止买得、伧婢腌虀，休问脸涡春缬。

摸鱼儿 寄赠侠公济南

老书生、半肩行李，漂摇栖向何处。天涯消息双鱼递，闻在大明湖住。前岁去，又转入、青齐消受风尘苦。鹪鹩细羽。犯霜露飞飞，窥林掠野，才有结巢树。

何萧瑟，往日青袍已误，孤襟将与谁诉。堕茵落粪浑无定，似有夙因前注。香一炷，止早晚、闲时私共维摩语。侠公寓大明湖旁惠泉寺。裁笺寄汝。问九点烟中，身边囊箧，添得几何句？

桂枝香 再寄侠公

茫茫雪爪，记七二泉边，杖鞋曾到。几首明湖短咏，竹枝词稿。余有明湖竹枝词七首。东昌战堕燕儿魄，料关河、劫余残老。杞忧无尽，孔林摧废，泰山颓倒。

一棋局、翻盘换了。有佗尉天南，孙吴江表。客里惊心，又费一番探讨。野烽烧坏枌榆色，似阴霜飞杀秋草。家园何处，平安报否，可怜情抱！

金明池 赠行我

倚画消闲，将词送老，兀坐频添清兴。梅花下、寒天鹤瘦，把尺许脚根栽定。好徐郎、真个孤高，却一簏、驴背装钱无分。止卧雪残毡，栖尘空釜，风雨萧萧蓬径。

烟水潇湘骚意也，行我曾画潇湘八景图。又考王船山先生所定潇湘小八景，各为一图。又蓟树燕云，镂诗成印。余有燕山八景诗，行我按诗分画八图，极为工致。早收取、江天笔下，经眼处、好将图证。行我画长江一览图，起姑苏，讫湘潭，凡三十余幅。指六朝、山色青青，似人在西田，饱谙香韵。王石谷馆于西田，尽读唐以来名画，采其秘奥且二十年，与行我客金陵之日略同。奈铁拨歌残，银毫写秃，换得老来贫病。

以上《芥沧馆诗集·芥沧馆词》，宣统三年（1911）长沙振华铅印本。

唐景森

唐景森（1868—1948），号岁精子，晚号岁精叟，长沙人。辛亥革命后，先后任教于湖南省立第一师范、长沙师范、稻田女师、修业学校。有《篆云楼词钞》。

双红豆　秋闺

醒如痴，梦如痴。记得花前话别离，而今秋燕归。
朝相思，暮相思。只为相思赚鹊欺，尽情窗外啼。

南乡子　和家丝秋作

一曲谱离鸾，况复优昙惹恨牵。数到芳时，才二十三年，珠掌抛残石眼穿。

清泪日如铅，任是吴儿见也怜。无奈浮云，还妒月凄然，福慧难兼莫问天。

满江红　读晋史有感

一代江山，浑不辨、华夷界限。痛当日、卯金倡乱，风云惨淡。鱼肉自甘兄弟阋，牛心还羡名流啖。剩祖生、击楫渡中流，军难撼。

翠华去，尘沙惨。铜驼在，荆榛莽。叹中原恢复，漫劳冥想。今古边氛同一慨，仙娥河起弥天浪。盼健儿、仗剑斩妖僧，寒夷胆。时蒙古独立。

前调　感事

碛走沙飞，莽万里、风饕砾骨。道此地、胡氛不靖，襟情激烈。五色旗翻杭爱垒，三更角震冰天月。看健儿、唾手扫狼烟，平戎热。

朝鲜耻，何日雪？匈奴恨，何时灭？好河山忍见，北残南缺。战鼓声寒羌羯胆，宝刀腥淬阏氏血。待凯旋、勋绩纪燕然，亲题碣。

浣溪纱　新月

一幅眉图曲曲传，风流京兆画当年，嫦娥妆束本天然。
错认银钩书影瘦，漫疑玉指爪痕纤，初三凉夜水如天。

减　兰

鹃声啼老，孤负故园风景好。节序推迁，月影看来五度圆。
灯残花谢，昨宵梦对家人话。触我离怀，一日归期数一回。

蝶恋花　送春

暖日烘晴晴乍雨。绿嫩红娇，渲染园林树。何事王孙留不住？年年芳草寻归路。

满径飞花三月暮。杜宇声声，似解伤春去。一缕斜阳红几许，东风不管人离绪。

念奴娇　题家人肖像

繁华如梦，只夕阳还照，旧时宫阙。记得长安春放榜，裘马翩翩英杰。泮水芹香，洞房烛炧，夫妇头成白。六旬往事，雕梁飞燕能说。

怕看世局如棋，金戈铁马，惨淡红羊劫。留得家庭团聚影，也算风流清绝。女慧能文，儿书能读，孙秀如花发。画图一幅，三生缘信前结。

高阳台　题黄静娟画扇

静娟女士，杨蕙卿先生女也。幼慧能文，并工画。适王氏一年而没，留一画扇，蕙卿检视，怆恨成诗。余阅之，因填此解。

蝶梦寻香，鹃声啼血，断肠容易尘缘。嫁得檀郎，锦鞯戎马翩翩。盈盈十五人如玉，泛轻舠、孀母犹怜。最难禁、一别申江，永隔重泉。

伤心检到无情物，看丹青妙腕，活现齐纨。人面桃花，桃花扇子依然。佩环空有归来夜，怆芳魂、抔土长眠。怕追寻、髻倩娘梳，裙倩娘穿。

前调 题王啸苏先生寒灯风树图

候雁啼霜，慈乌叫月，夜吟灯影幢幢。搅碎情怀，终天饮恨弥长。天南海角孤亭远，先生尊翁官廉州，没于官舍，有海角亭。恨湘流、不到珠江。莽酸辛、万里羁魂，总恋家乡。

回头二十余年事，剩楹书手线，箧里犹藏。遗命丁宁，书香继续难忘。伤心同抱鲜民痛，记传经、午夜琅琅。森幼读《诗经》，先母陈太君口授。诵君诗、自题五绝句。比似洪图，洪北江先生有《灯影机声图》。一例凄凉。

高阳台 题黄燮清帝女花传奇

劫后江山，掌中儿女，因缘怕说前朝。三五红颜，怎禁国破家抛。无情宝剑多情缕，系情丝、强续鸾胶。最伤怀、一载秦楼，凄咽璘箫。

沧桑泣尽铜驼泪，怅平阳池馆，一例蓬蒿。楼倚斜阳，香魂词客能招。宫商谱出天孙曲，诉离肠、絮絮叨叨。任冤禽、恨窟难填，恨水难销。

金缕曲 题瞿庶咸先生遗诗

傲骨真无偶。廿年前、论文品字，义兼师友。读罢遗诗增感喟，客死浔江之口。料月夜、荒坟孤守。南望羁魂招不得，怆年时谁酹清明酒。天可问，要搔首。

怜才幸遇闺中秀。诗为家秋丝女士印。纵生前、缘无一面，却怜身后。我恨词人多薄命，一例红颜少妇。只赢得、青衫湿透。千古文章原不死，祝诗名金石长同寿。传亦命，君知否？

南浦 题王君意澄蕨庵诗存

鸡声催曙，莽长天、落落几晨星。剩有白头老友，衰病苦侵凌。省记卅年前事，话西窗、寒碧烛花凝。而今阔别，江郎难赋，离恨断还生。

见说零纨碎锦，有贤郎、收拾重连城。留取丝丝心血，兵火惨曾经。我为楹书怆读，写先君、遗稿梓新成。先父柳村公《惜阴斋遗诗》，与仲弟手写印行。喜公诗手订，潇湘从此屹诗名。

点绛唇

一代词人，爱才谁似随园好？提倡诗教，女弟知多少。

李佩金席佩兰金逸孙云凤、云鹤，何幸生来早。空凭吊，小仓残照，只落花啼鸟。

菩萨蛮

甲戌九月，余抱鸰原之痛。西风萧摵，孤馆寂寥，一灯荧荧，辗转不寐。适有候雁，五夜哀鸣，触我情怀，悄焉增泫，因赋此解。

芦洲风起花如雪，声声叫碎寒烟月。毛羽纵丰肥，峰回莫更飞。

阵成圆复整，失序沙洲冷。哀唳落衡阳，衡阳非故乡。

清平乐 寿刘岱云先生

春寒恻恻，枯坐窗儿黑。老友忽来含笑说，说是今年七十。

十年转瞬如前，替公手写屏联。先生六十初度，森曾为书寿屏。又索俚词介寿，祝公福寿年年。

减兰 悼三闾大夫

湘流不断，如诉三闾迁谪怨。中有忠魂，楚些难招眷帝阍。

风飘神雨，是日雨。呵壁问天天不语。怕读离骚，惊醒蛟螭起怒涛。

齐天乐 悼烈妇陈静夫

是谁注定鸳鸯谱？天如有心相妒。两姓鸾胶，三年鸿案，一霎分飞无主。情天愿补，觉断指磨笄，莫偿凄楚。写出遗书，殉夫前夕，有慰舅姑与父母两书。料应和泪宛如诉。

甘心同穴就义，誓来生补作，鸾俦鹣侣。数到阑干，轮将花信，廿四年华初度。甘荼讵苦？笑雨覆云翻，自由儿女。留得芳名，汗青千万古。

百尺楼　题陈觉悟翁裸体图

白眼看红尘，半是衣冠盗。屋室裈衣一伯伦，笑骂凭他笑。
觉得鼎钟空，悟得妻孥恼。席地高眠百尺楼，醉把王侯傲。

水调歌头

近读稼轩、巨山诸词，有“烈士暮年，壮心未已”之慨，适逢六十晋九初度，感怀身世，因填此词。

把酒问苍昊，今古几清秋？未知沧澥，为陆添了许多筹。惨对故人丘貉，喜见少年裘马，前后等浮沤。莫道寒毡冷，冷眼看王侯。

数年年，书扫叶，韵拈阄。予生恨晚，古之人愿见予否？万事妻孥可付，万卷诗书饱读，那管雪盈头。醉此一樽酒，消却十分愁。

念奴娇　读庄子

人间何世？只销受一瞬，白驹苍狗。我读南华经一卷，直把尘鞿参透。濠上观鱼，枕边化蝶，乡是亡何有。鼠肝虫臂，任教天赋谁某。

堪叹古往今来，嬴颠刘蹶，鹿逐中原走。还说浮名青史耀，穿穴徒供蚁斗。鹤解人非，鹃空帝望，颜夭彭非寿。不如杯酩，邀他明月为友。

卜算子 漫兴，用稼轩韵

用羽陆遵鸿，市骨燕求马。不解栖栖一代中，夫子何为者？
世治席延珍，世乱雷鸣瓦。莫把牙琴苦漫弹，天下滔滔也。

苏幕遮 题秋丝阁遗诗再梓

白杨堆，青草墓。阁冷秋丝，琴在人何处？一卷孤吟愁万缕。听诉离情，听诉离情苦。

梦都非，诗可补。写到弁言，百感纷来去。再梓有孙因笑语。我不希名，名自成千古。

如梦令

昨夜朔风凄紧，吹起漫天雪影。衰老倦依人，如铁布衾空剩。衾冷衾冷，檐马敲来又醒。

菩萨蛮　读清龚静照女士永愁人词集

蛛丝不是连枝缕，被天派作鸳鸯侣。啼血怨年年，红心化杜鹃。

哀词逾漱玉，细语虫吟续。龚词有“虫吟又续廉纤雨”之句。莫说永愁人，无愁也怆神。

摸鱼儿　读蒋铅山冬青树乐府题词

痛江山、赵家残局，离宫凄断禾黍。六陵葱郁佳哉气，莫护一抔黄土。天也妒，任秃贼红兜，不信南山锢。伤心宰树。看石马嘶风，金凫叫月，夜夜泣如诉。

兴亡事，付与无情天数。秋坟鬼唱凄楚，寒璚亲拾冬青种，难得唐林如许。诗几句，惨水咽兰亭，近泪无干处。忠魂一缕。并柴市文山，首阳文节，正气耿千古。

浣溪纱　丁丑和仲弟笥贻花朝感怀

一局残棋渐次收，月痕曾照旧吟楼，酒兵诗阵自风流。

剩我三人夸后劲，其一杨蕙卿先生。寿花花笑雪盈头，卅年春梦冷如秋。

减兰　读朱以园先生步杜工部曲江行咏梅伶而作

花团锦簇，缀玉轩中人似玉。压倒余程，莺啭花阴呖呖声。

名高震耳，醉煞湘人痴欲死。一曲王郎，凄绝梅村泪数行。

西子妆　和以园看梅郎演霸王别姬词

盖世重瞳，屠秦辣手，到此情深儿女。不堪四面楚歌声，对红颜、泪痕如雨。天心不与。纵衣锦、故乡何处？最怜伊，肯和歌身殉，聊生何补。

凭谁诉？一曲哀弦，替演离情苦。美人留得碧山花，是芳魂、化身来舞。重寻菊部。怕春老、何戡非故？说兴亡、一例金人泣露。

南乡子　端午

门掩新蒲绿，柈堆角黍香。家家游女赛时妆，笑道，踏青过也又端阳。

孤馆愁苗长，家园令节荒。七旬人诳寿而康，只是，夕阳虽好近昏黄。

钓船笛　渔父

生性水为家，惯结鸥朋鹭友。撑破一篙新绿，渡斜阳江口。

人间仙境说桃源，荒唐亦何有。网得鲈鱼三尺，便花村沽酒。

蝶恋花　咏燕

喃喃莫笑华堂小。飞去飞来，任汝营巢巧。啄得芹泥香带草，楼头朋胜枝头鸟。

闻说江南征战扰。王谢无家，瓦败雕梁少。安乐有窝余事了，卷帘放入东风悄。

钓船笛　樵夫

风扑叶如鸦，仰见枯槎交堕。扫尽山中红影，是豳风流火。

藏来古寺不知门，林瘦苍烟锁。归压一肩明月，喜婵娟招我。

采桑子　新七夕

填桥难觅银河鹊，泪洒芦沟，巧斗针楼，一水东西苦诉愁。

聘钱何事偿都尽，苏策能筹，班笔能投，曾见波平渡女牛。

解佩令 题蛰庵弟词钞

欢情似梦，柔情似水，把霜华、染就丝丝鬓。老作词人，尽事业、功名休问。剩痴情、白头难尽。

红牙度曲，红笺赌句，借欢场、浇愁遣兴。绮语何嫌，莫忏悔、少年轻俊。赋梅花、广平亦韵。末句一作“爱梅妻、逋仙亦韵”。

蝶恋花 晓霜

昨夜重衾寒透了。雁信初来，鸳瓦成银早。踏遍板桥人迹到，马头残梦知多少。

我亦风尘嗟潦倒。葛屦芒鞋，处处留鸿爪。一幅旅行完画稿，不禁鬓影催人老。

清平乐 晚霞

夕阳西下，天水光相射。乌桕丹枫争艳冶，一片清明如画。

远随孤鹜飞翔，淡分西子浓妆。赢得渔翁忙煞，笑披宫锦还乡。

双调望江南 和刘茂材稚安梦中蝶

同是梦，百岁几春秋？蘧栩花前周化蝶，鼾齁床上蝶疑周，今古一浮沤。

同是梦，八极任遨游。彩笔有花堪摘艳，甜乡无地可封侯，盟约订眠鸥。

以上《同怀堂词集·篆云楼词钞》，1949 年木活字本。

唐景尧

唐景尧，字笥贻，长沙人。有《蛰庵词钞》。

金缕曲 诗余写毕，偶填此解，聊当自叙

白发惊萧散。笑词人、青衫落拓，新声凄惋。贫病书生原惯例，剩有闲情难遣。怕谱入、愁长天远。敢付旗亭高唱处，到而今我比花枝懒。笔未下，肠先断。

记曾诗酒随同伴。小红笺、年时分擘，莺花句管。蝶社秋词棠社影，过眼风光如剪。拾唾稿、写成真卷。绮语纵嫌文字病，愿来生赞佛法轮转。泥雪印，爪痕浅。

戊寅八月，蛰庵老人识

南乡子

寒重怯春宵，声碎墙东半是蕉。坐久猊炉香转细，休烧，似我闲愁未肯销。

贫病例难饶，压线生涯冷欲抛。背着灯儿花自落，慵挑，泪湿春衫一夜潮。

临江仙

雨洗红痕花欲泣，春寒料峭难禁。珍珠帘卷湿云深。柳绵吹又薄，棠睡梦应沉。

闲拨炉灰烟篆悄，余温犹恋香心。流莺低语隔墙阴。绿窗人静寂，独坐懒清吟。

清平乐

青梅如豆，又近春归候。镇日无心慵刺绣，镜里眉峰暗斗。

淡云微雨帘栊，冷香梦压重重。一夜枕冰多少，梨花瘦尽东风。

重叠金

春风绮陌银鞍驻，樱桃笑倩莺声度。叶叶暗藏娇，魂儿怎够销？

远山眉黛蹙，一样伤心绿。斜日冷歌楼，杨花不解愁。

转应曲　月夜登妙高峰

高旷，高旷，独立含情无限。峰头狂啸一声，猛使龙眠夜惊。惊起，惊起，月堕空潭见底。下有老龙潭。

沁园春

悄步危楼，频揩泪眼，消遣春闲。奈不尽湘流，如愁莫剪；乱堆垅草，似恨难芟。卷起痴云，立残斜照，都付昏鸦缥缈间。娇无赖，偏飞来蝴蝶，浅样罗衫。

醒余旧梦阑珊，怅素粉盈盈尚易残。对众绿香前，扑来纱扇；零红影里，团住阑干。暮色寒催，晚风瘦怯，淡雅春衣总觉单。徘徊久，笑倚楼人倦，眉月弯环。

浣溪纱 题两女士赠花图，为吴广文作（四首）

萧寺墙东笑折花，花高无碍晚风遮，燕支略透鬓云斜。
带露香浓应损麝，烘晴絮嫩好藏鸦，绿杨深处是侬家。

人面花颜二月春，海棠无语解温存，一枝浓浸远山痕。
未许知名怜小小，却从写影唤真真，别时难道不销魂。

小住花阴系玉骢，美人春困倚东风，阑干曲曲屧弓弓。
纤手亲贻情转密，羞眸斜睇脸微红，蓬山难道万千重。

姊妹花枝约略猜，绿阴门巷旧楼台，春风摇曳过墙来。
不愿香黏衣上絮，愿随影化鬓边钗，钗头小凤不分开。

卜算子

凉约枣帘风，香堕梅魂雪。花月窥人渐上窗，故把灯儿灭。

画意碧天澄，秋思银河阔。重爇兰膏背月明，怕照心头缺。

重叠金

轻阴庭院秋如许，无人解道秋心苦。小立对寒香，西风晚又凉。

银屏闲倚玩，试把花魂唤。花也怕经秋，含情各自愁。

长相思　送黼堂之皖江（二首）

送君时，别君时。怕忆灯红话旧时，河梁五字诗。

鞭丝丝，影丝丝。约住江干万柳丝，夕阳人影迟。

早寒时，暮寒时。容易江天雁到时，莫教书到迟。

君相思，我相思。两地离情百转思，书来定寄诗。

双调忆江南

花朝近，春到更情慵。杏靥娇痴还怯雨，柳腰纤弱不禁风，寂寂小帘栊。

深夜坐，独自擘笺红。传恨有词香化蝶，剪灯无力玉凝虫，长是盼来鸿。

虞美人 残春寄黼堂

轻烟缕缕愁如织，懒把残红拾。柳条无力搭阑干，剪剪东风犹作不情寒。

新来锦浪湔湘浦，莫是胭支雨。一层层更满桃潭，带得几分离绪过江南。

点绛唇 同学何柷卿留须最早，戏填此调之

傅粉风流，须眉别现何郎貌。菱花重照，应惹兰闺笑。

遥记当年，总角联交好。青青草，鬓霜添早，一样惊心老。

重叠金

水晶帘里屏山影，夜凉学制鸳鸯锦。秋老数钗钿，芳华又一年。

妆成菱镜展，眉样争深浅。闻说入时难，绿窗红泪弹。

浣溪纱

一角屏山腻远天，愔愔心事问红禅，柔丝只解拂缠绵。

素手轻描敧粉字，垂鬟闲整溜花钿，娇憨情性昵人怜。

好事近

笑画浅深眉，初喜阿娘新嫁。怪底鹦哥传语，惹玉人低骂。

六宫罗绮斗娇娆，甘把铅华卸。莫到梦醒秋冷，怨长门孤夜。

秋波媚

青青杨柳谱新词，闲步阿谁知？银灯影里，搜搜索索，叶叶丝丝。

零笺真个千金值，浅淡墨痕欹。从今应笑，鬅鬙短发，那许人窥。

浣溪纱

坐久罗帏怯薄寒，兽炉香烬漏声残，清谈人爱夜阑珊。

订草笑拈银字管，评花深护玉盆兰，红生一穗剪灯看。

减　兰

残棋未了，余子可怜行处绕。欲叩芳因，雨妒名花惯负春。

含辛茹蘖，万种牢愁无处说。慧是愁根，生怕红凝镜里冰。

风蝶令 秋蝶

碎点还疑粉，轻涂不借铅。倚阑娇怯薄寒天，难得心香温尽解人怜。

影小教花护，帘疏任茧穿。指痕一捻记缠绵，记得淡黄衫上画裙边。

长亭怨慢 移蕉

更休呼、玉龙烟种。畅好移来，绿云犹冻。鸦嘴擎锄，灌花泥洗雪痕印。多情护惜，还问着、东风讯。看宛转心抽，莫误认、相思寸寸。

阴嫩，怜他阴乍展，又怯凉飙秋警。心心叶叶，总暗里、书成长恨。第一是、夜雨凄清，傍虫砌、冷吟孤听。算未断离魂，应是教人销尽。

凤凰台上忆吹箫 白罗抽丝帕

别绪缫余，闲愁绣罢，慧心偏恼婵娟。笑玉葱纤削，雪藕低牵。千万零丝易尽，抽不尽、恨缕缠绵。凝眸久，旋疑飞絮，错入疏帘。

堪怜，阿谁解得？纵取着并刀，剪断还连。任相思细数，悄不成眠。那日柔情重诉，看寸寸、都到心前。休弹上，鲛珠点点，化作红棉。

忆江南　题汪莘伯湖楼忆别图（四首）

深相忆，忆起强登楼。柳乍剪青愁不断，波因划绿恨长流，寸寸系心头。

深相忆，忆到去时难。别酒怕倾银凿落，慧心偏解玉连环，扶醉上雕鞍。

深相忆，怕忆去匆匆。十里湖光拖舫白，同心别泪揾衫红，回首各西东。

深相忆，一忆一情真。曲谱红牙词旖旎，书来银字墨欹倾，人远计离程。

减兰　寓京师，夜宴醉归，和莘伯韵

云横钗堕，倦倚残宵眠未可。不为相思，也应魂儿瘦几丝。
红鹦夜语，便隔屏山无觅处。香褪难温，凉逗天边月一痕。

前　调

溶溶碧月，含情况是花时节。节也愁人，开却庭梅瘦却春。
春来又暮，青青结子无重数。寄语檀郎，昨夜青梅个个黄。

卜算子

凉浸远天痕，清唾飘香玉。折叠轻衫细细风，人立阑干曲。

影捉镜花红，眉隐屏山绿。新月纤纤解恋人，悄暗罗帏烛。

减兰　荷花生日

月明画舫，此夕湖心人竞望。擫笛声声，水国筵开觉有情。

风清香妥，翠盖亭亭凉欲堕。偷拜嫣然，疑是红莲礼白莲。

风蝶令　新月

碧海天如洗，银云夜不流。清光约略逗西楼，底事姮娥偷挂小琼钩。

浅似窥人避，斜还见面羞。弯环眉样倩谁修？却怪远山微露一分愁。

长亭怨慢　闻络纬有感

正门外、斜阳天远。似欲催他，绣余人懒。宛转絇车，曳烟啼月没谁管。辘轳金井，声断续、同凄惋。和轧轧鸣机，怎缫尽、情丝长短？

撩乱，倩纤纤手里，却被清飙吹散。无依正赋，把鲛泪、青衫弹满。剩渺渺、万里孤怀。百年事、都从头绾。莫助作秋吟，一夜鬓丝搔断。

摸鱼儿　广武览古

吊千秋、夕阳荒垒，英雄从古能几？阮生凭眺伤心处，我又倦游经此。悲未已，试目断、江流岂为前朝泪？今何世矣！欲细雨骑驴，短衣射虎，孤愤剑南比。

中原事，无限沧桑眼底。兴亡都付流水。八千子弟皆星散，盖世空余豪气。骓不利，只博个、美人抵死呼知己。黄芦影里，剩碧血沉埋，寒磷出没，魂曳暮山紫。

减兰　重九阻雨

闲窗吟苦，有情佳节潇潇雨。客里重阳，白发灯前忆故乡。

笳声凄楚，此番珍重黄花酒。血泪荒冈，一曲西风梦也凉。

浣溪纱　展重阳游妙高峰（二首）

笠屐寻山兴不孤，天风飘拂袭轻襦，一枝还倩杖藜扶。

访古碑前曾落墨，此间有宋福王衣冠冢，廿年前曾为之书碑。卷云亭上记披书，廿年尘梦觅来无。

桥小虹垂快野游，南园新拓数弓幽，清吟人倚夕阳楼。

远浦蒲帆轻似叶，隔村渔舍小于舟，晚枫红醉麓山秋。

沁园春　题泉清阁诗草

咏絮清才，潇洒豪情，水样襟期。忆绿窗初见，鸦云覆浅；红笺分擘，蝶社声驰。韵写琴边，神传画里，生就玲珑笔一枝。秦楼远，听玉箫低按，引凤参差。

重来身世都非，怅离隐诗成恨莫支。对梅花吟瘦，飘英叠雪；竹枝斑冷，弹泪成丝。宫体能谙，仙心别抱，集中《宫词》《游仙》各数十首。总是灵荃缱绻思。吾应愧，愧六朝金粉，一卷新词。

鹧鸪天

琴甫十弟之嘉禾，备言行路之苦，感而填此。

愁对离亭折柳枝，阿髯曾谱送行词。伯兄有《南乡子》一阕。白头兄弟难为别，泪暗春潮不汝知。

帆远近，影参差，衡阳盼断雁来迟。剧怜徒步关山路，怕忆黄昏月上时。

卜算子

雨洗镜新磨，云净天如扫。花影红阑半角筛，特地将身靠。

才见月儿升，划断钗痕渺。怕数蟾光几缺圆，暗里人催老。

菩萨蛮

篝灯夜暗阶虫语，声声似诉怀人苦。道远莫相思，相思雁到迟。

玉关音信急，泪下深闺臆。残梦尚阑珊，秋风战骨寒。

虞美人

古韭园菊花大会，并演女剧。予不爱观剧，独自对花，花若解予意者，戏填此解。

花枝低亚流星转，吹彻箫声软。金迷纸醉蝶魂痴，争似寒花解语没人知。

冷香压梦花丛卧，花更幽于我。西风残照悄含愁，况是一般销瘦对清秋。

庆春泽　题秋丝阁诗词集

芳气吹烟，清言唾玉，聪明自属天成。积愤年年，微吟聊寄襟情。红铃七字生涯苦，性癖诗，刻有“七字生涯”小印。把春愁、剪入秋心。最堪伤、妒到娥眉，天问无灵。

一篇怕展宵灯读，叹是诗是泪，悄不分明。说甚兰因，凄凉莫叩前生。集中有“兰因多证凄凉果，莫种愁根误再生”之句。工书差幸孙枝秀，界乌丝、替写冰痕。并泉清、雅集新编，双阁齐名。同时社中杨女士蕙卿，亦刻有《泉清阁诗钞》。

菩萨蛮　庚午闰月六日

短芦风起悲笳咽，楼台影幻金明灭。四顾暗灰烟，夕阳红可怜。

莲房惊粉坠，粉界香和泪。寂寞掩重门，秋来愁杀人。

南柯子　七月十七夜闻警纪事

蛇影杯弓怯，狐祠火尚鸣。未闻消息已心惊，况是黄昏时候不分明。每到黄昏时，警报频来，真愁煞也。

秋冷衾分抱，星潜路悄行。半椽破屋暗无灯，最苦五更风雨宿茅亭。

花自落　乱后思亲友

明灭里，愁绝楚天无际。烽火惊心尘满地，断虹吹又起。

日暮登临遥睇，遮住岭云千里。远雁不衔秋讯至，尺书何处寄？

高阳台

浅晕娇花，深谈瀹茗，依稀残梦初醒。老矣陶潜，寄怀犹赋闲情。凉秋夜渐如年永，怕凄清、数到残更。悄无眠、一枕宵支，一点灯昏。

人间万事难回首，记联吟赌酒，过眼如尘。书剑飘零，空留劫后余生。青衫莫湿无名泪，把绮思、都化愁痕。最怜他、云雨荒台，雒浦迷津。

凤凰台上忆吹箫　题黄静娟女侄画箑遗墨

镜惨眉边，珠抛掌上，乘鸾人隔瑶台。记年时娇小，问字频来。十五王昌嫁得，钦比翼、一样惊才。茫茫恨，春人命短，黄土香埋。

堪哀，佩声去渺，剩箧里丹青，折叠愁开。赖阿娘妙笔，描画丰裁。其母蕙卿为之作小传，并题画四绝。只是聪明难画，看粉本、倩影惊猜。留题字，红蟫纵蚀，心不成灰。

庆春泽

先君子《惜阴斋诗余》写毕，敬题一阕，以志哀感。

字愧雅涂，香怜蠹走，一篇手写凄然。见背爷颜，匆匆三十余年。生来神颖江花笔，濯芙蕖、初日争蔫。霎无端、蝎命多磨，鹏翮难骞。先君八岁能诗，十一岁能文，十四岁补弟子员。方上进，志益奋，旋婴痨瘵而殁，伤已！

伤心贫病文人例，把砚田磨墨，炉药萦烟。头白高堂，一灯坐困寒毡。养亏儿亦瓶罍恤，感飘风、泪泻如铅。怕追思、愁带诗敲，恨倩词传。

菩萨蛮

李洞庭澄宇以《月下桔槔图》索题，盖述祖德也，因而填此。

平畴十里宵声远，辘轳愁共空肠转。辛苦觉谁尝，同心怜孟光。

荒村鸡唱月，那识东方白。旧德感瓜庐，豳风一卷图。

解连环

洞庭属题桃花燕子便面，原系邓白香题，王湘绮书。

猩痕点点，认红襟约略，避飞还倦。是何人、摩入丹青？任香隔，重帘玉掩双剪。粉不生尘，幸藏箧、忽逢青眼。甚凉秋怎怨，出入君怀，半折犹展。

留题墨痕应遍。想香湘二老，风流如见。合当作、侠骨红颜，把燕子桃花，写成真卷。带笑依然，遮不断、春风人面。莫惊猜泪珠，弹上色丝旧染。

庆春泽

瞿负山表叔遗诗编校既竟，作书弁首，感而赋此。

蠹粉埋愁，蝎宫堕命，奇穷天厄诗人。客死他乡，一生遇近茶村。凄迷宿草浔川碧，怕秋坟、鬼唱酸辛。感遗篇、半是残丛，半付销沉。幸友人熊焕甫收其遗稿于郁林古刹乱纸堆中，然已存半失半矣。

裙钗独着千秋想，叹缘无一面，梓集输金。余家秋丝女士捐资付梓。我愧西堂，几曾湘草传真。昔亡友刘蒲仙、曹价人遗诗，曾合刊《湘东七子集》中。欹斜饿□乌丝写，幸丝丝、老眼犹明。待编成、几度追思，几度披吟。

沁园春　校阅周旷斋先生遗诗感赋

猎喜园荒，吟魂何处？掩卷凄然。忆京雒少年，名齐阿弟；与銮诒太史齐名。郎官清署，班领群仙。白首朝云，青山谢朓，高卧林泉四十年。闲身好，擅烟霞笔底，作个诗髯。

玑珠贶我盈千，更惆怅香词悼蝶篇。记泥雪鸿留，曾挥斑管；予刻《菊蝶百咏》及《唱和集》，先生均有书。秋风燕罢，分擘红笺。棠社吟残，花时梦冷，遗稿飘零散若烟。频搔首，幸绛纱都讲，枣刻流传。余家秋丝女士手选付梓。

浣溪纱　寿张开元八十

八秩耆年行更高，林泉清福晚偏饶，寿君卮酒笑拈豪。

秋稼连云堤插柳，言筑堤之益。春潮带雨石成桥，言造桥之益。雍容弦诵答村皋。言兴学之益。

虞美人

阅晚报，有“春色平分”之语，戏填此解。

翻云成阵还成雨，恼煞闲情绪。绿章谁肯奏通明？断尽柔肠低首拜花神。

去年芳讯春前漏，惹起风姨妒。尹邢背面莫相嗔，好是今年春色却平分。

前 调

东风摇曳花枝小，红到名园早。一般堕溷肯怜他，剩得余香密密闹蜂衙。

多情还似无情好，翻把东皇恼。缠绵无计借春阴，团住落花十万护金铃。

生查子 题烈妇周陈静元殉夫

君恩重若山，妾命薄如纸。不作个侬生，甘为同心死。

遗书涕泪零，无限伤心语。死节理之常，难得从容耳。

沁园春 题王意澄内兄蕨庵诗存

古砌苔滋，讼庭花落，消遣余闲。记早擅词华，香曾掇藻；壮研名法，幕屡陪莲。白首遗民，青毡故物，风月林泉别有天。诗人老，数旧欢历历，情话缠绵。

一篇手订频年，叹浩劫重经几变迁。幸秦火灰余，伏生尚健；吟囊草剩，景伯能传。兴托游仙，怀摅咏史，集中游仙咏史，寄意最深。淡逸宗风继辋川。披寻处，觉短檠昨梦，重结文缘。

双双燕　日长病中自遣

先生病也，奈弱不禁寒，困如中酒。生涯活火，镇日相依药臼。人与炉烟俱瘦，莫更惹、愁丝拖逗。恹恹三起三眠，恍似汉宫垂柳。

辜负，清斋静牖。懒字写乌丝，宴招红友。闲翻经卷，悟彻风花尘土。心似红禅定候，任天女、散花今又。怎禁一榻维摩，无计消磨长昼。

庆春泽　题刘木屏院本

按：明末孝女刘木屏，一名淑，字淑英，别号个山，扬州太守刘铎之女。铎为魏忠贤所害，时木屏年方七岁。临刑场，涕泣不已，其母欲与俱殉，父止之，曰："此女性慧英毅，他日必能复吾仇，汝善教之。"木屏因此读书不倦，稍长，能诗文，常以不作男儿为恨。魏阉之败，亦与有力焉。年十九，归安福王蔼，未二年而所天丧，遗一子。

明亡，福王南渡，木屏以两家先世均厚禄，当复国仇，因尽散家资奁具，募骑卒千余人起义。闻两广总督何腾蛟遣其将张开璧师出岳州，木屏欲与之合。先谒璧，璧涎其美，欲纳之。方示意，木屏持刃起，卫士护之始脱。自是身怀短刃不释，璧知其不可犯，畏而敬之。

会腾蛟兵败身死，木屏知大事不可为，遂遣散骑卒，急走昭潭，匿深山中，辟一小莲庵，将父遗篇手订而自序之，梓未及半而逝。近人刘宗向编成院本索题，因填此解。

冤抑东林，志存南渡，不堪家国思量。绾就同心，霎时梦断鸳鸯。未亡人作秦庭哭，恨骁雄、翻恋红妆。幸亏他、白璧身完，白刃身藏。

恩仇未报甘吞剑，怅天涯骨肉，流寓它乡。叙父遗篇，一言一泪心伤。全忠全孝还全节，把幽徽、谱出宫商。度新声、曲也凄凉，齿也芬芳。

满江红

一炬严城，白日暗、楚天明灭。叹当日、麾旄坐拥，战防无策。世局频惊苍狗幻，沧桑已历红羊劫。剩萧疏、垂柳与栖鸦，真凄绝。

鸿雁集，哀中泽。虎狼出，余残穴。对河山破碎，孰为收拾？鹤唳方从天外警，乌飞又起云中革。看撑霄、百尺粉墙红，黔黎血。

镜中人　题陈觉悟翁天权裸体倒卧图

觉悟翁，胸坦白，豪气元龙如昨。茵荐芒鞋倒卧，尘软红难着。

湖海词人多落拓，热泪哀吟犹托。铁铸九州成大错，一枕都抛却。

水调歌头　和伯兄岁精六十晋八生日

万古此明月，把盏寿阿髯。容光流照不老，毕竟有情天。谈笑白头昆季，衣钵绛纱弟子，休说困寒毡。薄酌自成醉，无累即成仙。

儿时事，从头记，浩如烟。虚名那管，且翻水调继前贤。看遍山丘华屋，阅遍潮流新派，恒性不推迁。岁岁身长健，颐养得真诠。

卜算子　湖南国学专修预科毕业题词

讲诵一堂深，攻错还成玉。两载流光忽忽过，又是归程促。
风雨帐孤灯，赖有同门录。坛坫名山一样心，要把传薪续。

菩萨蛮　桐园纳凉

清风招我闲阶立，夜凉露冷侵衣湿。纤月逗花丛，疏篱间几重。

此情谁共领？踏碎双桐影。如水碧天长，愁心不可量。

生查子　阅晚报戏填

无复代桃僵，嫌都别李下。谁拈红豆儿？忍把流莺打。
深深花狱成，密密蜂衙惹。花不受人怜，人自怜花也。

高阳台 七夕有感

梧苑凉招，瓜筵笑堕，有情万古今宵。拂袂天香，轻风乍袭飘飘。银河清浅波涛阔，感灵乌、飞不成桥。思悠悠、天上人间，两地迢迢。

填词老去空传恨，记月邀花醉，雨带诗敲。数到秋期，可怜魂不禁销。女儿休更针楼乞，悟灵根、即是愁苗。祝双星、此会年年，心字香烧。

明月生南浦 重刊秋丝阁遗集题词

秋丝阁曾手订《诗词草》一卷，一时风行，洛纸为贵。现求遗集者纷至，因前印已无存本，厥孙守砚仍用八分书，手写增印三百部之多，秋丝可谓有后矣。杜序书毕感赋。

菌阁尘封深几许，七字红铃，手订成今古。一泪一诗蛩病语，声声似诉秋心苦。

捧砚有孙珍片羽，书擅八分，得把遗篇补。秋丝晚年诗不多见，惟与杜莜生太史略有唱和，孙守砚搜得零稿补入。写本新增三百部，报刘不尽心千绪。

前调 秋丝阁遗集刊成，读之凄然有作

小阁帘垂清若水，古怨难销，写入诗怀里。千种凄凉千种意，拼将七字呼知己。

福慧双修能有几？生小工愁，把笔愁来矣。痛泪长流无过此，红心不拔卷葹死。因自题华表联有“种泪不拔卷葹根”，哀可知矣。

壶中天　题朱以园自述诗册

客来携卷，正晚窗乍霁，暗催吟思。薇浣香浓深夜读，省识朱门家世。绵继清芬，辞工丽藻，栖隐棠坡地。棠坡，以园旧居。闹红尘洗，诗心晚有禅意。

自叹卅载填词，荃思绮恨，半是忧时泪。检点青襂痕尚在，文字难逢知己。契结新缘，居深同弄，求友嘤鸣似。池塘春早，绿杨画罨烟水。

疏帘淡月　见瓶中落梅有感

纷纷雪坠，悄作恶东风，夜来何事？吹落吹开，过眼芳华容易。冰魂一缕呼难醒，点疏英、冷清清地。孤山吟悄，黄昏月黯，自伤憔悴。

记春到、江南早寄。正冻破铜瓶，暗香迢递。玉笛声凄，零乱柔丝难系。葬花往日风流歇，愿镌铭荷锸同瘗。无情黄土，有情红泪，一天愁思。

浣溪纱　丁丑花朝有感（二首）

记得新诗当简招，百花生日是明朝，借随园诗作简。词人斗韵酒家豪。

蝶社旧寻春似梦，海棠红渍泪如潮，前咏蝶，后咏海棠，此诗社极盛时也，至今思之，能无慨然！几丝魂瘦不禁销。

记得香词一曲新，殷勤杯酒拜花神，只今残梦尚留痕。

蝶幻莺迷谁是主？雨丝风片不成春，卷帘空忆护花人。本秋丝阁句，“蝶幻莺迷”，亦秋丝阁集中语。

清平乐 观梅郎来湘演剧有感

玲珑缀玉，梅郎号缀玉轩主。妙舞翻新曲。气似吹兰香馥馥，中有闻歌当哭。

一声弹破湘弦，壮游我亦幽燕。凄绝落花春雨，重逢莫话龟年。

西子妆 观梅郎演项王别姬，和以园韵

醉倒金樽，歌翻檀板，春色撩人谁主？酒醒词客暗魂销，有情还似无情处。红颜自误。怎不劝、渡江东去？整戈铤，待重来卷土，亲提桴鼓。

难回顾，力拔山兮，善战膺天妒。霸图一代总成空，谱新词、曲中犹度。声声似诉。恰春到、千山红吐。更谁怜，一个英雄末路。

虞美人

深深瑶想从无着，顾影添萧索。池塘烟雨冷于秋，争奈一

丝垂柳一丝愁。

愁多莫把春来问，人与花同病。黄昏庭院月溶溶，怕说梨花弹泪诉东风。

碧云深

睡，睡，睡早偏迟寐。移灯，冷月窥人觉有情。

醒时还是披衣坐，枯影红禅我。微明，残柝空街尚五更。

浣溪纱

好梦由来不当真，铜环亲叩木犀门，仙风拂拂玉香温。

无限瑶思都化水，可怜花命总如云，拼将影事压天痕。

花自落

春欲尽，陡觉飞花无定。芳草斜阳红尚衬，残香和泪殉。

浊酒难排清闷，百计难磨长恨。天女不逢人自病，禅心何处证？

钓船笛　渔父，和伯兄岁精韵

瓜艇荡轻烟，直欲印须我友。撑入武陵溪畔，啖红霞一口。

仙源只要会心寻，总觉人间有。一笑丝纶收拾，但归而谋酒。

武陵春 病中自遣

病过蒲觞秋又近，坐拥药炉烟。瘦骨支离只自怜，愁起复愁眠。

秃管尽枯尘渍研，因病许身闲。已分清斋寂似禅，长昼况如年。

虞美人 寄怀子心弟

雕戈夜枕愁难晓，肯把雄心老。故园音信尚迟迟，盼断江天秋尽雁来时。

别时杨柳牵情去，又把无衣赋。自怜巢小也飘摇，况是一天风雨助潇潇。

酷相思

坐暝帘栊吟倦后。怕冰簟、凉初透。叹心是孤桐身是柳。秋近也、人先瘦。秋去也、人先瘦。

蛩病身栖幽砌逗。苦煞我、愁眠候。剩一点残灯红似豆。醉醒也、难回首。梦醒也、难回首。

金缕曲 和以园五十晋五，用竹垞寄李武曾韵

少饮宁辞醉。感飘萧、故人橐叶，余生螬李。僻处荒村闻

见狭，时盼书来天际。把两地、相思遥寄。腊八酒香年事近，寿坡仙鹤奏联同辈。晋五五，道恭喜。

闲吟我自供憔悴。怅归来、管花庵畔，先人庐敝。手写待编行箧稿，那计山中甲子。君莫笑、痴憨难已。敢付铜琶惊绝唱，怕大江东去随流水。覆瓿也，藏之矣。

蝶恋花 刘生季谦属题水仙画卷

倩影凌波清欲堕。腊尾春头，容易芳华过。吹醒月明弹梦破，描成粉本娇无那。

赋拟洛神夸婀娜。白石愁心，缱绻同怜我。矾弟梅兄相并坐，案头供奉炉香妥。

金缕曲 题以园诗词集

排闼青山笑。羡归来、坡留棠荫，园亭都好。卅载耽吟吟不倦，头白此情未老。待收拾、箧中行稿。诗二千篇词十卷，手新编合付雕梨枣。称作者，似君少。

传笺近喜窥全豹。试看他、少陵哀思，清真绝调。家国沧桑同梦感，难得笔花俱妙。其夫人亦工诗词。写不尽、平生幽抱。盥诵回环清有韵，觅余音犹觉梁间绕。心远寄，俗尘扫。

明月生南浦 读以园病起一阕，喜而有作

十日维摩孤榻卧。一纸书来，喜把更生贺。强步溪桥扶醉

过，东风吹醒人如昨。

老去联吟能几个？我以诗邮，君擘红笺和。词赋从今须少作，用前人句。炉灰怕拨星儿火。放翁有“少拨炉灰悟养生”之句，余中年后尤服膺此诗。

前调　春风

燕子旧地重寻巢痕，忽为画屏所掩，予亟卷去，无负恋主之意。

零落巢痕屏背掩。几度窥帘，旧主还依恋。自别凉秋才一见，故人如对春风面。

江北江南犹苦战。飞傍谁家？莫问堂前燕。金粉六朝空过眼，香泥未啄心都软。

前调　见蔷薇花落有感

晓日蒸红新蕊破。满架风柔，莫放浓香过。带露盈盈娇自亸，春酲直似杨妃卧。

护惜金铃团个个。刺触牵衣，不把流光缚。短命桃花同溷堕，葬花准把锄儿荷。

庆春泽

敝簏中捡得秋丝录泉清《春日遣怀》诗，睹之不能无感。砚侄孙既有跋记，予亦填此。

淡墨痕欹，红钤印小，银钩漏出纤纤。搦管微吟，料应肠断年年。阿侬愿化娲皇石，奈娲皇、莫补情天。诗中有“他生愿化娲皇石，补尽人间离恨天”之句。镇相怜、泪湿春愁，花瘦秋妍。

闲搜旧箧凄凉甚，捡零笺剩稿，留与缠绵。合付孙枝，厥孙守砚亦有跋记。一篇表当泷阡。填词替谱伤心史，感飘摇、雨妒风颠。更潸然、蝶梦难醒，宿草嘘烟。本秋丝和泉清《不平》诗中语。

减兰　闰七夕

休怜轻别，笑指团栾才一月。终胜人间，玉露金风自往还。

凭阑无寐，碧海青天如此意。分袂明朝，破晓荒鸡不闰宵。

菩萨蛮

晚风低触帘钩动，乍凉掩着窗儿缝。冷雨滴疏槐，怀人梦不来。

闻声心欲碎，欹枕和衣睡。怜我只孤灯，深宵伴到明。

乌夜啼

夜雨凄其，幽忧无绪，忽忆秋丝阁有“碎愁风雨惊吟胆，檐角潇潇和泪声”，其哀感可知矣，因赋。

潇潇檐溜三更，冷清清。只有愁人听得最分明。

疏忽密，飘还疾，泪交倾。迸做春江红浪一层层。

忆江南　春归有感

乌兔走，今古促奔轮。明镜不须愁白发，黄金无计买青春，天老奈何人。

阮郎归

息肩家园，倏焉两载，近因选少时爱不忍释之词，逐日写成二卷。甲卷唐、五代、宋、元、明词，乙卷清词及闺秀词。填词附后，以志吾痴。

青衫人老倦游时，一囊风月知。翻香懒倩小红儿，闲情待语谁？

裁茧纸，界乌丝，重钞旧日词。兰芬都是美人思，白头侬亦痴。

双调望江南　梦中蝶，和刘稚安襟兄原韵

寻蝶梦，零乱旧时装。春睡未醒怜有影，秋魂试唤尚余香，风卷落花狂。

都幻境，荣悴总炊粱。一觉形神犹栩栩，百年身世转茫茫，底用羡蒙庄？

前调 贪昼眠，和前人韵

恹恹困，一枕即良方。经诵南华情纵永，眠酣北牖味尤长，尘虑借消忘。

松入韵，静把睡魔降。但觉清茶凉午梦，不知疏柳挂斜阳，真个是甜乡。

前调 自述，用前韵

贫病老，消遣别无方。词爱春苕翻令小，烟薰炉药篆愁长，三十年来，日不能离药饵，数日不服而病至，魔耶？抑癖耶？结习总难忘。

清昼永，图史亦参详。字写蝇头书尚腻，弓弯猿臂力能降，莫笑近斜阳。

蝶恋花 晓霜

鸳瓦银凝惊忽见。青女昨宵，点缀枫林遍。二月花光秋后炫，模糊睡眼浑难辨。

卌载风尘游已倦。残梦征鞍，梦续情依恋。月影朦胧愁一片，板桥人迹鸡声店。

前调　晚霞

暮色寒催云影殢。陡起赤城，遮断遥山翠。好个黄昏添画意，四围红湿波光底。

争渡人喧浑似醉。休怪渔郎，惯把归舟误。树映斜阳天接水，江湖散处都余绮。

浣溪纱

和稚安襟兄《梦里寻春》，即题其《灞桥残雪诗草》。

收拾吟囊旧墨痕，断桥晴雪岭头春，廿年前事怕重论。
残梦化为蝴蝶舞，一鞭仍策蹇驴行，醒时尤恋玉梅魂。

以上《同怀堂词集·蛰庵词钞》，1949 年木活字本。

齐廷襄

齐廷襄，号秋姜，湘潭人。民国年间曾任职于湘潭县政府。有《秋姜词钞》。

点绛唇 春闺

乍见湘城，杏花带雨笼轻雾。琴心如许，梦逐三更鼓。

帘外风清，春透莺儿语。悄不住，绡巾香泪，宛转留情处。

高阳台 忆麓山

爱晚亭高，禹碑苔蚀，满林枫叶红烧。无限苍凉，怕听江咽秋涛。当年霸业成尘梦，只留得、断柳危桥。数孤帆、点点斜阳，晚唱渔樵。

麓山文化鸣江左，忆朱张古渡，学冠南朝。派衍濂溪，瓣香声气相招。鸡鸣风雨离群感，到而今、分道扬镳。记先年、酒酣云麓，兴托吟毫。

望海潮 金陵怀古

两戒河山，中分吴楚，旌旗百万貔貅。千古霸图，东南王气，沧桑几历春秋。壮丽赛秦州。记素丝白马，缓带轻裘。往事成尘，金焦几点望中收。

夕阳箫鼓中流。数珠啼玉咏，无限情柔。北地胭脂，南朝歌舞，戎几衽席戈矛。吊古凭层楼。看荒烟蔓草，如此清幽。多少英雄遗恨，波咽满江头。

一斛珠　香口

东楼香唾，排玉翠、环珠露颗。樱桃红绽余音可。逸韵绕梁，梨颊微窝破。

袖掩霓裳看粉涴，情殷欲接娇无那。画帘气吐些儿个。一笑春风，兰芬流满座。

阮郎归　话别

送君君去别君时，君别泪痕垂。泪痕如绠蹙双眉，长此梦魂飞。

隋隄柳，碧丝丝，依依却为谁。临风飞絮着君衣，君去絮空飞。

风入松　游仙，用赵问礼原韵

粉黄蛱蝶弄秋晴，乍暖风轻。驹光冉冉难留下，听箫声、还杂歌声。花影梦香心醉，雨余漏永灯明。

翠颦愁态觉多情，无那娉婷。湘兰恨袭抛珠露，记霞绡、泪揾啼痕。梧院静听蛩诉，睡乡重理鸥盟。

清平乐　忆旧

翠屏香绕，一抹霞山晓。鸳梦乍圆惊露早，无限深情未了。

碧波曾卷珠帘，青丝小拂眉尖。醉罢玉楼何去，粉痕犹满妆奁。

感皇恩　悲秋

劫后访遗踪，潇湘重到，江山仍似去年好。一抹斜阳，怎奈时光去了。恨孤梦初圆，又窗晓。

红叶磷飞，乌啼古道，无限繁华今已杳。满目疮痍，人道惊弓山鸟。何事哭穷途，悲秋老。

双双燕　春闺怨

芳心未了，觑莲幕轻阴，香销露冷。徘徊欲住，犹记翠帏相并。谁谓丝牵汲井，憾情殷、犹夷难定。数古今凤侣鸾俦，多少闷烦心影。

苔径，杏花烟润。看黛晕娥眉，群夸清俊。酒后潮霞，懒见日斜苍暝。听漏永琴心未稳，难得了、春来芳信。凝眸无限低徊，碧玉雕阑谁凭。

玉漏迟

蔡松坡先生，湖湘巨擘，民国元勋。髫龄负笈于东瀛，壮岁绾符于南省。醉心革命，义声首应乎焦陈；蒿目时艰，谋略实优乎谭李。无如英才见忌，就縻中枢，晦采韬光，竟同朝隐。乃先生虚与委蛇之日，正本初帝制焰炽之时。如是疾首痛心，计遣眷属，间关远遁，起义云南。羽檄传来，足褫奸雄之胆；旌旗所指，咸怀歼敌之心。迄乎奠定中原，巩固民国，功成身退，怡养扶桑。慨扁鹊之无灵，大星竟陨；望横滨而涕泪，志士同悲。今者统一已告成功，纪念不忘先烈。敢效野歌曼舞，借申企慕之忱。自知秋候虫鸣，聊表讴思之意。

呜咽江声杳，千古霸才，阿谁同调。秕糠利禄，不为枭雄缠绕。义旗高揭滇南，转瞬间、出人意表。撚髯笑，胆落秦皇，弓惊山鸟。

俄顷澄清玉宇，喜江山无事，初衷竟了。脱却名缰，侨寄西清吟啸。而今革命成功，念先贤、怆怀多少。叹孤藐，怅望岳云峰绕。

小桃红　惜春

岁华春已暮，春色满汀渚。无限夕阳，一番好景，匆匆欲去。最关怀误惹落花愁，蛛网黏飞絮。

琴韵含幽恨，鸳梦浑无据。回首当时，留情几许，云山何处。忆画楼燕语与莺啼，数窗前蕉雨。

满江红 饯刘县长嵇鹤行

两岸丹枫，处处缀、离人泪血。羡使君、琴鹤风高，冰清霜洁。泽周僻壤忆龚侯，政美甘棠思召伯。到将来、碑嵌岘山头，何须说。

想攀辕，云路绝。饯驿亭，天涯隔。记罗雀门前，斗鸡俗革。今宵酒醉珠帘碧，客子将归星月白。待他年、重复到潇湘，诉长别。

南楼令 闺情

红映枕边霞，朱看臂点砂。春光冉冉透窗纱。翠松裙褶娇慵起，量情绪，思无涯。

二八数年华，鹅黄帐影斜。雨湖深处是侬家。游骢古道相知雅，翘鬓朵，玉莲花。

渔家傲 咏怀

午夜秋声人不寐，风尘洛拓愁无计。残阳一抹边声起。家万里，长江无恙心情异。

老骥伏枥遭俗忌，锦囊羞涩哀身世。飘泊湖山歌舞地。思往事，壮怀空负纵横志。

多丽　离合悲欢之词

晚霞明，半窗莲炬如星。记当时、香含豆蔻，鸳鸯梦绕云屏。数百年、清芬吟佩，计七夕、誓永香亭。菱花弄影，梅蕊含英，说不尽万种心情。甚白头、秋捐纨扇，无故作吟声。相依处，微寒怯夜，宿酒初醒。

叹风云、变更转瞬，一池吹绉干卿。恨鱼沉、血凝碧玉，忆雁渺、泪染红绫。触枨何由，百无聊赖，鹧鸪啼处最难听。伤春去、春回有日，不似此飘零。看梁燕，双双环舞，更觉伶仃。

忆江南　忆藏书

思秘籍，梦绕故山中。风雨销磨余蠹简，苔藓斑驳蚀诗筒，吟啸忆楼东。

临江仙　赠友

碧绡翡翠鸳鸯梦，梦魂还绕箫声。柔情一缕最分明。薰笼乍倚，玉漏已三更。

数此际韶光转瞬，凝眸泪眼盈盈。自来好事本难成。娇花如许，香雾怯初晴。

西江月　哀江南，用司马君实原韵

万里烽烟欲靖，四郊壁垒方成。流民图展泪盈盈，骨肉飘零何定。

红叶满江秋色，黄台抱蔓伤情。邯郸幻梦酒初醒，午夜钟声人静。

烛影摇红　初夏夜宴

玉露未零，莲儿婀娜凌波浅。柳岸风清度池碧，微觉娇波转。知道情丝未惯，有谁识、檀郎频盼。绿映莓苔，青丝拂额，争如不见。

几度花飞，酒阑人静良宵短。看翠羽明珰如昨，相依恨犹远。谁料兴阑人散。听漏残、风惊醉眼。海棠方睡，木笔初开，谁家庭院。

瑶台聚八仙　寿陈南翁六十，时南翁就养于浙西

月魄团圆，想故人、游兴正写吟笺。西山叠翠，曳杖小桥边。记访俞楼谈国粹，问退省何处湖天。慕先贤，怡情云水，暂息仔肩。

潇湘烽火惊天，羡放翁自适，远作游仙。图呈集庆，斑斓彩舞筵前。绕膝含饴最乐，琴心剑胆，重话当年。屠苏酒，一

醉吟秋色，更翛然。

换巢鸾凤　怀人

梅笛魂销，记莺啼燕语，柳舞纤腰。画楼吟玉臂，绣阁谱琼箫。数人间无限痴娇，谁识而今天涯路遥。烟霞晚，剩有月影空相照。

夜悄，音渺渺，同是梦乡，今昔伤怀抱。秋冷鸳鸯，春寒翡翠，万里恨情芳草。莫教鹦鹉在前头，含情欲说心情小。费思量、白头容易催人老。

丑奴儿　贫农叹

玉露秋零花影冻，破壁孤灯，冷灶凝尘，饭香午后羡邻人。

莫谈足食丰衣事，辛苦三春，剩了一身，夜夜清霜最恼人。

诉衷情　眉月

纤纤螺黛断人肠，春色讶新妆。无限幽情离恨，素娥影绿深长。

觑冰镜，黯神伤。问时光，几回淡扫，远山何在，犹忆眠香。

生查子　暮春

去年暮春时，银烛辉如昼。鬓影掠眉梢，漏永棋声后。

今年暮春时，风景仍如旧。如旧各天涯，剩有香罗袖。

摸鱼儿　读白头吟有感

汉宫吴苑惊秋早，无限韶光又去。懒上妆楼繁鬓影，愁听雁声无数。愁不住，谁知道、变换无端同陌路。伤心不语。怕看缕金箱，旧日恩情，转瞬同飞絮。

人间事，几见痴情不误，不痴犹有人妒。回心难觅相如赋，独自支颐谁诉。看燕舞，到秋来、空梁泥落如尘土。闷烦最苦。莫去倚雕栏，月儿犹照，当日相依处。

画堂春　贺新婚

雀屏祥霭日初长，梅花点额飘香。银河云锦讶宫妆，无限风光。

笔画双蛾螺黛，裙拖八幅潇湘。人间好事费思量，真个刘郎。

离亭燕　送春

青绿远山如画，风景依然春谢。燕燕莺莺何处是，乍转秋波无话。明月满怀多，碧柳丝丝斜挂。

疑是银河鹊驾，雾縠玉寒初夏。春去春来春又暮，点点落红藤架。惜别泪痕多，细数栏干低亚。

昭君怨

春花春草，每深燕婉之思；湘水湘山，尽属迷离之地。昙花一现，伤倩影之依稀；柳絮初飞，惜灵魂之□附。人生苦乐，纯系前因。芗泽痴思，谁能解脱。风前带结，莫咏同心；杯底人来，还如解语。更有情丝自缚，春蚕何日飞蛾；倘能慧业独深，驰骏临崖勒马。缠绵悱恻，坑古今多少英才；死别生离，实人世无形缰锁。亦有同床异梦，别具会心；最伤始结终离，不堪回首。爰填数阕，当午夜之清钟；虽属俚词，亦佛家之偈棒。

谁料念番花信，甜蜜情儿欲尽。寂寞倚阑干，几盘桓。
惆怅隔江春水，旧日啼痕忍视。何处是侬家，碧云遮。

捣练子　前意

环佩渺，画楼东，曾记莺啼烟雨中。断续酒痕萦梦里，落花无语怨东风。

谒金门　前意

捻花蕊，怅望暮烟云水。忆及去年芳径里，素怀无限喜。

此夕江干独倚，料到玉人未起。回溯去年春色里，芗泽空罗绮。

惜分飞　本意

带雨梨花初着露，好事多磨难聚。此恨何由取，落红啼翠仍相觑。

覆雨翻云无意绪，怅望湘天已暮。不是相依处，莫随柳絮临风去。

满庭芳　刺长潭路汽车出轨

制迈奇肱，利周湘国，久夸电掣云流。朱轮油幕，控纵究能否？一旦长途肇祸，狂澜倒海总堪忧。漫赢得，天旋地转，血染万山愁。

休休，伤满载，同胞无故，奇险轻投。痛存亡莫卜，咎究谁尤？劫惨虫沙猿鹤，磷飞枫叶恨空留。从今后，哀魂长绕，夜夜泣江头。

祝英台近　落花

一捻痕愁晚渡，花影黯香圃。记取楼头，莺小啼春雨。数落花点点飞红，付与阿谁，隔溪枝、褪仍留住。

无心觑，任他春老江南，不把花重数。云淡风轻，无限深情语。料花落无言，匆匆归去，怕看烟柳断肠处。

凤凰台上忆吹箫 雨湖新柳

娉娉袅袅，丝丝缕缕，垂垂绿满江头。看翠萍波涚，絮绾新愁。多少离情别绪，空惆怅、攀折凝眸。眺雨湖，石阑冰洁，不是秦楼。

旧游，何时见也，倦眼总含羞。曾忆江干，喜鹅黄醉晕，欲说还休。堤畔青青犹昔，听莺儿、百啭清幽。歌金缕，依依夕照，恨也应留。

解佩令 赠傅君家耀

文化销沉，风流歇绝。叹于今、国粹将灰烬。老眼频看，方知道、美雨欧风，暗相侵、愁添霜鬓。

秋水伊人，足音空谷。喜凤鸣，朝阳差近。大雅扶轮，匪优俳、歌残金粉。擅词坛、何常无分。

鹧鸪天 县教育会三次大会成立志盛

春风春雨满湘城，看文化更觉昌明。萃群英三千珠履，继四全党会争荣。

喜朝阳，庆凤鸣，艺林学府尚深宏。文藻江山由硕昼，平均普及费经营。

琐窗寒 本意

翠翠红红，莺莺燕燕，风风雨雨。年年岁岁，暮暮朝朝处处。泪阑干、帘影摇空，惆怅西窗谁与语。忆宵深剪烛，鸭冷香销，绣帏银炬。

欲叙，情如许。听隔院棋声，自然俦侣。莲幕玲珑，燕掠双双朱户。想当年、透月如霜，梅妒杏花曾记否？到于今、往事思量，泪落增酸楚。

满庭芳 寿黎绍西先生昆仲之尊翁松庵先生暨其母黄太夫人六秩双寿

瑞霭华筵，图呈集庆，椿萱并茂高堂。欢腾彩舞，椒酒竞芬芳。多少湖湘俊彦，看满庭、桂叶飘香。数百二年华仙眷，梁案羡相庄。

故乡，惭我辈，樊丘拘守，久别难忘。计燕云远隔，雁杳湖湘。遥祝诗征偕老，摛词灿烂云襄。想此际，飞觞选韵，万柳拂春光。

减字木兰花 怀人

涟漪春水，懒见晚霞人未起。邻笛初闻，犹忆当年醉酒痕。

问君何去，雁渺鱼沉愁不语。新燕巢梁，犹诉离情返故乡。

菩萨蛮　忆藏泉

千年泉府苔痕碧，锦囊罗列纹如织。地马蕴岑楼，天龙翠欲流。

家山烽火急，空忆鲛人泣。宝鼎古香呈，风雷护陨星。

满江红　秋闺怨

蓼岸花红，遍地是、愁人泪血。倩谁与、品笛调琴，月吟兔魄。柳岸风清秋寂寞，兰闺露冷伤离别。叹宵深、雾縠灯明，空悲切。

云（欲）欲近，丹梯绝。霜未降，翠屏隔。恨春芳讯渺，桂魂仙谪。潇湘馆醉珠帘碧，金缕箱看玉砚白。待从他、软语更叮咛，仍难诀。

人月圆

潭邑各机关组织赈济平浏难民募捐游艺大会，省垣坤伶扮演各剧，颇得社会欢迎，人海人山，极一时之盛况。

梨花带雨争春色，清韵满庭前。回环曼舞，惊鸿洛水，二八华年。

甘露一枝，润沾枯萎，祥霭湘天。有谁频盼，粉黄蛱蝶，环绕裙边。

瑞鹤仙 讽政府街道之未整也

乱石挨门枕，到于今、街儿还是不整。人怯今年冷，看冰裂满途，雪花如粉。天寒昼永，叹几时、春回庾岭。想当道、顾念民艰，扫除障碍尽尽。

猛省。垆围翠幕，酒醉红灯，繁华风景。自然各迥，贫富殊，本无准。看纵横街巷，崎岖懔怯，难把心头细问。问因循误了，公安怎生意稳？

伤春怨 感怀

春尽湘江树，满院落红无数。飘泊恨萍踪，何处天涯归路。

问君何处去，转瞬夕阳暮。把酒话桑麻，遥隔几重云雾。

摊破浣溪沙 新燕

乍听呢喃画栋间，翩翩掠过玉阑干。旧日堂前话王谢，有谁看。

玳瑁双栖红烛影，珠帘欲语碧云寒。往事低徊无限恨，恨春残。

踏莎行 春意

黛染双蛾，碧萦芳草，呢喃乳燕啼声小。珠帘乍卷自玲珑，素心且把菱花照。

顾影依依，娉娉袅袅，乌啼月落伤怀抱。记当年一曲销魂，满园春色催人老。

河传　怀人

银箫玉管，忆酒寮乍见。青丝未绾，歌脆莺声，宛转秋波醉眼。鬓影松、情无限。

问君几日潇湘馆，细语殷勤，莫把年华算。枉自思量，一夜箫疏花影乱。恨春残，魂欲断。

眼儿媚　灯火

珠光掩映画楼西，斜剔鬓环低。两行红粉，一帘银炬，疑是燃犀。

萤飞却似惊秋早，人道是然藜。无心夜读，有怀闺梦，红影琉璃。

潇湘夜雨　销夏

碧卷湘帘，翠铺冰簟，蕉窗夜雨惊风。漏深香透画堂东。含豆蔻、醉痕烟润；印苔藓、衬影灯红。空惆怅，依稀雾縠，掩映霞虹。

霓裳一曲，人间天上，犹忆仙踪。记珠喉宛转，更觉玲珑。数午夜、荷芳远引；疑晓色、月冷长空。江深处，频来草阁，不是梵王宫。

鹊桥仙 追忆

双鱼信渺，征鸿空绕，孤负深情几度。可怜明月最关怀，曾并照、泪痕无数。

有情离恨，恨离如梦，望断湘江路。菱花镜里忆当时，曾影着、含情如诉。

庆春泽 贺新年

银树飞花，金吾不禁，函关紫气东来。珠光鬟影，翠屏帘卷春回。看双双蝶儿曼舞，疑仙子、初落尘埃。莫相猜、秋波黛敛，烟润梅胎。

燕瘦环肥惊洛水，觑娉娉袅袅，柳眼初开。银钩十里，潇湘路满香堆。喜阑干风清漏永，讶晚妆、疑是宫裁。几徘徊、清歌妙舞，莫认阳台。

桃源忆故人 题友人梅花帐檐

莫不是罗浮初梦，如此清幽相共。玉瓣玲珑香重，雪满山头拥。

宵深听彻梅花弄，无限烟云生动。有鹤何如彩凤，锄月来相种。

以上《秋姜词钞》，1931年湘潭群守益印刷社铅印本。

夏寿田

夏寿田（1870—1935），字午怡，号直心居士，晚号直心翁，桂阳人。光绪二十四年（1898）进士（榜眼），授翰林院编修，诰受朝议大夫，任学部图书馆总纂。民国初任湖北民政长。1913 年入袁世凯大总统府充内史。后民国政府拟任其为青岛市长，未就。晚年寓居上海。

百字令　春草

戊戌五月，余至城南江亭，见杨哲子题词云："西山残照，荒烟寒草。"试反其意，作"万顷菰蒲，明霞碧水"之词答之。却后十二年再过其地，题壁无存，风物亦异，再和前词以示哲子。

角巾半折，记城南载酒，江亭初到。万顷菰蒲新雨足，碧水明霞相照。昔日风流，酒徒屠狗，总把供诗料。尊前见在，而今才笔都老。

还是拍曲阑干，无言暗抚，处处伤怀抱。一片荒汀残照里，作得秋声不了。试望圆明，寒烟落木，辇路无人扫。只应梦里，青袍听唱春草。

洞仙歌　凉花

凉花露簟，共繁霜今夕，明日相思乱山碧。怕哀筝、一曲断尽柔肠，肠已断，弹到天明休惜。

一弦将一雁，廿五惊飞，都向秋河送寒色。诉尽一生愁，放拨思量，那愁是、阿谁作得？只携手、相看一无言。早放了银蟾，暗过帘隙。

祝英台近　一重烟

一重烟，千尺柳，人意便千里。青琐梦回，旧曲懒重理。几时绿上征衣，江郎初别，刚染得、一波春水。

鬓边蕊，为谁簪了重簪？伤春过婪尾。梅子才青，酸恨已如此。昨宵花雨成泥，马蹄何处？又愁见、曲尘吹起。

二郎神　湘管

薄情湘管，又负了、文君眉绿。算花底同行，池边共影，几许欢情未足。不分萎花朝朝见，早赢得、暗销香玉。道薄幸词成，伤春伤别，有谁堪读？

匆促，晓钟残梦，甚时重续？料从此天涯，断肠烟柳，知在阑干那曲。只有孤云，别来不散，长辨看云泪目。肯化作萼绿，归来岁晚，伴人幽独。

清平乐 玉船空

玉船浅碧，别泪蒲桃色。残醉明朝扶不得，怕送钿车紫陌。

花阴并坐同行，夜凉双髻吹笙。最是不堪重忆，那回初见心情。

二郎神 鬓霜，用湘管韵

鬓霜一点，满镜是、萧条残绿。问多感因谁，多情有甚，多病厌厌分足？尽刻人间相思字，付一片、未灰心玉。算赋罢闲情，歌成长恨，那堪重读！

欢促，筝床尘满，断弦难续。甚旧日啼莺，频过青琐，不见熏香理曲。只是长颦，瘦无一把，兀自泪凝秋目。纵夜夜，自有圆蟾怕照，倚阑人独。

水龙吟 玉钩霜，白鹦鹉飞去作

玉钩一夜新霜，无人院落沉沉晓。画屏残梦，琐窗语断，洞房清窈。犹记昨宵，心经念罢，雪衣寒悄。被聪明误了，多情多恨，争得似，无言好。

好向空山岑寂，莫思量、等闲亭沼。郎君赋笔，一时抛却，满洲芳草。肠断陇山，故巢何在，千林月缟。问别来安否，故人情重，是三青鸟。

忆江南　十日雨

十日雨，一日放春晴。梦到花前垂泪别，觉来芳树满啼莺，百遍绕花行。

螺子黛，随意晚妆成。风起一帘波不定，玉钩钩月到天明，闲坐忆前情。

又　相思子

相思子，南国种初成。点点玉人心上血，真珠断线一时倾，将出玉盘盛。

闲拈取，花底弹流莺。夜雨长成连理树，春风吹结旧时琼，惆怅隔生情。

百字令　若耶，赋得白荷花瓣

若耶片玉，记吴娃素手，秋前初剪。三十六陂波淼淼，一勺寒香不散。月晓风清，将开欲堕，有恨无人见。风裳水佩，一时零落何限！

应是写入生绡，旧时粉印，还带微霜卷。恰似冰蚕心未死，作得清愁半茧。梦到横塘，鲤鱼风起，惆怅菱歌晚。莫随红叶，等闲题尽宫怨。

祝英台近　燕归时

燕归时，人寂后，又向曲阑见。何处相寻？清露一襟满。多分满地花阴，珊钩月上，独自把、池台行遍。

鬓云乱，还把钗股双鸾，匆匆寄深款。别后清宵，数尽玉阶箭。知他画阁春寒，此时眠否？怕兀自、一般帘卷。

黄钟迁莺　返魂，悼亡

断肠如昨，料他生未了，此生孤却。故黛犹存，余香不检，尘满旧时妆阁。深情能暂死定，不怨返魂无药。最难忘，是潮回断桨，灯黯幽幕。

哀乐，漫更托。化后秋蚕，不解春前缚。茶灶无温，径床独倚，况是旅愁飘泊。平生如病树，到此际，一花不着。归未得，负青山，白头前约。

烛影摇红　银塘

一水银塘，十年梦系青丝缆。越罗衫子牡丹前，酒晕鹅黄染。宿黛而今罢点，怪文君、风流未减。曲屏纵有，无限青山，相看浑厌。

四壁秋虫，凄凄咒得青灯暗。幽兰啼眼为谁开？露重花光敛。凉月窥帘一闪。又抛入、秋纨夏簟。闲行怕到，宿鹭洲边，晓霜蛾淡。

暗香　鞠秋

与哲子、伯揆城北看鞠归赋。

鞠秋向晚，又角巾欹倒，陶家篱畔。烂熳数丛，醉醒萧条几回见。哀乐平生渐惯，都不在、金尊弦管。独自向、雁冷蝉疏，霜下共凄惋。

幽恨，正缱绻。更小榭曲廊，徙倚都遍。胜游自懒，风物何曾便疏远？庭树西风换世，偏冷到、词人心眼。一字字、残照里，苦吟不断。

八声甘州　买青溪

后湖饮徐统制园林。

傍青溪九曲种桃花，买断不论钱。更开轩放入，一波湖水，十里湖烟。借问主人骢马，何似五湖船？九日春光好，一日春闲。

漠漠长堤细雨，趁鞭丝未湿，先到桥边。有鸥凫迎客，飞去又飞还。十万旌旗鼓角，任从容，高咏满江山。归来晚，白洲月出，还照江天。

摸鱼儿[①] 姚黄

一番春、一回沉醉，人生刚了愁债。醉中百万将春买，醒后有愁堪卖。庭院改，任雨过、苍苔满径斜阳晒。春归可待。自雪了酴醾，便薰芳草染，水作烟黛。

闲追忆，第一姚黄纵在，芳心应更无奈。笙歌烂熳人争赏，冷淡风情谁会？春似海，只一点、闲愁自着悲欢外。啼莺定怪。怪玉蕊依然，攀枝弄雪，此分怎堪再？

金缕曲 蘼芜碧，去妾赠前夫

满苑蘼芜泣。忍回头、试看草眼，斜阳更碧。怀里玉连环似月，环月一时同缺。怅此夕、流黄罢织。纵有鲛人无限泪，问真珠断线谁穿得？除梦里，见颜色。

秦淮沟水无千尺。恨薄情、不如此水，还随潮汐。井上银瓶离素绠，一坠更无消息。枉肠断、旧游青壁。怕上望夫山上望，料人心不似千年石。梁上燕，剩孤翼。

又 差池燕，前夫答去妾

试剪银塘水。向东风、差池不定，燕犹如此。春雨茂陵消渴甚，愁听竹竿鱼尾。相送处、阑干罢倚。此后朝云无觅处，

① 原作无调名，据词律补。

问从前春梦来时几？人咫尺，恨千里。

彩丝续命应无计。悔当年、玉壶盛得，夜来红泪。沉水博山香未断，百转不成心字。向花底、思量前事。杨柳低枝能入户，只樱桃不结垂檐子。孤宿凤，可怜紫。

高阳台　驿庭花，永川驿寺题壁，答朱三云石

鼓角翻江，旌旗转峡，益州千里云昏。有客哀时，江头自拭啼痕。谁知铁马金戈际，共闲宵、细雨清尊。喜风流词笔，人间玉树还存。

是非成败须臾事，任黄花压鬓，相对忘言。虎战龙争，几人蹀血中原。莫随野老吞声哭，纵眼枯、不尽烦冤。付驿庭、花落他年，此际消魂。

扬州慢　西州引，出资州作

上将星沉，戟门鼓绝，大旗落日犹明。听寒潮万叠，打一片空城。七十日、河山涕泪，霜髯玉节，顿隔平生。剩南乌、绕树惊回，画角残声。

伏波马革，更休悲、蝼蚁长鲸。料鱼复江流，瞿塘石转，此恨难平。惆怅江潭种柳，西风外、一碧无情。只羊昙老泪，西州门外还倾。

高阳台 霜笳

杜老祠前，霜笳凄晓，角巾不度溪桥。白雁飞来，伤心故国天遥。摩诃池水蒲桃色，忆廿年、画舫清箫。剩寒犀、阅遍兴亡，卷尽惊涛。

当年筹笔成何事？送砧声暮急，白帝秋高。江水江枫，断魂楚客重招。八千子弟无归处，付猿啼、暮暮朝朝。上高台、四望荒烟，平楚萧条。

八声甘州 双红豆，赋得灯花

正清宵细雨酒醒时，愁绝杜陵翁。杜甫《醉时歌》："春夜沉沉动清酌，檐前细雨灯花落。"看麝煤初吐，蚕头细簇，凤尾轻笼。多少画楼珠箔，梦断绮罗空。独有双蛾至，照影芳丛。

遥想夜来针困，放剪刀声里，惊落残红。又兰心暗长，结蕊更玲珑。怪重帷、莫愁深下，替琼枝、将护五更风。相思意、寄双红豆，此夕心同。

高阳台 空桑，嘉州大佛岩晚泊

露髻深青，霞衣浅绛，为谁独立苍茫？龙象凋零，沧江阅尽兴亡。当年一杖西来意，要天花、遍雨坛场。又争知、半壁青山，一霎残阳。

扁舟梦断芦洲月，听江潮暮咽，梵响凄凉。寂寞鱼龙，夜

深还礼空王。鹤飞不见居人改，只红城、碧水相望。嘉州山石纯作赤色。怕多情、旧宿团蒲，更挂空桑。

八声甘州　乌尤吟，乌尤寺中作

又残年行脚到乌尤，一笠入云深。有山僧迎我，随缘挂钵，遇地安心。闻说百年幽剩，野鹿遍禅林。时有烟中梵，响答猿吟。

我已世情灰灭，听潮生木落，犹自沾襟。笑团蒲未暖，弹指去来今。向松间、结庐长住，问闲身、可似暝栖禽？扁舟晓，载离愁去，千里烟浔。

十拍子　疏钟

梦里连营吹角，觉来野寺疏钟。富贵百年鸦背日，功业千秋马耳风，还家手种松。

汾水年年秋雁，江南处处青枫。借问骅骝千里足，何似沧浪一尺篷？衰颜半是翁。

桂枝香　解佩

危阑独倚，残照外西风，断肠千里。一片汀洲，暗被青蘋吹起。从前解佩愔愔意，误而今、横着心里。谁家庭院，笙歌散尽，月明如水。

早江上、芦花雪似。奈雁声不到，画楼深闭。一叶秋纨，愁写玉人身世。云阶月地余清泪，透罗衣几重心字。霜钟凄晓，苍苔行遍，夜来无寐。

忆江南　幽兰露

幽兰露，泪眼不曾晴。梦到旧时梳洗处，杏花微月下帘旌，惊起一声莺。

空山桂，名字写贞琼。山麝不消心上恨，朝云吹散暮还生，惆怅此生情。

十拍子　霜鬓饶，同朱三赋

敕勒川前牧马，嶰嵡塞上鸣骹。不为金吾方仕宦，肯与玄文共寂寥，狂歌北斗高。

昨夜东风锦瑟，今朝大雪弓刀。平叠天山成箭垛，倒蹋黄河作马槽，归来霜鬓饶。

忆江南　菰蒲雨

菰蒲雨，十日酒空舲。已恼鸡鹊眠不得，更随风叶渡前汀，渔火散江星。

闲思忖，幽恨起三萍。惆怅弄珠江上曲，踏波人去有谁听，潮落晚山青。

卜算子　六朝山，题蓝田叔萧寺图

黛色六朝山，金粉江南寺。雨打风吹白粉墙，剥落萧家字。

穷愁一画师，漂泊干戈际。写个茅栖近莫愁，烟水成生计。

木兰花慢　扁舟雁

扁舟人似雁，千里外，逐霜寒。遍江尾江头，蓼花吹尽，水国冬残。鸥边，片时幽梦，度潇湘七十二烟峦。何处乌啼月落，依然萧瑟江关。

年年，萼绿云鬟，今已是、负婵娟。幸归来未晚，故山新黛，犹照眉弯。楼船，不须横海，领一波春水半湖烟。从此一蓑一笠，风吹不老朱颜。

菩萨蛮　橘洲

橘洲夜簟清于水，鱼儿吹浪鸡鹊起。沙上雁相呼，行人急寄书。

鞭丝情已倦，巾麝香应散。秋雨病相如，文君鬓雪无。

最高楼　黛溪烟，黛溪舟中闻歌

山上雾，山下湿罗衣。双唱起、弄潮儿。相思夜雨鸣筝峡，相望明月女郎矶。小沙棠，衣带水，薄情归。

拼与醉、当垆今夜酒。怕不是、垂阑旧时手。肠断尽、晓猿啼。行人已度青枫北，棹歌犹在白蘋西。一溪烟，空里黛，远山眉。

祝英台近　打篷雨

雁边灯，鸦畔鼓，帆落傍烟渚。水驿萧萧，一夜打篷雨。料应此夕文君，朱弦素手，直弹到、白蘋风住。

梦无据，便饶梦里成归，归程不堪数。万水千山，瓶钵落何处？有情江上孤舟，无情江月，各自趁、江潮来去。

东风第一枝　阇苏，江舟守沙度岁作

万里孤还，残冬雨雪，扁舟江上归晚。今年只剩今朝，兀自荒城古岸。天涯旅恨，待分付、蓼边征雁。奈风柳、已有新情，暗把旧愁吹散。

对客里、阇苏斝满。笑守岁、年年习惯。人间换世匆匆，那要无眠闲管？天鸡海日，早准备、新年元旦。待酒醒、便是春归，鸥外一波烟暖。

金缕曲　乔木

海上遇完夫表叔北至，即送南还。

三百年乔木。被西风、无情野烧，伤心陵谷。驻马听歌无限恨，赢得山川满目。且莫赋、丘山华屋。客雁相逢衣雪满，共月明只向芦花宿。愁与恨，暗相续。

悲欢离合从谁卜？算无端、仓皇一梦，北师南鹿。断舞残歌刚剩得，半剪吴江水渌。似杜老、潜行江曲。青琐江湖俱梦断，为新蒲细柳吞声哭。归客意，片帆足。

梦扬州　冶春

渐春深，有冶春歌管，度水穿林。作雨作晴，一片梨花轻阴。游丝落絮闲寻趁，似少年、心性难禁。天涯恨，青袍草色，十年飘泊而今。

客里霜毛暗侵，甚头上花枝，袅袅还簪。半醉半醒，独倚东风愁吟。燕支傅遍闲桃杏，只牡丹、消息沉沉。除梦里，风流彩笔，自写春心。

绕佛阁　长命盏

旅愁似茧，春思万叠，分付并剪。疏雨帘卷，独眠独觉清寒早禁惯。十年梦断，湖上载酒，襟字题遍。丝鬓霜满。试茶小火闲庭又烟暖。

杜子北征未？且醉江南长命盏。烟柳断肠阑干凝望眼，怕万点花飞，过了春半。碧桃谁管？料话到贞元，身世都换。老何戡？渭城春远。

霓裳中序第一 杏梢月

清愁沁病发，旋长青丝旋成雪。梅萼堪堪待发，怕折伴微吟，近来情别。汀洲绿歇，把旧恨都付啼鴂。闲儿女，商量春事，新作踏青节。

天末，青蘋波阔，梦重回琐窗连闼。貂裘残醉未脱，听折柳一声，玉笛凄绝。枯檀心半热，早一半灰寒火灭。东风起，高楼帘卷，吹上杏梢月。

薄 醉

薄醉里，试手折花枝，又提春恨。料江南寒重，燕支不散愁晕。钗燕犹在鬓，甚归期无准。记堕地、冉冉红巾，暗渍珠粉。

愁损，海棠待嫁，萼绿枝头吹又尽。怪词笔风流未减，扬州老何逊。采香旧径，第一怕青鞋重印。昨夜雨、一树梨花细认。

绮僚怨 风絮

解道江南肠断，奈他风絮何。乍醉起、满树啼莺，微阳晒、一径晴莎。花前盈盈巧笑，秋千下、背面抛泪多。料此情、负了当时，流光换、过眼如撇梭。

旧恨暗侵带罗，肠回鬓雪，凭阑怕听清歌。病柳春过，一丝着、尚婆娑。疏帘荡愁如梦，风不定、满池波。朱颜未酡，檐花又细雨、吹绛荷。

惜奴娇　柳柳

世上离愁，怎特地、偏归柳？为管领、东风是柳。露笑烟啼，有万种、风情在，柳柳。待惜柳、又还恨柳。

多感多情，我已是、婆娑柳。更玉笛、声声吹柳。倚树攀枝，终日里、不离柳。柳柳，和梦亦、将身化柳。

菩萨蛮　大堤女

襄阳十里乌栖树，少年白夹谁边去？残月大堤情，风微折柳声。

春衫双蛱蝶，秋至空箱叠。莫倚玉为心，心灰玉不禁。

留春令　唐昌雪，赋得晚香玉

薄衫笼麝，浴兰初罢，疏帘风发。花蕊冰肌自清凉，更一掬、唐昌雪。

花洁可知人更洁，称淡妆妍绝。小倚银屏望牵牛，带露坠、青青发。

又　雀棱，海淀废园

雀棱残照，建章深闭，东风寒食。玉砌千官散如烟，剩糁径、杨花白。

虫网垂檐蜗篆壁，更燕巢香寂。纵有昆池夜珠来，奈反挂、珊钩黑。

水龙吟　坠絮

闷来试拨炉香，闲愁又逐双烟起。人生离合，有情坠絮，无情流水。几日闭门，酴醾似雪，燕污琴绮。付鸾笺细写，平生幽恨，真珠字，都来几？

待折青梅寄远，縢微酸、着人心里。水文珍簟，玉钗敲梦，断肠千里。犹带春酲，越罗烟薄，花前梳洗。绕阑干百转，玲珑月上，照吹笙指。

又　骊驹

年年陌上骊驹，相逢休问罗敷姓。东风换世，依然未嫁。碧桃妆靓。罗带银钩，因谁瘦减，不干春病。共雪衣学咏，心经贝叶，早忏悔，风流性。

只有江南璧月，照心心、暗随奁镜。朝云小字，书成花叶，露珠双莹。燕燕伤情，寻常王谢，雕梁不定。又杨花满径，付他一雨，洗春愁净。

清平乐　吠蛙

谢家庭院，风絮夭斜惯。青草池塘如许乱，养得吠蛙都满。

玉阶手种蔷薇，小来便解牵衣。待取黄英送酒，东风分付阿谁？

浣溪纱　栀子

栀子香残末丽妍，越罗衫袂苎溪烟，梦回冰簟只闻蝉。

梅子熟时过夏半，荷花生日趁秋前，摩诃池上数流年。

采绿吟　凉珠

促织秋来矣，乱客思、暗逐繁弦。疏星院宇，女墙乌定，清漏涓涓。一生琼树恨，还分付、薄情带玉钗蝉。袅金炉，双烟映，屏山心字如见。

记杏子花前，鸦雏鬓、东风帘箔初卷。几日沈郎衣，又染碧霜天。怕归期、误了牵牛，凭青鸟、衔来断肠笺。江南雨，微洒桂枝，凉珠更妍。

凄凉犯　古槐，忠敏故宅

古槐疏冷，门前路、山河暗感离索。几回醉舞，黄花烂熳，半颓巾角。风怀不恶，况人世功名早薄。甚青山、不同白发，此恨付冥漠。公《西山》诗："白云自谓能霖雨，如此青山不早归。"

三峡啼猿急，一夕魂消，驿庭花落。公奉命入蜀，军次永川，余题壁词有"驿庭花落，他年此际魂消"之语。公见之，黯然不怿。未及一月，资中兵变，公遂及难。梦归化鹤，忍重见、人民城郭。树鸟嘶风，似当日龙媒系着。恨侯嬴、不共属镂，负素约。

扬州慢　忆长安

上元雨夜与巳石话长安社火。

小弟琼枝，阿兄华发，消魂对说长安。记严君按节，正龙驭归銮。喜四海、兵戈尽罢，太平箫鼓，重写康乾。放千门、社火九衢，十里喧阗。

使星落后，便人间、万事凄然。算十载沧桑，几行断雁，几处啼猿。不分今宵欹枕，孤灯共、细雨春寒。忆青门旧梦，惟余一片寒烟。

疏影　凉梦，秋蝶

曲阑一角，正晚烟欲起，凉梦初觉。幺凤独归，似忆前游，多情还近珠箔。海棠院宇初相见，直守到、翻阶红药。料春衣、褪尽金泥，不分秋来重着。

惆怅游丝落絮，别来曾几日，风景非昨。只有芦花，舞遍荒汀，乱点无人池阁。人间衫扇年年换，定不怨、西风情薄。纵伶俜、抱影孤栖，莫忘青陵前约。

木兰花慢　寒琼

樊山师词《试褶叠魂儿》夹书中，似一百年前白荷花瓣，演赋此解。

先生闲隐几，魂雪冷，梦冰清。试将书压梦，乱山堆重，一叶身轻。觉来，笑魂何似，似经霜荷瓣薄还明。经照千回璧月，化成一片寒琼。

远公，社里渊明，将诗卷，作禅经。向贝多丛里，须弥芥孔，自在游行。一花一佛世界，去来今三世灭还生。即是金身丈六，不须摩诘丹青。

眉妩　红萼，早梅

问小梅红萼，几许宜簪，几许未堪折？踏遍前溪路，归来晚，棕鞋犹带苔雪。半欹素发，想独吟、心赏都别。却赢得、冷处风情胜，与花共清绝。

孤寂，更饶芳洁。似冶情未解，长抱仙骨。卧对沧江晚，相望处、垂垂一树初发。玉笙怨切，把早春、连夜吹彻。正纸帐冰清，梦乍醒、满怀月。

以上《直心道场诗稿·附词》，稿本，湖南图书馆藏，参校周作人所藏《直心翁词钞》抄本。

熊希龄

熊希龄（1870—1937），字秉三，凤凰人。光绪二十年（1894）进士，选庶吉士。1897 年任湖南时务学堂提调，助湘抚陈宝箴力行新政。戊戌政变后被革职禁锢数年。1904 年东渡日本，考察教育与实业。1905 年充任出洋考察五大臣参赞。民国成立后，出任袁世凯政府财政总长、热河都统等职。1913 年 8 月奉命组阁，任国务总理。因不满袁独裁统治，不久辞职。以后绝意仕途，致力于教育和慈善事业，创办北京香山慈幼院，任世界红十字会中华总会会长。“九一八”事变后，积极参与抗日救亡活动。

念奴娇[①] 辛卯马王城怀古

天南万里，对西风、借问废城何处。楚水黔山人去也，剩有寒花满路。诸葛功名，伏波意气，驻马蛮村墓。猩风蛋雨，征衣尘渍无数。

记历多少年朝，山林壁垒，便却成丘墓。吊古人来深感叹，衰草昔年如故。铜柱撑天，石碑委地，想像英雄度。危墙败堞，斜阳销尽千古。

① 原作无调名，据词律补。

摸鱼儿　壬辰烟台

是何年、飞来天堑，迢迢瀛海环互。咽喉东障津沽口，铁打淄青门户。征战苦，甚前代、蓬莱芝罘皆王土。栏干且伫。看壁垒山悬，旌旗林立，风送数声鼓。

当年事，和约条条都误。金汤之险谁顾？岛夷出没烟波里，万里重洋可赴。从此去，但只恐、虹霞迷住归时路。乡愁莫诉。又回首天涯，家山应在，斜日尽西处。

壶中天　癸巳送曾九归衡阳

天涯孤馆，尽匆匆萍絮，鸥盟三五。多病年来憔悴矣，旧约一齐孤负。倚酒添愁，登楼忆远，惆怅湘天暮。那堪惹恨，青青杨柳南浦。

客里正接家书，乡愁未了，又送君归去。曲唱阳关声第四，多少别离心绪。云树茫茫，风帆渺渺，迢递衡阳路。邮程细数，明宵泊何处？

大江东去　甲午广陵书愤

何时病可，借樽酒、涤尽愁肠千斛。万里辽东飞羽檄，十万溃军无主。将怯而贪，兵骄且惰，均被庸臣误。迢迢渤海，可堪贻虑君父。

我欲伏阙陈书，躬擐甲胄，听玉关笳鼓。天下无人知颇牧，赤手空拳何补！髀肉嗟刘，分阴惜侃，此志徒千古。悲歌已矣，血诚能向谁诉。

念奴娇 甲午谒史忠正公墓

梅花岭上，是当日、阁部鏖兵之地。铁打关河成粉碎，一木安能支起。暗主权臣，国亡家破，尚且骄而忌。英雄扼腕，棘门真类儿戏。

休问得失兴亡，只期一死，便了平生矣。费尽千辛谋半壁，都已付之流水。算不由人，尽其在我，大抵皆如此。忠魂何处？夕阳衰草无几。

贺新凉 甲午送彝师之官零陵

万里孤臣泪，甚茫茫、柳条边外，暗云无际。松杏山河烽候急，壁垒败亡相继。无一将、深谋远虑。天堑榆关临北海，是朝廷、性命非儿戏。无此险，便休矣。

师生一片勤王志。终未知天心可倚，人心可恃。即墨东阿成大事，夫子浩然之气。或豪杰、闻风而起。此去营阳强劲处，便好为收拾民心计。同患难，共忠义。

摸鱼子 乙未题江建霞学使东邻巧笑图

望扶桑、海波东去，鹊桥万里如线。樱花移种来南国，应恨相逢何晚。愁欲绾，问一幅、生绡影出情深浅？画图空见。

怅弱絮飘零，新诗题罢，酒醒故人远。

天涯外，闻道江郎别后，寻春旧约曾践。白云遮断神田路，萍海鸥盟吹散。若莫感，算只是、人间聚合皆泡幻。时光又变。怕说与英雄，凄凉心事，触起辽东怨。

永遇乐　乙未饯春

怪得朝来，蜂愁蝶怨，知为谁起。既使花开，何为复谢，天也了无深意。任凭风雨，苍苍莽莽，吹落乱红盈地。凋零尽，无心收拾，仓卒又谋归计。

但君此去，云迷东道，白草黄沙千里。且劝今宵，一樽醉也，莫问人间事。晓风残月，临岐珍重，准定明年来未？长亭外、一声啼破，杜鹃血泪。

又　丙申送马月樵归金陵

君到江南，秋风黄叶，乱人情绪。斗酒鸣拳，谈天鼓舌，能得几回相聚。莼鲈兴起，故乡可乐，忽又倦游归去。留无计、黯然已矣，芳草夕阳南浦。

与君回首，白云吹散，曾认旧时归路。东望天涯，迢迢一水，烟雨迷吴楚。骊歌唱罢，洞庭千里，且祝布帆飞渡。君须醉、今宵过了，明宵何处？

念奴娇 丙申送黄征君赴召入都

中原豪杰，半消磨、老矣无人能识。大地茫茫残照里，著述空谈何益。万里关河，东西逼处，谁限天南北。干戈平后，因循苟且如昔。

此去仗剑榆关，卧薪尝胆，勿染虚文习。一息尚存犹不懈，试与人心收拾。程昱东阿，田单即墨，精卫能填石。故人相望，天涯垂听消息。

台城路

己亥常宁王秀才以兄寿求题屏词，特步此调应之。

塔山高峙湘流曲，此中间生奇杰。世事如棋，年华似箭，依旧雁峰同客。谁能遣此？算只有人间，天伦第一。棠棣东风，碧栏干外影双立。

春来太平鼓吹。喜新皇布令，扫去陈迹。红涨桃池，黛添松岭，刚过百花生日。天涯咫尺。恨未遂跻堂，与君浮白。归祝阿兄，池塘春草碧。

贺新凉 庚子游花山

立马孤峰际。俯重岩、数行松竹，碧痕清洗。驿路往来曾几度，从未栏干呼倚。但回首、韶华如驶。德业千钧无一发，纵科名岂是男儿事。常八九，不如意。

艰难未了平生志。更萧萧、只鸡樽酒，幅巾归里。臣罪当诛洵误国，欲效孤忠无计。只冷落、遨游山水。洒泪新亭同一哭，问天心变幻何如此！长啸处，白虹起。

念奴娇 己酉吉林道中中秋节

年年此日，甚无聊、阴雨闷人情绪。今夜月明风更静，偏又客愁如许。野店灯孤，荒村酒冷，惆怅天涯路。举杯相对，愿君为我传语。

试问今夕何年，庭前瓜果，想喁喁儿女，不管惹人离合感，尚自痴询阿母：云海光中，山河影里，照出行人否？楚山吴水，梦魂飞到何处？

浪淘沙 己酉登吉林城

一水几湾环，山势龙蟠。城楼高处且凭栏。晚渡夕阳风更紧，如此江山。

时序已秋阑，转瞬严寒。塞鸿飞去不知还。寄语君休忘故国，恋恋江南。

楚宫春慢 壬子热河行宫感赋（二首）

云山万叠，似环绕宫城，争献颜色。流水小桥，无限凄凉呜咽。试上平原一望，尚想见、当年游猎。败堞危楼，写尽了、一代兴亡，只有杜鹃能说。

行踪至此，凭吊处、惆怅荒烟残月。心在故乡，风景依稀无别。独立怆然泣下，忽送到、一声羌笛。北顾关山、更悬念，白草黄沙，遥听征人消息。

新词几叠，似玉润珠圆，山水生色。记否当年，同志湘江呜咽。耻与元勋为伍，独自向、书城纵猎。忧患余生，都老大、风雨相逢，剪烛西窗重说。

衡阳雁杳，旧游处、犹忆君家风月。曾几何时，久与故人违别。惆怅大江东去，更怕听铜琶铁笛。一事无成、都恋恋，绝好湖山，领略春秋消息。

醉桃源 戊午七夕后三日携儿辈赴香山志感

万松深处半山亭，松山相映青。商量携手上山行，喁喁儿女声。

残照里，晚烟痕，重重迷禁城。穿枝斜月影纵横，凭栏无限情。

卖花声 戊午七月十五与淑雅夫人携儿辈看云起观月

携手上新亭，山月随人。月光山色不分明。大地茫茫云雾里，似醉非醒。

隐约断峰横，灯影车声。溟蒙山下有人行。无奈且凭弦管力，吹破天青。

浪淘沙[①] 己未游西湖苏小墓风雨亭

天气酿春阴，打桨西泠。湖光摇曳两峰青。系棹垂杨苏小墓，日已黄昏。

桥影一弓横，风雨孤亭。古今儿女各争名。流水落花春不管，都付飘零。

小重山 吊觚庵同岳武穆原韵

何处钟声傍晚鸣。满湖新月影、又三更。远山如梦少人行。疏林外，茅屋一灯明。

身世误浮名。尘劳何日已、欲归程。山河邈邈怅人琴。鹃啼处，凄恻不堪听。

金缕曲 壬戌八月十三登楼望月赋寄芷德两儿

试上层楼顶。正举头、冰轮乍转，片云都尽。万籁无声山似梦，一切尘思入定。算只有、虚空清净。我欲梯云凭摘取，奈今宵未到圆时境。盈与缺，渐休问。

神京路远蓝桥近。望迢迢、青天碧海，此心谁省？极盼归来无几日，忽又相离俄顷。有几处、清光同映。千里嫦娥应笑我，倚阑干仍旧成孤影。惆怅处，漏声永。

① 原作无调名，据词律补。

瑞鹤仙　寿梅畹华三十生日

玉笙音几转？记云路翩翩，十三银雁。步虚下霄汉。又宣传供奉，东华尘换。年时曾见，佛桑归、青童都羡。算麻源、小掷丹砂，未觉人间春晚。

一片。西山石在，遥忆当年，翠华游宴。摩崖亲篆。萼绿华，立天半。想雨花香里，卷帘人瘦，天女前身未变。只老夫、胜隐结邻，喜添吟卷。

又　再叠前韵

菊花风信转。正节过重阳，数声秋雁。寿光照云汉。是现身尘劫，机缘随换。众生皆见，更无边、天魔惊羡。怅人间、歌舞湖山，一线斜阳垂晚。

千片。莲花步步，萱草重重，彩衣曾宴。梦回沙篆。数甲子，又刚半。只杜陵老矣，莫谈天宝，沧海桑田都变。记鸿泥、自写流年，画图诗卷。

水调歌头　癸亥中秋双清玩月忆诸儿

癸亥中秋，双清玩月，忆及诸儿远适异国，未能共此，为之黯然。然亚美两洲宵昼互异，不能共也。因用东坡《水调歌头》原韵赋此寄之。

明月几轮转？一月一周天。不分中外今古，圆缺自年年。

为甚今宵佳节，无限离情别绪，老泪湿衣寒。遥忆小儿女，沧海白云间。

愿清光，飞万里，照儿眠。可怜两地，各殊昼夜不同圆。我有满怀心事，交与老蟾痴兔，嘱咐已完全。明日球东转，望汝问婵娟。

念奴娇　乙丑中秋寄芷鼎两儿

暮云飞尽，被西风、吹上一轮金镜。人道良宵愁可遣，我觉愁怀偏甚。策杖登楼，乘槎泛渚，怕见山河影。天涯人远，玉笙谁与同听。

曾忆避暑山亭，去年今日，共赏团圆景。忽忽经秋成两地，沧海又添萍梗。银汉风生，云鬓雾湿，正恐罗衣冷。计程何处，梦魂能否相应？

满江红　乙丑游太原遇王伯秋

一别经年，惊心处。相逢似梦。同携手，远瞻汾水，近登悬瓮。淘尽英雄齐与汉，艰难创业推唐宋。到如今扰扰遍神州，空悲痛。

分与合，谁操纵？功与罪，谁轻重？只四方沟壑，死伤饥冻。天下难寻干净土，此间幸有桃源洞。问何时同作避秦人，吾从众。

又　金陵感怀

举目山河，曾记否、有人同泣。依然是、岸潮吹白，石城嵌碧。十五年来沧海变，朝秦暮楚纠纷极。忆当时、江左有夷吾，今谁及？

寄练诚，非人急。可服诚，非果力。明乎此者碎，百中无拾。世少英雄和竖子，乱流淘尽无终息。倚回栏、欲听大江东，歌声寂。

百字令　五七生辰感叹

丙寅六月二十五日，为余五七生辰，余适旅行吴门，回首平生，不胜感叹。乃步朱竹垞《百字令》自题小照词原韵，以为纪念。

辛壬以后，叹过江如鲫，孰非名士。多少穷途悲晚节，吾莫如之何已。狐鼠生涯，鸡虫细故，所得才如此。干糇失德，众生真可怜耳。

自念壮不如人，老而尤甚，逝者如斯水。只合急流谋勇退，说甚山林城市。血气既衰，戒之在得，遑问儿孙事。此心何住，佛云如是如是。

又　奉答叔雍世兄和词并赠呈惜阴主人

共和初幕，有运筹帷幄，无名豪士。苦口调和诸领袖，独尽其心而已。视国如家，为而不有，高洁其如此。滔滔天下，算惟有使君耳。

无奈愿与心违，东扶西倒，溃似洪流水。赖有佳儿能继志，大隐之戾朝市。出岫看云，灌园种菊，不问尘劳事。乐天知命，殆将终老于是。

高阳台 和吴镜予重九原韵

又是重阳，嗟予老病，流年镜里堪惊。红叶黄花，悲秋心绪层层。沧桑阅尽兴亡史，只铜驼荆棘纵横。更伤心、如此江山，狐鼠横行。

嗟嗟十万黄巾，恐无家可恃，那有归程。赤手空拳，问天天道何凭。忧民尽是欺人语，看纷纷、悍将骄兵。最难听、号冻啼饥，一片悲声。

满江红 丙寅烟台观海有感

遵海而南，沽口外、乱潮如泣。乘风去、积烟拖紫，远峰堆碧。除了虚空容众曜，算来海量无边极。问何人、大度似汪洋，深难及。

萁与豆，煎何急。鹬与蚌，争何力。便河山破碎，有谁收拾？后浪只推前浪进，循环起伏无时息。愿冤亲、平等入菩提，狂澜寂。

满庭芳 和吴镜予中秋词原韵

叶落惊秋，一年容易，可堪老境侵寻。月明如许，人立小桐阴。刚到九分圆处，池塘外、树影萧森。更同照，微尘国土，总总与林林。

万家忧乐意，清光写尽，寂不闻音。只嗷嗷待哺，无数饥禽。怎奈湖山歌舞，世间乐、谁解思今？仅留得，满怀孤愤，泽畔有人吟。

金缕曲 戊辰中秋游北海公园

琼岛秋深否？趁湖光、浮家泛宅，月明如昼。犹忆年年离恨苦，泪湿青衫痕透。屡寄语、嫦娥相候。一片清光分几处，谢嫦娥为我劳奔走。到今夕，竟携手。

果然月与人依旧。更今宵、人圆月寿，月圆人寿。月色箫声人影乱，载得满船莲藕。都不管、虎争龙斗。了却一生儿女事，便良辰美景全消受。劝明月，共杯酒。

水龙吟 重游汤山公园

戊辰秋末，重游汤山公园，亭台寂寂，盛衰顿异，世事如棋，繁华似梦，良可悲也。

重来老树婆娑，树犹如此人何在。一林黄叶，半湖青草，秋光无奈。遥想当年，华清池畔，玉人难再。只泉声不息，飞珠溅石，仍流出，宫墙外。

莫问兴亡存败，总难逃、贪嗔痴爱。江边鹬蚌，巢中鸠鹊，利争为害。华屋山丘，谁能免此，桑田沧海。且放怀身外，千金散尽，了今生债。

又　再叠前韵

年来满地荆榛，楼台犹自巍然在。门余臭肉，路盈死骨，世间无奈。多少哀鸿，号寒啼冻，欲生难再。纵瑶池玉沼，温泉沸沸，温不到，贵人外。

转眼繁华衰败，更休论、谁憎谁爱。浮云富贵，得之何利，失之何害。佛曰因缘，众生无量，执迷狂海。盼英雄梦醒，屠刀放下，减轮回债。

金缕曲　寿谭袁二公

组庵、伯夔两公，同年同月同日诞生。癸亥在北京时，同人为作七十寿庆，光阴荏苒，已十五年矣。本年戊辰十二月十四日，为两公五十生日，合为百年大庆，依《金缕曲》调赋此，邮寄为两公寿，亦聊以作纪念也。

癸丑燕尘道。记良辰、双双三五，古稀称妙。驹隙光阴容易过，南极瑞星重耀。真合着、百年偕老。海上神仙夸富贵，算年来只欠麻姑爪。梅与鹤，永相好。

吴头楚尾春风早。正白门、楼台烟雨，江山花鸟。李郭同舟人共羡，出处两全忠孝。争说是、几生修到。一曲霓裳同日咏，恨无缘陪宴蓬莱岛。遥举酒，两心照。

又　戊辰冬寿谭祖庵五十生日

大地春回否？正新都、翠悬扉柏，金垂园柳。到处旗翻青白影，相业古今稀有。经几许、虎争龙斗。十七年来坚苦事，要全凭旋转乾坤手。容与忍，是功首。

书生故态犹依旧。共流连、笑谈欢乐，顿忘昏昼。末路故人多变节，谁是始终成就？真不负、平生操守。垂老幸逢全盛日，更几回相见朱颜皱。为此酒，介眉寿。

又　戊辰冬寿袁伯夔五十生日

世事殊难料。忆当时、五陵裘马，翩翩年少。一饮千钟浇块垒，意气纵横非小。都不觉、光阴飞鸟。壮志未酬时不待，便星星白发添多少！君渐老，仆将耄。

年年烽火连天照。望家山、欲归难遂，可怜同调。绝口不谈天下事，悟彻菩提烦恼。真幸得、布衣终老。涤尽贪痴无挂碍，更长生不用安期枣。书一纸，问君好。

又　戊辰题荣叔章寄示容若手卷

逝者如斯耳。忆当年、太原公子，少年科第。弹指词中金缕曲，流水高山深意。真值得、伯乐知己。侠骨柔肠悲绝调，只凄凉一卷伤心泪。千古恨，泪如水。

我虽独醒人皆醉。共咨嗟、才人无命，古今同忌。廿载干戈魂梦阻，久别思君未已。犹幸有、轮台之悔。好待承平寻旧雨，想松江木落秋风里。龄不敏，是为记。

又 寿汪伯棠七十生日

庾岭梅开否？记当年、荒村茅舍，鸡鸣残漏。正值长庚星入梦，试试啼声稀有。便从此、风云驰骤。五十年来外交史，仗折冲连合纵横手。忠与信，是枢纽。

皤然白发香山叟。数生平、饱尝忧患，那堪回首。司马相公高德望，林下声光如旧。有辽使、起居询候。几次治安凭大力，更都民百万同丝绣。歌一曲，为君寿。

倦寻芳

己巳双清别墅百花盛开，余日徘徊其下，未几先后谢落，赋此惜之。

寒松转色，困柳争芽，春满庭院。老病阑珊，辜负春光无限。三径苔痕随雨绿，一篱花影迎风颤。爱韶华，又无端勾起，少年心愿。

奈转瞬、落红千片，飞挂檐牙，吹坠池面。锦绣园林，付与蝶狂蜂乱。我欲留春春不语，花开花落教谁管。望斜阳，更沉沉，倚栏人倦。

水调歌头　贺冲叔先生五十寿诞

己巳五月十五日，为冲叔先生五十诞辰，及其三世兄嘉礼，赋《水调歌头》一阕贺之。

钱塘高士里，燕市老儒冠。畏庐虽已云往，双杰噪文坛。十五年来同事，历尽艰难辛苦，浊世总难言。投老林泉下，诗酒乐余年。

年易去，思伯玉，仰尼山。知非学易，此生誓隐不为官。花好月圆人寿，又有佳儿佳妇，清福自绵绵。同日霓裳咏，斑彩照华筵。

金缕曲　己巳六月六十生日自寿

老大徒伤耳。回忆处、十常八九，不如人意。六十老翁何所欲，养性读书而已。悲过去、此心难治。凡相皆为虚妄影，似城中若达多头戏。狂未歇，我非是。

如来一大因缘事。深可悯、婆娑世界，众生沦坠。余也自嗟闻道晚，自救敢言他利。果何日、尘缘俱弃。念念无常真迅速，便朝闻夕死方无愧。期假我，数年矣。

水调歌头　己巳中秋前三日游北戴河宿金山旅馆观月

看月十年久，都在万山中。山前山后游遍，极目有时穷。

我欲乘桴浮海，一览汪泽千顷，洗涤此心胸。万物自生灭，大量尽能容。

倚阑立，鹰咀路，对莲峰。清光照处，莫辨南北与西东。一月化分千月，后浪递推前浪，群动总因风。凡相皆虚妄，非色亦非空。

摸鱼儿　重游北戴河感赋

中秋节前二日重游北戴河，适有盗警，居者皆行，人踪寥落，独立怆然。乃至吴宅别墅，倚阑观月，感而赋此。

正长空、落霞孤鹜，纷纷游客归去。秋花一路红如锦，都付蝶狂蜂舞。谁可语？算只我、孤芳独赏来何暮。冰轮乍露。看峰影东西，波光上下，万象自吞吐。

佳丽地，倏忽万山迷雾。豺狼今又当路。重台叠榭无人管，寂寂海天深处。姑少住，似隐约、南楼风景犹如故。何须问主。更小立栏干，徘徊月下，今夕莫虚度。

又　自北戴河归津感赋

己巳中秋节，余由北戴河归津，适霖婿南下，淑雅夫人亦由平来此，明日为香儿生日，相距虽近，未得即返，仍依前调赋寄。

又匆匆、一肩行李，清光随我归去。平津咫尺天涯远，眷眷几回西顾。愁莫诉，望碧海、迢迢一水分燕沪。离怀最苦。

是阿母忽行，阿爷未返，阿婿又南渡。

刹那顷，过了佳期细数，明朝又汝初度。夜来闻有霓裳咏，姊妹会中欢聚。谁采舞，算添个、平平顺顺双娇女。老夫不语。欲去问嫦娥，金瓯缺处，留待几时补？

醉桃源　慈幼院儿童上课歌

汉时漂母饭王孙，千金且报恩。况吾母校养吾身，多年教化成。

师保姆，最艰勤，劳无片刻停。终身爱此大家庭，休为负义人。

又　慈幼院儿童下课歌

先生教我得成人，真同父母恩。一时一刻抵千金，光阴似水奔。

须习故，乃知新，闲游是惰民。叮咛姊妹弟兄们，温书要用心。

又　慈幼院男校上工歌

世间万物孰经营，皆由两手成。非工不食要艰勤，休为游惰民。

齐努力，共专心，劳工神圣尊。吾人汗血与精神，将同世界争。

又 慈幼院儿童下工歌

铜钟打罢要休工，人人兴趣浓。发明创造器成功，真为盖世雄。

餐饮后，十分钟，球场体育中。利人利国利吾躬，商标处处红。

又 慈幼院女校上工歌

油盐柴米困英雄，谁言家可空。一家生活女当冲，男儿何有功。

亲井臼，习烹缝，尤须簿记工。不知打算一生穷，兴家在我躬。

又 慈幼院儿童下工歌

古今中外大人材，皆从母教来。不知母道教婴孩，人材安在哉？

求母道，莫诙谐，全将恶习排。敬姜便是好裙衩，勤劳母应该。

又 慈幼院儿童饭前歌

稻粱黍麦满磁盘，生来实在难。一珠一粒费时间，农民汗血斑。

秋恐雨，夏防干，心忧不得眠。收成能得几多钱，农民真可怜。

又　慈幼院儿童饭后歌

馒头棒子豆芽汤，蒸蒸扑鼻香。我们幸福等天堂，精神体魄强。

堂以外，可心伤，穷孩满四乡。如何救彼出饥荒，时时不可忘。

又　慈幼院儿童下床歌

鸡声喔喔令人惊，吾们快起身。穿衣叠被莫稍停，迟迟师保嗔。

躬洒扫，灭蚊蝇，勤劳要认真。晨光爽气快精神，贪眠是废人。

又　慈幼院儿童上床歌

芷游休息古之言，金乌亦倦眠。每人要睡八时间，疲劳才可捐。

休幻想，莫高谈，魂清梦亦安。越劳越睡越甘甜，将成长寿仙。

又　慈幼院中山纪念周开会歌

中山家本出农村，儿时困苦深。无衣无履有精神，天寒赤足行。

终革命，救平民，牺牲利己心。只遗书屋与夫人，忠廉真可钦。

又　慈幼院中山纪念周散会歌

呜呼革命最艰难，奔驰十四年。十回失败不心寒，三民主义传。

辛亥后，丙寅前，两番让政权。宽宏大度孰能然，军阀惭不惭。

金缕曲　香山吊古

城市嚣难处。正思量、枕流漱石，涤清尘土。重访故宫搜旧迹，是否梦泉甘露。更惹起、悲凉今古。历数翠华人去后，看铜驼阅尽风霜苦。兴与废，等朝暮。

雄图霸业今何处。只空余、危墙败堞，无人回顾。赖有书生能好古，收拾棘荆禾黍。幸留得、江山如故。更上层楼穷远目，怕斜阳一角笼烟树。残影外，又笳鼓。

醉桃源　题燕诒图

晋时李密表陈情，仁人孝子心。今时犹见此家庭，披图感慨生。

双节孝，古艰勤，传家忍与诚。贻谋宁独众儿孙，将为世道箴。

又　寿教养院家务部长沈母六十生日

贞松竹励风霜，千年根节强。佳儿佳妇彩称觞，篝灯苦备尝。

推博爱，众儿郎，勤劳母敬姜。一堂同咏寿无疆，慈恩永不忘。

满江红　辛未重九后观香山红叶

香山红叶，昔日遇之欣赏不已，今则情随境变，哀乐悬殊矣。赋此以警诸生。

锦绣山河，亘千里、晚霞明灭。悲不尽、群儿嬉戏，火焚安宅。栋折榱崩桥亦压，覆巢碎卵何消说。算只凭、铁血是英雄，俾斯麦。

谁袖手，甘奔北。谁屈膝，甘为贼。有男儿几个，懦夫千百。廉颇犹能夸健饭，马援不惜裹尸革。看纷纷、红雨滴苍苔，苌弘血。

金缕曲

辛未冬由沪乘轮赴湘，忆十年前与淑雅夫人同游，不胜今昔之感。

渺渺长江路。但举目、山河风景，依稀如故。遥想当年曾携手，共倚栏干私语。今到此、孤怀谁诉。吴水楚山佳丽地，算行程尽是伤心处。思往事，泪如雨。

耳边忽又惊笳鼓。似有人、新亭对泣，怕谈南渡。无数哀鸿悲离散，满地嗷嗷谁哺。况直北、烽烟浓布。只觉东扶西又倒，更梦魂萦绕娇儿女。无可说，此心苦。

满江红　辛未冬长沙谒彝师及五、六、七、九诸兄弟墓

指点松楸，伤心处、青山黄土。曾记否？师生卅载，共尝艰苦。四郡讴歌循吏传，三湘教育开基础。看人人、堕泪岘山碑，泣羊祜。

家与国，悲禾黍。兄与弟，哀墟墓。又续书班妹，悼亡新赋。惟有一言差告慰，教成十七孤儿女。只苍苍、门下老无成，愧颜路。

西湖月

辛未游西湖，回忆壬戌偕淑雅夫人下榻蒋庄，今十年矣。

此次重来，只有悲感耳。

十年不到西湖路，满目凄凉，旧游风景。依稀犹忆，双双行遍，虎泉龙井。蒋庄凝望处，正隔岸楼台灯火静。尤记得、月浪波平，小女自摇轻艇。

谁知物是人非，怅邈邈山河，只余孤影。江声激岸，风声撼叶，代人悲哽。寂寥无可奈，愿夜静、梦长随漏永。即梦里、也是模糊，怎生亲近。

念奴娇　辛未冬西湖吊古

双峰残照，看梅台、争耸万门千户。太息东南民力尽，依旧湖山歌舞。远听江潮，胥涛怒吼，总为私仇诉。独余孤柏，巍巍忠节千古。

曾记勾践君臣，卧薪尝胆，忍力全疆土。绝代佳人能助国，愧杀男儿无数。敌势方张，廷争未息，又见金兵渡。国魂安在，域中今竟谁主？

满江红　辛未冬十二月二十日由海道归津

破浪乘风，残年里、匆匆归棹。看海上、伤心遗恨，马关降草。暴雨将摧黄歇浦，愁云又覆刘公岛。数英雄、只有戚南塘，余硐堡。

风不竞，鹰鹯狡。波不静，鱼龙扰。竟无人杀贼，楼船深捣。误国忘仇悲马阮，帝秦蹈海哀齐赵。问何人、能似郑延平，全忠孝。

贺新郎　壬申五月由天津海道赴沪

塞北刚分袂。又匆匆、鼓轮南下，远浮天际。万里长风波浪涌，水底鱼龙尽睡。似不管、死生存废。只得了清儿女事，念苍生一掬英雄泪。仍不已，果何为！

泱泱大海皆吾地，望东南、港湾天堑，几曾留意。鹬蚌纷纷争未息，让与渔人得利。况复是、四郊多垒。千里木兰危旦夕，向秦庭哭诉包胥义。谁谅我，不吾罪。

风蝶令

壬申六月二十六日六三初度，儿女辈同游灵光寺野餐，共赋。

策马灵光寺，还登放鹤亭。衣香人影水盈盈，水上红莲各自斗娉婷。

泉滴茶将沸，风吹酒欲醒。众仙齐拥老人星，一曲霓裳同日咏歌声。

木兰花慢

壬申六月率季、香、霖、骞诸儿，往观吴淞江湾战区遗迹，感赋。

海潮声未息，似呜咽，向人言。看台毁吴淞，尸沉蕴藻，血溅江湾。纵然敌兵如虎，撼岳军真比撼山难。可痛乞援南人，伤心断指军前。

朱仙镇上哭师还，强虏自开颜。更暗渡浏河，追奔闸北，锋及昆山。谁云国仇犹恕，独此心私憾未能捐。三万健儿忠骨，青山黄土巍然。

念奴娇

壬申六月二十五日余六三初度，儿女辈约游西山感赋。

鼓鼙声里，又惊心、不觉流年虚度。国破山河犹自在，风景但增凄楚。白首何归，丹心未泯，几被猜疑误。一时豪杰，空拳赤手无补。

忆昔甲午蒙羞，卅年苟活，又恨适骄虏。拼此余生求杀贼，垂老敢辞艰苦。算不由人，尽其在我，成败非能睹。夕阳西去，鲁戈权且挥住。

又

壬申七月十二日为淑雅夫人周年纪念，悼赋。

一年容易，又秋风、吹入晚凉庭院。院外梧桐初落叶，一叶一声肠断。月过重檐，虫鸣四壁，孤影灯光颤。不堪回首，人生如梦如幻。

往事最是伤心，去年今日，深夜乘车返。瞑目沉沉无一语，儿女呼号声惨。镜箧尘封，墓门草长，老泪新痕遍。人间何世，会当天上相见。

齐天乐

壬申九月寿陈散原八十生日，并画题黄花红叶图。

十年不到庐山路，江山可能如故。瀑布悬岩，云衣覆嶂，中有散仙曾住。漫嗟迟暮。问舍此桃源，避秦何处？生恐尘污，送人不过虎溪去。

旧游记经湘楚。中流同击楫，争肯南渡。卅八年来，伤心忍泪，仍自丝毫无补。光阴飞度。羡载酒东篱，羲皇俦侣。红叶黄花，彩衣相对舞。

满江红

癸酉三月八日由沪北旋，道过苏州，感赋。

又过姑苏，虎丘上、塔悬千尺。曾忆起、泛舟丘下，笑谈终日。同步剑池留照影，复从经座看顽石。问何时、寻梦小楼中，谁能必。

城外寺，钟声寂。城下水，波痕碧。觉眼前风景，顿殊今昔。哀乐但随心境转，聚离真似风萍急。更伤心、家国两茫茫，吾焉适。

又 赠黄杰

癸酉长城战事，以南天门为最烈，填《满江红》词，赠黄杰将军。

石匣天门，潮河岸、峻崖高瀑。观壁上、雷霆舞击，鹰鹯飞逐。马革裹尸芹菜岭，刀锋冲血南香谷。幸三湘子弟擞精神，光民族。

期必进，谁能缩！期必死，谁能辱！看老罴当道，指挥牙纛。压壁摧楼惊大敌，渑池奋翼支残局。听讴歌、吾楚有英雄，心诚服。

临江仙　春意柬彦文

楼外草青春欲到，东风静待花开。阴晴不定总萦怀。含蕾犹未放，蝴蝶又惊猜。

可是爱花人已困，思量羯鼓安排。中宵起坐复徘徊。欲将愁遣去，兜的上心来。

菩萨蛮　怀人柬彦文

沉沉消息眉峰蹙，灯前试向牙牌卜。起后又重眠，梦多魂未安。

取书将欲读，瞬又心他属。辗转似轮驰，思君无断时。

又　疑简柬彦文

注：复阅称老伯，惟加一括弧云：未有关系以前，仍旧称呼。

摇红影里灯花笑，望穿倦眼音书到。犹自旧称名，开函惊一声。

括弧加解释，一线生机赐。疑信未分明，终宵眠不成。

又　再续前意柬彦文

从前悔被虚名误，回头忽又闻鹦鹉。似是向人呼，今吾非故吾。

故教迟作答，答亦圆而滑。权当药催眠，明朝期再研。

竹香子　同车柬彦文

待静夜阑人散，风送尘飞香远。思量欲向诉衷情，又被车声乱。

脉脉不言中，握手心弦颤。到门笑问破题儿，明日须交卷。

贺新郎　定情柬彦文

世事嗟回首。觉年来、饱经忧患，病容消瘦。我欲寻求新生命，惟有精神奋斗。渐运转、春回枯柳。楼外江山如此好，有针神细把鸳鸯绣。黄歇浦，共携手。

求凰乐谱新声奏。敢夸云、老莱北郭，隐耕箕帚。教育生涯同偕老，幼幼及人之幼。更不止、家庭浓厚。五百婴儿勤护念，众摇篮在在需慈母。天作合，得嘉偶。

阮郎归　彦文回江山，得书留别

云阴远罨失巢鸟，鸟雏惊且呼。慰郎一纸怕郎孤，灯前和泪书。

书读罢，泣欷歔，感君加念余。复书转问近如何，天寒珍起居。

鹧鸪天　乙亥元旦赴西湖候彦文

一路瑶台驾采迎，湖山风景不关情。明知隔日能相见，怎奈今宵心不宁。

灯影下，数行程，忽闻窗外雨珠声。东风应有怜花意，莫向钱塘渡口行。

醉公子　西湖雪中怀彦文

雨后花飞白，遥忆途中客。寒气入车棂，愁伊弱不胜。

乞雪从人愿，应与人方便。莫更向伊霏，伊行少带衣。

鹧鸪天　洞房口占赠彦文

襦帐春生两梦酣，梦中滋味耐人参。香唇饮露含樱小，卷发梳云动笋尖。

低语颤，笑容憨，卿卿唤我又何嫌。藕因丝绾长逾密，蔗到根深老更甜。

江郎山　江山省亲，与彦文谈往事

山横双塔知城近，石劈山峰插地长。婺水依然清可爱，江郎今已易湘郎。彦文旧稿中有“婺水依然，江郎安在”两语，故及之。

痴心直可称情圣，相见犹嫌恨晚年。同挽鹿车归故里，市人争看说奇缘。彦文旧稿叙及往事，情真语挚，声泪俱下，令人感叹。

醉红妆　题双清俪影图

乙亥春二月，与彦文在双清别墅桃花树下拍照，联句记之。

病中欣赏记前春。又重来，花效颦。无言有意似云云。添一个，爱花人。

爱花非貌在精神。勿相妒，更加亲。从此与花形共影，长烂熳，见天真。

醉桃源　第一次回家节

中华民国二十四年七月七日，举行第一次回家节，即以多云亭旧址，重新建筑，改名白云亭，取白云亲舍之意。赋《醉桃源》词以代唱歌，赠与诸生，为永久纪念。

四围山拥白云亭，儿时路所经。远离亲舍望云停，云停心未停。

云出岫，数归程，朝朝亲倚门。云来云去绕儿身，儿毋忘母身。

误佳期

乙亥九月十三日与彦文商游西湖观月，彦文因病不果。

闻说西湖佳处，秋天月明三五。柳堤波影浸楼台，留得鸳鸯住。

偶病误游期，郎意愁辜负。扶床强笑教开窗，央请嫦娥顾。

又

乙亥九月十四、十五两日，彦病已愈，买舟游湖，月明如画，果佳境也。仍用前调赋之。

今夜月明如故，云散两峰青处。万家灯火入湖中，倒影排金柱。

好景自天然，莫误良宵度。画桡徐向镜中行，惊起双栖鹭。

沁园春　乙亥除夕感怀寄香山师生

风雪残年，海上栖迟，云胡不归？想杯盘守岁，家庭夜集，刀鞋竞走，儿女冰嬉。雾湿芝兰，烟含桃李，亟盼东风春又回。宫门外，有呢呢稚子，久候柴扉。

谁知愿与心违，是十五年来新别离。正终宵爆竹，客边焦急，故园松柏，梦里依稀。来日大难，长安不易，更怕山河城郭非。回头处，望白云绕舍，片片南飞。

念奴娇

丙子二月九日为余与彦文结婚周年，仍移居花旗公寓以纪念之。

花旗翻处，记那时、衣香帏暖人醉。玉镜台前灯影下，波转几回偷视。欲语还羞，将眠复坐，低问宵深未。一年容易，重温犹有余味。

昨日刚过元宵，千门万户，灯月迎春意。依旧归来双燕子，共把香巢回忆。玉种因缘，泥抟你我，便是年来谜。几生修到，两情长此相慰。

双双燕

民二六年二月九日，为余与彦文二周年结婚纪念，适在爪哇万隆逆旅中。初本约往某湖山，以彦病不果，乃谱《双双燕》词贺之。

一双燕子，又海国飞来，结巢新住。商量旧约，准备湖山同去。并入百花深处，尝尽了、甜霜蜜露。逍遥蓬岛长春，忘却天涯羁旅。

回顾，佳期试数。正去岁今朝，双栖黄浦。光阴又过，七十二旬寒暑。好共朝朝暮暮，长忆及、那时风度。纵然病里良辰，转更缠绵偎护。

满江红　送霖儿赴沪筹航空事业

廿载相依，今垂老、又逢时难。同感觉、国危累卵，苟延残喘。海上主权丧失尽，空中领域无人管。任鹰鹯到处肆猖狂，悲涂炭。

军垒失，吴淞陷。民屋烬，江湾恨。此仇须报，勿家为念。努力制成千万翼，乘虚飞过横滨岸。把虾夷、歼尽奋天威，完心愿。

又　题血染白山黑水记

五国城边，伤心处、遗羞未雪。千载后、又逢强寇，山河沦灭。奋起八千乡子弟，心坚五百田横客。看白山黑水义旗扬，真豪杰。

头可断，将军节。喉可断，常山舌。便男儿死耳，勿须多说。各舍身家争一掷，惟凭血肉当顽铁。问同胞、何以慰英灵？筹援策。

桃源忆故人

中秋节前一日与彦文游辣斐德路公园玩月，并怀霖、香夫妇。

晚风吹送泉声响，并坐池边欣赏。忽见白云来往，绕面织纱障。

灯摇长影光浮丈，水皱又翻花样。遥忆行人相望，槎泛银河上。

满江红　题谢皋羽西台恸哭处

七里滩声，西台下、哀鸣如吼。问谁是、不忘恩义，平生师友？但觉人亡邦自瘁，须知国破家何有。想击残片石碎纷纷，斑痕透。

山不改，峰鬟秀。江不改，波纹皱。只舆图变色，人民非旧。之死靡他虽自誓，我躬不阅遑言后。更登台、恸哭续招魂，君知否？

临江仙

富春江舟中彦文躬自烹饪，其味至美。

买得莼鲈江上去，蓼花红满前汀。扁舟权作小家庭。炊烟飞不断，纤手自调羹。

剪烛清谈微醉后，一湾月色江声。片帆吹过数峰青。平潭双桨急，远岸一灯明。

醉太平　东海道中与彦文柁楼晚坐

飞霞媚晴，流云幻形。一弯新月争明，比眉青鬟青。

怜卿爱卿，心营目营。愁卿消瘦耽惊，又风声水声。

满江红　送霖、香夫妇赴欧

海国波腾，东西岸、怒涛倾注。黄浦上、秋风红叶，又惊南渡。八月泛槎张博望，此行无异神仙侣。愿辛勤、为国效驰驱，存三户。

鱼与肉，争刀俎。箕与豆，争焚煮。恐阴云密罩，欧非风雨。白发倚门劳望眼，喁喁更有孙儿女。盼双双、鸳鸟早飞回，同欢聚。

醉花阴　中秋前三日与彦文夜游兆丰公园

树杪灯光明碧瓦，月色逢人讶。携手并肩行，露湿弓鞋，软草平如画。

衣香人影花荫下，各自寻情话。才坐又催归，夜静风生，仔细遭凉也。

菩萨蛮　南昌初别寄彦文

东风曾鼓鸳鸯翼，双飞双宿江南北。一万五千时，时时形影随。

忽觉须臾别，滋味愁难说。江岸月三更，惊闻双雁声。

金缕曲　菊寿图寿彦文

甜蜜光阴速。正长安、众芳看遍，又开黄菊。暮暮朝朝形共影，忘却半生劳碌。都不管、韶华三六。回忆呱呱初堕地，似迟迟留待鸾胶续。两相爱，万般足。

感君伴我忘幽独。对西风、卷帘人瘦，好词同读。但觉百花开尽了，只有此花超俗。可与友、岁寒松竹。空谷幽居高士宅，是竹篱茅舍非金屋。长相守，享清福。

以上辑自周秋光编《熊希龄集》（全八册）第一册、第二册、第六册、第七册、第八册，湖南人民出版社2008年版。